무지개 그림자 속을 걷다

이 도서의 국립중앙도서관 출판예정도서목록(CIP)은 서지정보유통지원시스템 홈페이지(http://
seoji.nl.go.kr)와 국가자료종합목록 구축시스템(http://kolis-net.nl.go.kr)에서 이용하실 수 있습
니다. (CIP제어번호 : CIP2020046445)

무지개 그림자 속을 걷다

김영래 장편소설

토담미디어

차례

제1부

새벽과 함께 달리는 사람들

불현듯 그들이 나타났다.

"보아라."

할아버지가 말했다.

"눈을 지그시 감고 보아야 한다. 그분들은 속눈썹 사이로 파고드는 빛살과 같단다."

나는 할아버지가 일러 준 대로 실눈을 뜨고서 본다.

하지만 사실 내 눈은 제대로 뜨이지도 않았다. 미처 잠에서 깨지 못한 것이다. 눈곱이 더껑이로 엉겨 붙은 눈시울은 연이은 하품에 질척해져 있다. 눈곱은 눈자위 곳곳에 번져 한사코 눈앞을 가린다.

이토록 이른 시간에 할아버지는 왜 나를 깨운 것일까?

나는 상체를 앞뒤로 건들거리면서 간신히 몸을 가눈다. 조심해야 한다. 할아버지와 나는 사방이 확 트인 고원의 끄트머리에 서 있다. 한 발짝만 헛디뎌도 벼랑 아래로 굴러 떨어질 판이다.

"저기다. 바로 저곳이다."

할아버지가 소리 죽여 말한다. 그러나 눈으로만 가리킬 뿐, 어디라고 분명하게 손짓해 보여 주지 않는다.

나는 눈을 부릅떴다가 빛살에 찔려 어리벙벙하게 고개를 흔들고는, 지르감았던 두 눈을 모들뜨고서 본다.

텅 빈 황야. 휘발되듯이 엷어지는 어둠. 먼 땅 끝, 한 줄기 굵은 선으로 압축된 지평선에서 퍼져 나와, 눈시울과 속눈썹 사이를 헤집고 파고드는 빛의 타래들.

이제, 그들이 보인다.

그들은 빛 속에 있다.

그들이 달리고 있다.

하늘과 땅은 보라색 얇은 입술처럼 맞닿아 있다. 그 맞닿은 어름에서 올려다보는 하늘과 내려다보는 땅은 모두 검다. 하늘과 땅은 깊이도 부피도 없는 한 장의 도화지 같다. 그 도화지를 반으로 접으며 어둠의 중심에서 보라색 얇은 입술이 벌어지고 있다. 오래 참았던 숨을 억누르듯이 뱉으면서 조금씩, 아주 조금씩.

그 사이로 붉은 빛이 새어나온다.

혀다. 아니다. 태양이다. 그것은 아주 큰 눈이다.

그와 동시에, 그들이 달리기 시작한다.

웅숭깊은 여명의 연못이 파리하게 빛바랠 즈음, 그 깊이 모를 물을 거대한 물방울처럼 터뜨리면서 솟구쳐 오르는 태양.

첫 빛살이 퍼지자, 그들이 보인다.

처음에 그들은 하나다. 빛살도 하나다. 둘은 동시에 나타난다. 막힘없이, 순식간에 공간을 꿰찌르며 내달리는 뜀박질에는 그림자가 깃들 틈이 없다. 나무 한 그루 없는 황야는 빛과 뜀박질을 위해 펼쳐진 융단 같다.

정적이 깨어진다. 빛이 작열한다. 빛살은 수천수만 개의 창끝이 된다. 하늘에서 내리꽂히는 한 줄기 불기둥에 온 들판이 불바다로 타오르듯이. 그렇게 황야는 거친 숨을 뱉으며 이글거린다. 빛은 불이 되고, 불의 속도로 달리는 사람들의 몸짓에서는 야만스러운 함성이 터져 나온다.

이제 나는 더 이상 저 광활한 황야를 달리는 사람들이 몇 명이나 되는지 헤아려 볼 수가 없다. 방사상으로 퍼지는 빛살의 개수를 셀 수 없는 것과 같다.

까마득한 지평선 위로 홰를 치며 솟아오른 태양은 벌판 곳곳에 풍화된 진흙 기둥들을 박아 놓고, 그 기둥들은 검붉게 타오르다가 빛의 반대 방향으로 기다란 그림자를 늘어뜨리며 우뚝 몸을 일으켜 세운다.

그 그림자들 또한 달리고 있다.

그곳에 그들이 있다. 번지듯이 퍼지는 빛과 물러나면서 잦아드는 어둠 사이에.

달리는 사람들. 달리는 그림자들.

먼지. 황금빛 연기 다발. 우꾼우꾼한 열기가 피어오른다. 이슬이 한꺼번에 증발되면서 피부의 솜털을 간질인다. 벌써부터 목구멍엔 텁텁한 흙의 맛과 바스러지는 돌의 향기가 엉겨 붙는다.

"저분들이다!"

나는 깜짝 놀라 할아버지를 돌아본다. 할아버지의 목소리가 이상하게 바뀌었기 때문이다. 목소리는 높고, 이슬이 증발되는 힘에 밀린 듯 떨고 있다.

"저분들이 바로 너의 아버지의 아버지들, 너의 할아버지의 할아버지들이란다."

그렇다. 나는 그들을 본다. 나는 잠이 모두 달아난 채 번쩍 뜨인 눈으로 그들을 본다. 태양이 지상의 온갖 사물들을 그림자로 세워 놓는 속도로 황야의 끝에서부터 달려오는 사람들.

그들의 뜀박질과 함께 하루가 시작된다. 하늘이 열린다. 대지가 꿈틀거린다.

"인사를 드리도록 하자."

나는 할아버지가 하는 대로 두 손을 모으고 인사를 올린다.

아침의 경배는 일곱 방향을 향해 올린다. 동쪽과 서쪽. 남쪽과 북쪽. 위와 아래. 끝으로, 자신의 안쪽을 향하여.

구름과의 달리기 시합

또 다른 달리기도 있다. 우리들의 뜀박질이다.

우기가 가까워지면서 구름 한 점 없던 지평선 위로 조각구름들이 나타나면, 우리들의 뜀박질도 시작된다.

돌과 모래만이 불볕에 달구어져 이글거리는 메마른 땅에 구름이 가져다 줄 선물이 무엇인지 우리는 잘 알고 있다. 살아 있는 것은 아무것도 없는 것처럼 보이는 황야를 하루아침에 꽃의 바다로 바꾸어 놓는 소나기. 재빠르게 꽃을 피웠다가 갖은 빛깔로 태양의 꿀을 쟁여 넣는 열매들. 곤충과 동물들의 번식. 맛있는 먹을거리들.

그리고 또 있다. 햇빛과 비를 동시에 뒤집어쓰면서 알몸으로 즐기는 샤워.

구름은 이 모든 것의 이름이고, 약속이다.

그런데 약속은 빈말이 되기 일쑤다. 대부분의 구름은 지평선에 골이 박힌 듯 꼼짝도 하지 않는다. 기껏 몽실몽실 피어오른 솜사탕 같은 구름들도 하늘 가장자리에서 꿈지럭거리며 게으른 짐승처럼 뒹굴다가 사라지고 만다.

우리는 이른 아침부터 둔덕 위에 올라 구름의 움직임을 관찰한다.

여기저기서 희번덕거리는 마른 번갯불. 먼지 기둥에 실려 오는 아득한 비 냄새. 흰개미의 탑들을 사정없이 깎아지르며 벌판 곳곳을 헤집고 다니는 회오리바람. 휘휘 날리며 허공을 떠도는 덤불들. 구름은 이처럼 숱한 조짐들로써 우리의 가슴을 설레게 하면서도 선뜻 다가올 생각을 하지 않는다.

그러기를 며칠. 무슨 꿍꿍이속인지 모를 음모 속에 모였다가 흩어지기만을 되풀이하던 구름들 속에서, 돌연 조각구름 하나가 작정한 듯 머리를 쳐들고 우리를 향해 다가오는 때가 있다. 믿을 수 없을 정도로 부드러운 살갗을 가진 커다랗고 의뭉스러운 애벌레처럼.

그때다. 그런 날이면 우리는 환호성을 지르며 누가 먼저랄 것도 없이 일제히 구름을 향해 달리기 시작한다.

그러나…… 조각구름들은 얼마나 자주 연기처럼 풀어져 흔적도 없이 사라져 버리는지. 또한 구름들은 얼마나 쉽게 햇살에 숭숭 구멍이 뚫린 채 뭉크러지고 마는지. 그 흐물흐물하고 빙충맞은 애벌레들은 쓸모없는 더듬이로 하늘 한 귀퉁이를 더듬적거리다가 우리 눈앞에서 짧은 생을 마감하고 마는 것이다.

일껏 달려갔다 풀이 죽어 돌아오는 우리를 보며 어른들은 껄껄 소리 내어 웃곤 한다. 하지만 구름의 시간은 점점 더 가까이 우리를 향해 다가오고 있다. 그 사실을 잘 알고 있는 우리의 기다림은 가쁜 만큼 한껏 물이 오른다.

구름을 마중 나가는 일은 흔치 않은 기회다. 만약 그 구름이 비를 가져 온다면 기쁨은 몇 배가 된다.

가슴이 터지도록 달려 구름의 그림자 속으로 뛰어든 뒤에도 우리는 달음박질을 멈추지 않는다. 구름을 향해 가던 질주가 구름이 향해 가는 쪽으로 방향을 바꾸었을 따름이다.

우리가 제일 재미있어 하는 것은 누가 구름보다 빨리 달리는가 하는 놀이이다. 하늘에서는 굼벵이처럼 느릿느릿해 보이는 구름이지만, 땅 위에 늘어뜨려진 그림자는 따라잡기 힘들 정도로 빠르다. 그러나 우리 중에는 캥거루만큼이나 날랜 형들이 있다. 형들은 발뒤꿈치에서 뽀얗게 흙먼지를 일으키며 달린다. 형들 중 몇몇은 구름의 그림자를 따라잡는 것으론 성이 안 차 구름보다 앞서 달리면서 느림보 구름을 놀려대기도 한다. 거대한 천막처럼 널브러진 구름의 그림자 너머에서 쏟아지는 햇살을 받으며 풀쩍풀쩍 뛰며 소리를 지르는 형들은 우리에겐 부러움의 대상이 아닐 수 없다.

그런 날이면 구름은 우리의 지붕이 된다. 우리는 구름과 함께 저물도록 땅 위를 뛰어다닌다. 이따금 그 지붕에는 구멍이 뚫리기도 한다. 딩고가 오줌을 질기듯이 빗방울이 떨어지는 것이다. 누군가가 하늘에서 물을 뿌려 주는 것처럼 말이다. 그 뜨뜻미지근하면서도 신선한 물은 하늘의 젖과 같다. 우리는 새끼 새들처럼 머리를 쳐들고 입을 한껏 벌린다.

비는 떫다. 비는 씁쓰레하고 시큼하다. 그리고 짭짤하다. 빗방울에는 떠돌이 구름의 여행 이야기가 고스란히 담겨 있다. 구름이 지나온 덤불숲과 사막은 우리에게 친숙한 것이다. 우리는 그의 여정에서 돌과 모래 향기,

불꽃이 일기 전의 부싯깃 냄새를 맡을 수 있다. 하지만 우리가 한 번도 본 적 없는 바다의 소금기는 경이롭기 그지없다. 그 짭조름함은 조금 메스꺼우면서도 시장기를 돌게 한다. 또한 우리 고장에서 자라지 않는 나무와 풀들에서는 떫으면서도 톡 쏘는 수액의 냄새가 짙게 배어 있다.

비를 쏟은 구름은 오래 머물지 못한다. 구름은 가벼워지고 엷어져 속이 훤히 내비친다. 그러나 그 속에는 아무것도 없다. 허공뿐이다. 구름은 점점 높아지다가, 여기저기서 잡아당기기라도 하는 양 갈가리 찢기어 흩어진다. 그러고 나면 구름의 흔적은 어디서도 찾아볼 수가 없다. 돌들은 여전히 뜨겁게 달구어져 있고, 먼지가 풀풀 이는 땅엔 비의 흔적조차 남아 있지 않다.

다만, 흙먼지를 뒤집어쓰면서 달리고 또 달렸던 우리의 벌거벗은 몸에 으깨어진 물방울 모양의 진흙 자국이 있어, 그 황홀했던 비의 기억을 일깨워 줄 따름이다.

왈라비의 그림자밟기

우기는 길지 않다. 며칠씩 어마어마한 비가 쏟아져 전에 없던 강줄기들을 만들어 놓기도 하지만, 때로는 몇 차례 소나기를 뿌리고 그냥 지나가기도 한다.

빗방울 하나하나는 씨앗과 같다. 그리고 그 씨앗들은 놀라운 속도로 싹을 틔우고 꽃을 피운다. 황야는 꽃의 물결로 넘실거리고, 뿌리 뽑힌 그루터기에서도 잎들이 돋아난다.

그러한 변화는 동물들을 불러들인다. 도마뱀과 거미와 파리뿐이던 황야에 갑자기 부산스러운 움직임들이 생겨난다. 토끼가 나타나고, 주머니쥐와 캥거루가 나타나고, 그 뒤를 쫓아 교활한 사냥꾼 딩고도 나타난다. 독수리와 수백 마리의 앵무새들이 하늘을 뒤덮기도 한다.

그 무렵이면 어른들은 캥거루 사냥을 나간다. 가끔은 우리도 그 대열에 끼지만, 우리가 좋아하는 놀이는 따로 있다. 왈라비의 그림자밟기가 그것이다.

왈라비는 순하지만 의심이 많은 동물이다. 어른 캥거루의 반쯤 되는 몸집을 가진 왈라비는 우기와 함께 나타나 들판을 어슬렁거린다. 몸을 감추기 좋은 덤불과 덤불 사이의 오솔길은 녀석이 제일 좋아하는 공간이다. 새로 돋아난 잎사귀와 연한 풀은 왈라비의 좋은 먹잇감이다.

왈라비에겐 안 된 일이지만, 덤불과 덤불 사이의 공간은 우리들의 은신처이기도 하다. 그곳에 몸을 숨기고 있으면 동물들을 관찰하기 좋을뿐더러, 사냥에 성공할 확률도 높다. 왈라비와 우리들의 숨바꼭질은 바로 그곳에서 시작된다.

앞에서도 말했듯이, 왈라비는 의심이 많은 동물이다. 겁도 많고 생각도 많다. 녀석은 먹이를 먹기 위해 머리를 숙일 때를 제외하면 항상 몸을 곧추세우고 앉아 주위를 살핀다. 문제는 녀석의 기억력이 형편없다는 점이다.

땅의 몽롱한 열기에 취해 거뭇거뭇하게 젖어 있는 왈라비의 눈은 도무지 무얼 관찰하겠다는 의지가 없어 보인다. 귀를 쫑긋 세우고 부드럽게 젖은 코를 발름거리면서 연신 주위의 기척에 신경을 곤두세우지만, 사물의 변화를 알아차리는 데에는 젬병이다. 그 점이 우리의 놀이를 포복절도의 경지로 이끌어간다.

왈라비가 나타나면 일단은 경계를 풀고 먹이를 먹게끔 내버려두어야한다. 어느 정도 시간이 지나면 우리도 행동을 시작한다. 왈라비가 몸을 숙이고 풀을 뜯을 때 살금살금 놈의 뒤로 다가가는 것이다. 녀석이 고개를 들면 순간적으로 꼼짝 않고 멈추어야 한다. 왈라비는 풀을 씹으면서 신중하게 주위를 돌아본다. 마치 자기 주위에 있는 덤불과 그루터기의 수를 헤아리기라도 하는 듯.

아, 내 주위에 덤불 일곱 개와 그루터기 여덟 개가 있군. 그러고는 다시 몸을 구부리고 풀을 뜯는다.

왈라비는 아주 민감한 동물이기에 한 동작에 오래 골몰하는 경우는 드물다. 먹이를 먹을 때조차 간격이 일정하지 않다. 무엇에 놀란 듯 번쩍 머리를 쳐들기도 하고, 껑쭝한 자세로 뒷발을 세우고 지평선을 노려보기도 한다.

그때가 중요하다. 어떤 상황에서든 그대로 멈춰서 옴짝달싹하지 말아야 한다. 눈알을 움직이는 것은 물론이고, 숨 쉬는 것도 자제해야 한다. 녀석은 다시 한 번 덤불과 그루터기의 수를 센다. 더없이 꼼꼼하게, 새김질하듯이. 게슴츠레한 눈을 부라리고 그 섬세한 코를 꼬무락거리면서 그는 다시 한 번 생각한다. 내 주위에 덤불 여덟 개와 그루터기 아홉 개가 있군. 그런데…… 조금 전엔 몇 개였더라?

놈은 기억하지 못한다. 하지만 그 작은 머리통에도 뭔가 계산의 착오가 있다는 미묘한 느낌이 스친다. 그는 뒷발을 모아 몇 발짝 앞으로 간다. 뛰는 동물인 그에게 걷는 것은 힘든 동작이다. 때문에 멀리 이동하지 않는다. 왈라비는 다시 먹이를 먹으려다가 불현듯 그루터기가 뒤를 따라온 것 같은 불길한 인상을 받는다. 그는 낯익으면서도 한편으론 이상하게 생긴 그루터기를 빤히 쳐다본다. 놈은 다시 수를 센다. 그의 셈은 맞을지 모르지만, 기억은 연이은 셈의 차이를 짚어 내지 못한다.

녀석의 동작이 빨라진다. 고개를 숙였다 들었다 하는 간격이 짧아진다. 우리는 더더욱 조심스럽고 기민한 동작으로 그에게 다가간다. 마침내 녀석과의 거리는 서로 눈이 마주칠 정도가 된다. 왈라비는 돌아서서 자기 바로 앞에 있는 사람을 뚫어지게 쳐다본다. 이쯤 되면 녀석은 완전히 혼란에 빠지고 만다. 무엇인가 끊임없이 움직이며 자기를 에워싸는데, 아무것도 확인할 수가 없는 것이다. 녀석은 파릇파릇하게 돋은 싹들과 덤불숲의 잎사귀들을 번갈아 쳐다보다가 다시 눈앞의 사람을 본다. 의심으로 가득 찬 눈빛이 두려움으로 바뀌는 순간, 왈라비의 얼굴은 기도하는 사람의 신비로운 표정이 된다.

바로 그때다. 녀석은 도무지 흉내 낼 수 없는 이상한 소리를 지르며 제자리에서 껑충 뛰어오른다. 그러고는 앞뒤 살필 겨를도 없이 줄행랑을 친다. 무엇이든 들이박으면서 미친 듯이 달려가는 놈의 귀엔 우리의 웃음소리도 들리지 않았으리라.

그러던 어느 날이다.

덤불숲을 쓰러뜨리며 모둠발 뛰기로 멀어져 가는 왈라비를 보며 배꼽을 잡고 웃고 있는데, 돌연 굉음이 울렸다.

그때, 우리는 보았다. 껑충 뛰어오른 왈라비의 몸이 몇 미터 밖으로 튕겨지는가 싶더니, 보자기처럼 너부죽하게 접혀 땅 위로 떨어지는 것을.

쿵, 하는 소리와 함께 자욱한 먼지가 피어올랐다.

덤불숲 저편에서 스산한 바람이 일었다. 그러더니 그 너머로 커다란 짐승의 머리통이 불쑥 솟아올랐다. 우리는 깜짝 놀라 뒷걸음질을 쳤다. 암갈색의 윤기 나는 털을 가진 짐승은 지금껏 우리가 보아 온 어떤 동물보다 크고 위압적이었다. 더더욱 놀라운 것은 그 동물의 등에 사람이 타고 있다는 것이었다.

순간 우리는 깨달았다. 그가 바로 소문으로만 듣던 백인 사냥꾼이라는 것을. 남자가 타고 있는 짐승은 빨리, 또한 멀리 달리기로 유명한 말이라는 동물이라는 것을.

남자는 천천히 우리 곁으로 왔다. 남자가 들고 있는 기다란 물체에서 빛이 번쩍거렸다. 우리는 달아날 생각도 하지 못하고 얼어붙은 듯이 서서 남자를 바라보았다. 땅속 어둠에서 솟아난 듯 괴이쩍게 생긴 짐승이 이빨을 드러낸 채 죽처럼 걸쭉한 침을 흘리며 핏발 선 눈으로 우리를 내려다보았다.

도마뱀꼬리

그해, 나는 아홉 살이 되었다.

나에게는 걱정거리가 있었다.

우리 부족의 아이들은 어느 정도 나이가 들면 저마다 자기 이름을 갖는다. 그 이름은 평생을 그 사람과 함께한다.

이름은 아무나 지을 수 없다. 누군가의 이름은 그 사람을 가리켜 부르는 것 이상의 의미를 갖는다. 조상이나 신과 대화할 때 자기 자신을 알리는 역할을 하는 것이다. 어른들은 특별한 일이 없을 땐 상대방의 이름을 부르지 않는다. 돌아가신 어른들의 이름은 입 밖에 내어선 안 된다.

우리의 첫 이름은 가까운 친지들이 의논해서 정한다. 어머니의 아기집에 들면서부터 신생아의 이름 찾기가 시작된다. 아이가 태어나면 사람들은 자신들이 꾼 꿈 이야기를 한다. 어떤 사람은 자기가 보고 겪은 상서로운 일들을 털어놓기도 한다. 그러면 그 이야기들 속에서 특히 인상적인 것이 아이의 이름을 정하는 데에 결정적인 역할을 한다.

그런 식으로 붙여진 이름들 중에는 풀이나 동물의 이름도 있고, 구름, 바람, 천둥과 같이 날씨에 관계된 이름도 있다.

한 가지 예로, 내 이름을 들 수 있다.

내 이름은 '도마뱀꼬리'이다.

내가 태어나던 날, 사막의 큰 도마뱀 한 마리가 집 안으로 들어왔다. 아버지가 녀석을 잡으려 하자 엄마가 말렸다. 동물들은 맛있는 먹을거리이지만, 한편으론 우리가 살고 있는 땅과 시간의 저편에서 온 메신저이기도 하다. 때문에 사냥은 함부로 이루어져선 안 된다. 더욱이 집 안에 들어온 짐승을 잡는 것은 옳지 않다.

물론 모닥불에 구운 도마뱀은 우리가 즐겨 먹는 음식 중의 하나이다. 아버지는 좀처럼 보기 힘든 사막의 큰 도마뱀을 보자 군침을 흘렸을 것이다. 도마뱀은 오두막 안을 천천히 한 바퀴 돈 다음, 나무껍질로 얼기설기 엮은 문틈으로 빠져나갔다. 그런데 그 불청객은 집 밖으로 완전히 사라지기 전에 한동안 제 꼬리만을 아버지에게 보여 주었다고 한다. 그것도 약을 올리려는 듯 기다란 꼬리 끝을 혓바닥처럼 날름거리면서.

그날 저녁, 내가 태어났다.

나는 내 이름이 싫다. 바위틈이나 덤불 속에서 도마뱀을 잡아 모닥불 속에 던져 넣을 때면 마음이 편치 않다. 게다가 다 뜯어먹고 난 도마뱀의 꼬리는 개들의 차지가 된다. 이제 나에게도 나 자신에게 꼭 맞는 새로운 이름이 필요하다.

우리 부족의 규약에 의하면, 두 번째로 갖는 이름은 반드시 자기 자신이 선택해야 한다. 마음에 드는 규약이다. 또다시 도마뱀과 혈연을 맺을 가능성이 없게 되었으니 말이다. 문제는, 그 이름 짓기에 새로운 만남이 요구된다는 사실이다. 만남은 현실 속에서뿐만 아니라 꿈속에서도 이루어진다. 무엇을 만나게 될지는 아무도 모른다.

　내가 아홉 살이 되던 해는 처음으로 백인을 만났던 해이다. 그리고 그해에 동생이 태어났다. 동생은 태어나자마자, 모든 아이들이 그러해 왔듯이, 생나무 가지를 태우는 연기 속에서 목욕을 했다. 불은 뜨겁고 연기는 매웠으리라. 그 불과 연기가 아기의 머리와 가슴을 정화해 준다고 한다.

　갓난아이가 집 안에서 앵앵거리자 나는 대번에 어른 취급을 받았다. 그런데 나에게는 어른으로 대접받을 이름이 없었다. 주위의 친구들은 새 이름을 훈장처럼 달고 으스대었지만 말이다. 나는 할아버지에게 고민을 털어 놓았다.

　"할아버지, 내 진짜 이름은 어디에 있나요?"

　질문이 잘못되었다. 누가 내 이름을 어딘가에 감춰 놓기라도 한 것처럼 들리니.

　"할아버지, 내 진짜 이름은 무엇인가요?"

　내가 고쳐 물었다.

　할아버지가 웃었다. 그리고 말했다.

꼬마 요정 네트네트

"얘야, 아이들이 태어날 땐 결코 혼자서 태어나는 게 아니란다."

"'덤불숲의 모래 기둥'은 저 혼자 태어나던걸요."

내가 말했다.

'덤불숲의 모래 기둥'은 동생의 이름이다. 동생이 태어나던 날, 덤불숲의 모래 기둥 하나가 집 앞을 가로질러간 데서 비롯된 이름이다. 말라비틀어진 덤불과 모래뿐인 황야에서 갑작스러운 바람이 모래 기둥을 일으켜 세우는 것은 흔한 일이고 보면, 아무 뜻도 없는 그렇고 그런 이름일 뿐이다.

"네가 보기엔 그렇지."

할아버지의 얼굴엔 여전히 웃음이 가득했다.

"하지만 그 아이 곁엔 또 다른 아이 하나가 동그랗게 눈을 뜨고 있단다."

나는 당장 집으로 달려가, 동생 곁에 있다는 또 하나의 동생을 내 눈으로 확인하고 싶었다. 하지만 할아버지의 말이 계속되었기에 그런 충동을 꾹 눌러 참았다.

"아무도 너에게 꼬마 요정 네트네트에 관해 이야기해 주지 않은 모양이구나?”

“네트네트라고요?”

내가 물었다.

“그래. 아이들의 수호천사지. 그는 지금도 네 곁에서 너의 말과 생각에 귀를 기울이며 함께 걷고 있단다.”

나는 문득 섬뜩한 생각에 주위를 휙 둘러보았다. 하지만 내 곁에는 한낮의 태양 아래서 한껏 움츠러들어 땅딸막해진 내 그림자가 있을 뿐이었다.

“공연히 찾으려 애쓰진 말거라. 네트네트는 눈으론 볼 수 없으니까. 내가 말했잖니? 그는 요정이라고. 게다가 아주 작은 요정이지. 두어 살쯤 되는 아이를 생각하면 될 거야. 모습이나 생김새도 꼭 그와 같다고 들었다.”

“눈으론 볼 수 없다고 했잖아요?”

내가 따져 물었다. 할아버지는 잠시 생각에 잠겼다.

“네트네트는 말이다…… 아이의 분신과 같단다. 아이가 태어나면 그와 함께 이 땅으로 오지. 그런 다음엔 그 곁을 떠나지 않고 아이를 지켜 준단다. 그 꼬마 요정은 바위틈이나 나무 위에서 살지만, 자기의 분신인 아이가 위험에 처하면 곧바로 나타나 그를 돕는다. 때문에 아주 위태로운 지경에 처해 본 아이들 중에는 네트네트를 직접 본 아이들이 있다고 하더구나. 그는 우리가 길을 갈 때 무서운 독사가 똬리를 틀고 있는 곳을 귀띔해 주기도 하고, 사막의 갑작스런 홍수에서 빠져나오는 방법을 일러 주기도 해. 그는 우리가 이 땅에 오기 위해 준비하는 곳, 그리고 우리가 죽으면 돌아가는 곳에서 왔기 때문에 그 어떤 노인보다 지혜롭고 나이가 많지.”

“그러면…….”

내가 말했다.

"네트네트는 내 이름이 무엇인지 가르쳐 줄 수 있나요?"

"잘은 모르겠다만, 어쩌면 그럴 수도 있을 게다. 만약 네가 너의 네트네트와 마음의 대화를 나눌 수만 있다면."

"할아버지, 어디에 가면 그를 만날 수 있나요?"

나는 마음이 달았다. 나는 지금 당장 나의 네트네트를 만나고 싶었다.

"할아버지, 부탁이에요. 그 꼬마 요정을 만나게 해 주세요!"

할아버지는 깊은 생각에 잠겼다. 그러더니 손가락으로 무엇인가를 꼽아 보고는 가만히 나를 내려다보았다.

"그를 만날 수 있는 곳이 한 군데 있긴 하다."

"어디, 그곳이 어디예요?"

"아주 먼 곳이야."

할아버지는 눈을 지그시 감았다가 이맛살을 펴며 먼 곳을 바라보았다.

"그곳까지 가려면 달이 차고 이울도록 긴 여행을 해야 한다."

그러면서 허리를 구부려 내 얼굴을 물끄러미 들여다보았다.

"자신 있겠느냐?"

나는 퍼뜩 머리를 굴렸다. 달이 차고 이우는 시간이라면 몇 날 몇 밤을 말하는 것일까?

나는 나의 머뭇거림이 자신 없음으로 비칠까 두려웠다. 게다가 할아버지가 허리를 펴고 길을 가려 했기에 더 이상 망설일 수 없었다. 나는 재빨리, 아주 큰 소리로 대답했다.

"네! 자신 있어요, 할아버지. 자신 있다고요!"

여행의 시작

아홉 살이 되던 해의 여행은 그렇게 시작되었다.

할아버지와 나는 동이 트기 무섭게 길을 나섰다.

여장은 간단했다. 딩고 가죽 석 장을 캥거루의 힘줄로 묶은 봇짐 하나. 캥거루의 오줌보로 만든 물통 두 개와 말린 캥거루 고기가 든 걸망 하나. 그것이 전부였다. 가죽을 둘둘 만 봇짐 속엔 부메랑 두 개와 뾰족하게 다듬어진 나무꼬챙이 몇 개가 꽂혔다. 내가 걸망을 졌고, 할아버지가 봇짐을 메었다. 그밖에도 할아버지는 끈이 달린 쌈지 하나를 엇메었다.

떠나기 전에 할아버지는 나더러 기다리라 이르고는 오두막 안으로 들어가 기다란 작대기 하나를 들고 나왔다. 할아버지의 키보다 훨씬 큰 그 작대기는 오두막 안쪽에 줄곧 세워져 있던 것이었다. 껍질을 벗긴 나무에 짐승의 피와 황토로 물들인 작대기는 할아버지가 가장 아끼는 물건이었다. 오두막 안에서 내가 무엇을 하든 개의치 않는 할아버지였지만, 그 물건만큼은 손대지 말라고 단단히 이르곤 하였다. 나는 그 작대기가 이번 여행과 무슨 관계가 있는지 알 수 없었지만, 할아버지가 그것을 어깨에 메고 걷는 것을 보자 왠지 하늘을 찌르는 것 같은 힘이 느껴졌다. 그 끝에 깃발이라도 하나 달고 싶은 기분이었다.

우리는 그렇게 길을 떠났다.

아버지와, 동생을 품에 안은 엄마와는 집 앞에서 헤어졌다.

"잘 갔다 오너라, 도마뱀꼬리야."

아버지가 말했다.

"애야, 조심해서 다녀오렴."

엄마가 말했다.

멀찌감치 서서 그저 한쪽 손바닥을 펼쳐 보일 뿐인 작별 인사에서 나는 적잖은 섭섭함을 느꼈다. 나로선 집을 떠나는 첫 여행인데. 엄마 품에서 앵앵거리는 동생의 울음소리만이 나와의 이별을 마음 아파하는 것 같았다.

여행은 달의 주기를 따라 이어졌다.

첫날밤 우리는 초승달 아래에서 잤다. 온종일 걸었지만 풍경엔 별다른 변화가 없었다. 말라죽은 풀뿌리조차 구할 수 없는 곳이었기에 모닥불을 피울 수도 없었다. 할아버지는 들고 온 나무작대기를 야영지 한쪽에 높직이 세웠다. 우리는 물과 함께 캥거루 육포를 먹었다. 나는 딩고 가죽 한 장을 바닥에 깔고 다른 한 장은 덮고서 잤다. 할아버지는 맨바닥에서 그냥 주무셨다.

이틀 동안 우리는 사막을 가로질러갔다. 태양은 점점 더 뜨거워졌다. 이글거리는 열기 때문에 걸을 수 없을 정도였다. 그래서 한낮엔 딩고 가죽을 나무꼬챙이에 끼어 그늘을 만든 뒤 그 아래서 잠을 잤다. 이동은 주로 해가 없는 시간을 이용했다.

나흘째 되는 날, 우리는 말라붙은 호수에 이르렀다. 물기라곤 없는 드넓은 평지가 호수였다는 것은 거북의 등짝처럼 쩍쩍 갈라진 진흙바닥으로 미루어 짐작할 수 있었다. 할아버지는 호수 한복판으로 들어가 주위를 유심히 살피더니, 뾰족한 꼬챙이로 단단하게 굳은 진흙바닥을 쿡쿡 찔러대기 시작했다. 그러자 어느 한곳에서 축축하게 젖은 진흙이 따라 올라왔다.

"여길 파 보자."

우리는 함께 그곳을 파기 시작했다. 처음엔 질그릇처럼 단단하던 진흙이 조금씩 물러지는가 싶더니, 얼마 후엔 비릿하고 끈적끈적한 찰흙이 나왔다. 할아버지는 꼬챙이를 버리고 손으로 조심스럽게 진흙 속을 더듬었다.

잠시 후 할아버지가 공 모양의 진흙 덩어리 하나를 끄집어내어 나에게 주었다.

"잘 가지고 있으렴."

할아버지는 계속해서 진흙 속을 더듬어 그런 공들을 몇 개 더 캐내었다. 나로서는 무슨 영문인지 알 수 없어 그저 그것들을 들고 있을 뿐이었는데, 별안간 그 중 하나가 꼬무락거리면서 움직이는 것이 아닌가. 나는 깜짝 놀라 그 시커먼 진흙 공들을 내동댕이치고 말았다. 할아버지가 그런 나를 보며 소리 내어 웃었다.

"그래서 내가 그러지 않았느냐? 잘 가지고 있으라고."

"뭐예요, 할아버지?"

진흙 덩어리들은 이제 저마다 버둥질을 치며 이리저리 움직이고 있었다.

"오늘 저녁은 맛있는 개구리 구이를 먹을 수 있겠구나."

그러했다. 그 공들은 극심한 가뭄을 피해 진흙 깊숙이 파고든 개구리들이었다. 목숨을 걸고 뛰어든 죽음과 같은 잠이 한순간에 깨어졌으니, 그들로서는 얼마나 황당한 일이었으랴.

할아버지는 호수의 다른 곳에서 하얀 진흙을 찾아내어 내 몸 곳곳에 발라 주었다. 태양의 열기와 벌레들의 공격을 막는 데에는 이보다 더 좋은 것이 없다는 설명이었다. 나는 할아버지의 등에도 골고루 진흙을 발라드렸다.

그날 밤, 말라붙은 호숫가에서 모닥불을 피우고 구워 먹은 개구리는 여행을 떠나고서 처음 맛보는 성찬이었다.

물의 노래

그러나 캥거루 오줌보에 가득 채워서 가져간 물은 어느새 바닥을 드러내고 있었다. 아무리 아껴 마신다지만 그 작은 물통으로 나흘을 견뎠으니 그럴 만도 한 일이었다. 나는 걱정이 태산 같았다. 커다란 호수조차 말라붙는 이 메마른 땅에서 어떻게 물을 구한단 말인가.

마지막 몇 모금의 물이 남은 물통을 신주단지처럼 모시고서 우리는 이틀을 더 견뎠다. 나는 더 이상 참을 수가 없었다. 그런데 이상한 점은, 며칠째 물 한 모금 마시지 않고도 할아버지에게서는 별다른 기색이 없다는 것이었다. 그동안 먹은 것이라고는, 앞서 말한 개구리 외에도 이름을 알수 없는 벌레의 유충들, 가시덤불 속에서 찾은 식물의 뿌리와 씨앗, 딱정벌레 대여섯 마리가 전부였다.

나는 내가 떠나온 마을의 샘이 너무나 그리웠다. 바위틈에서 솟아 수없이 얽힌 미로 속을 용케도 빠져나와, 지하의 깊숙한 암반 위에서 가르랑거리는 샘물. 그 신선하고 시원한 물을 한 바가지만 마실 수 있다면 어떤 대가라도 치를 수 있을 것 같았다. 하지만 내가 들고 있는 캥거루 오줌보속에는 냄새 나는 뜨듯한 물이, 그것도 목이나 간신히 축일 수 있을 만큼 남아 있을 뿐이었다.

나는 물통과 태양을, 물통과 사막을, 이어서 물통과 할아버지를 번갈아
쳐다보았다.

"참지 말고 마저 마시렴."

할아버지가 말했다.

"이제 곧 신선한 물을 찾게 될 것이니."

할아버지의 말을 믿기 어려웠지만, 어쨌든 나는 남은 물을 달게 마셨다.
그러나 반나절도 못 되어 다시 엄습해 온 갈증은 물을 찾지 못할 수도 있
다는 불안감과 함께 엄청난 고통으로 다가왔다.

사막을 벗어난 사바나에서는 비교적 먹을 것이 풍부했다. 언제 있었는
지 모를 우기가 훑고 간 강의 범람 지역에서는 뜻밖의 구근이나 열매들을
구할 수 있었다. 하지만 골이 깊게 팬 강바닥을 통과하는 것은 무척이나
고된 일이었다.

홍수에 떠내려 온 돌과 나무와 모래더미로 엉망진창이 된 강줄기들을
몇 개 가로지르자, 멀리 바위덩어리들이 우뚝우뚝 솟은 평원이 나타났다.
우리는 그곳에서 일곱 번째 밤을 맞았다.

내가 나무막대기의 구멍에 그보다 가늘고 단단한 막대기를 꽂고 손바
닥으로 회전시켜 불을 피우는 동안, 할아버지는 주변에 울멍줄멍하게 솟
은 암석지대를 이리저리 걸어 다녔다. 잠시 후 부르는 소리가 들려 달려
가 보니, 할아버지는 커다란 바위들이 에워싸고 있는 평지에 납작하게 엎
드린 채 땅바닥에 뺨을 붙이고 있었다.

"이리 와서 땅에 귀를 대어 보렴."

나는 할아버지가 하는 대로 땅바닥에 엎드려 귀를 갖다 대었다.

"들리느냐?"

들리는 것은 내 숨소리뿐. 나는 오른쪽 귀를 돌려 대었다. 마찬가지였다.

"무슨 소리가 들리는 것 같은데…… 모르겠어요. 나한테서 나는 소린지 뭔지……."

"이렇게 해 보자."

할아버지가 일어나 무릎을 꿇고 손바닥이 아래로 향하게 펼쳐 땅을 누르는 듯한 자세를 취했다.

"자, 조금 더 낮게. 조금씩. 땅에 손바닥이 닿을까 말까 할 정도로……. 천천히. 아주 천천히……."

할아버지의 목소리는 꿈꾸는 듯했다.

"눈을 감고, 깊게 들이쉰 숨을 가만히 내쉬면서……. 다 내쉰 뒤엔 숨을 멈추고, 마음의 눈으로 네 손바닥을 바라보면서……."

나는 생각을 모아 할아버지가 시키는 대로 했다.

잠시 후, 파르르 떨리는 눈꺼풀이 몇 겹으로 겹쳤다 퉁겨지는 느낌에 나는 화들짝 놀라 눈을 떴다.

"느껴지느냐, 손바닥에서 어떤 움직임이?"

그러했다. 나는 느낄 수 있었다.

"간지러워요."

내가 말했다.

"뭔가…… 끌어당기면서 밀어내는 것 같은……."

"자, 이번엔 좀 전에 했던 것처럼 땅에 귀를 대고 들어 보렴."

나는 다시 땅바닥에 엎드려 귀를 대었다. 숨을 깊게 들이쉰 뒤 천천히 내쉬면서. 이어서, 숨이 다 빠져나간 텅 빈 자루가 내 것이 아닌 것처럼 느껴질 때까지 숨을 멈추고서.

노래를 부르고 있었다. 땅속 어딘가에서 누군가가. 아니, 작은 종을 울리는 것일까. 쟁강거림. 또글또글 구르는 구슬 소리.

"바로 그것이다."

할아버지가 환히 웃으며 말했다.

"바로 그것이 물의 노래란다."

"물이라고요?"

내가 번쩍 고개를 들면서 물었다.

"저 밑, 땅속에서 흐르는 수맥의 노래란다. 물줄기가 건네 오는 인사이기도 하고. 땅속 물의 숨결이 너의 손바닥을 간질이고, 또 너를 끌어당기면서 살며시 밀쳐내는 것이란다."

나는 다시 땅에 귀를 대어 보았다.

이제는 분명하게 가려들을 수 있었다. 두방망이질치는 내 심장과, 나와 땅의 경계면에서 수런거리는 소리들과는 확연히 다른 울림을.

별빛 아래서 잠투정하는 사막의 모래알들, 또는 물살에 밀려 차르랑거리는 조약돌 같은 소리……. 물의 노래는 그와 같았다.

할아버지와 나는 가장 가깝게 느껴지는 수맥을 더듬어 집중적으로 파기 시작했다. 그러자 얼마 후 촉촉하게 모래를 적시며 올라오는 물줄기가 있었다.

　조금 더 파 내려가자 물은 쿨룩거리면서 모래 거품을 게웠다. 이제 우리는 손으로, 마치 우리를 손짓해 부르는 어떤 손을 마주 잡으러 가듯이 땅속을 헤집고 들어갔다. 물은 손끝을 타고 팔목에서 팔꿈치까지 솟았다. 물과 뒤섞인 모래의 압력이 팔뚝을 세차게 움켜잡았다. 땅속으로 되돌아가기 위해 안간힘을 다하는 정령들의 소용돌이 같았다. 빨아들이는 힘을 감당할 수 없어 팔을 빼내자, 그 잘록한 구멍에서 차지고 팽팽한 신음소리가 터져 나왔다.

　"아!─"

　내가 뒤로 털썩 주저앉으며 탄성을 질렀다.

　할아버지가 주변에 흩어진 돌들을 주워 바닥에 깔았다. 그리고 모래가 가라앉기를 기다려 손바닥으로 물을 떠서 나에게 주었다. 나는 입을 대고 마셨다.

　달의 반쪽에서 새살이 돋았다.

　커져 가는 달의 보이지 않는 쪽 얼굴 같은 밤의 대지에 앉아 우리는 따듯한 차를 마셨다. 불에 달구어진 돌을 캥거루 오줌보에 넣어 물을 데운 뒤, 말린 약초를 넣고 우려낸 차였다. 그 맛은, 돌과 풀과 물과 불이 제각기 다른 목소리로 속삭이는 자기들만의 이야기 같았다.

백인 탐험대

여행은 계속되었다.

우리는 하얗던 달이 노래지기 전에 길을 떠났고, 환한 달 아래서 휴식을 취한 뒤, 노랗던 달이 하얘지기 전에 다시 갈 길을 서둘렀다.

숯덩이 같은 돌과 붉은 모래만이 끝없이 펼쳐진 땅이 있었고, 검은 모래산 주위로 잿빛 고원만이 눈 닿는 곳 없이 뻗쳐 있는 땅도 있었다. 그러한 땅들은 해가 저문 뒤에도 열기가 가시지 않았다.

이따금 내 발이 피로와 상처로 걸을 수 없는 지경에 이르면, 할아버지는 깊은 구덩이를 파고 거기에서 꺼낸 시원한 모래로 찜질을 해 주었다. 그런 날이면 할아버지는 여정을 늦추고, 오래 전에 보거나 겪은 이야기들을 들려주었다.

"소문으로만 듣던 그 사람들을 처음 본 것은 아마 네 나이쯤 되었을 때가 아닌가 한다……."

어느 날 할아버지는 얼굴 흰 사람에 관해 이야기해 주었다.

할아버지가 본 것은 탐험대였다. 그것은 낙타와 말과 짐마차로 이루어진 거대한 행렬이었다. 스무 명가량의 남자들이 행렬을 이끌고 있었는데,

어떤 짐마차에는 커다란 탁자와 십여 개의 침대, 심지어는 보트까지 실려 있었다.

"참 괴이쩍은 일이었지. 산을 넘어 사막 한가운데로 들어온 사람들이 마차에다 보트를 싣고 왔다는 것은."

한편으론 재미난 일이기도 했다. 낙타나 짐마차, 보트 같은 것을 한 번도 본 적 없는 아이들에겐 신기하기 짝이 없는 구경거리였다.

"보트를 왜 싣고 왔을까요?"

내가 물었다.

사연은 이러했다. 자기들이 처음 도착한 땅에 아무도 살지 않는다고 판단한 백인들은 스스로를 이 땅의 발견자라고 생각했다. 그런데 정작 그들은 자기 소유라고 믿어 마지않는 땅에 대해 무엇 하나 아는 것이 없었다. 대륙을 둘러싸고 터무니없는 추측들이 퍼져 나갔다. 그 중에는 이 땅의 심장부에 내륙의 거대한 바다가 있다는 풍문도 있었다. 입에서 입으로 전해져 놀라움과 의문을 더해 간 그 소문이 사실이길 그들이 얼마나 염원했는지는, 물과 식량을 바리바리 실은 짐마차에 보트를 싣고 온 것만으로도 짐작할 수 있는 일이었다.

문명사회를 등지고 떠난 탐험대가 처음 마주친 것은 폭우였다. 갑작스레 생겨난 강과 웅덩이들이 발목을 잡았다. 때문에 그들은 많은 짐을 버려야 했다. 그러고도 행보가 늦어지자 탐험대는 두 무리로 나뉘었다. 무기와 간단한 식량을 챙긴 선발대가 진로를 개척하며 나아갔고, 짐을 실은 낙타와 마차들이 그 뒤를 따랐다.

선발대는 이삼 주 후 사막 가장자리에 이르렀다. 건기가 시작되었다. 백인들은 자기들이 버린 여분의 짐 속에 엄청난 양의 물이 포함되어 있었다는 사실을 깨달았다. 선발대는 다시 두 무리로 나뉘었다. 여섯 사람이 낙타와 함께 사막으로 들어가고, 나머지는 캠프를 치고 후발대를 기다렸다. 세 개의 무리로 나뉜 탐험대는 신호가 맞지 않았다. 그들은 각기 다른 방향으로 찢어져 강행군을 계속하며 서로로부터 점점 멀어져 갔다.

이들의 딱한 모습을 지켜보다 못한 부족의 어른들이 나섰다. 어른들은 몇 차례고 그들에게 다가가 길을 안내해 주려 했으나 아무도 귀를 기울이지 않았다. 백인들은 검은 피부의 원주민들을 두려워했고, 의심했고, 심지어는 무시하기까지 했다. 물론 서로의 언어가 달랐으므로 그럴 수 있는 일이었다. 문제는, 그들이 다른 사람의 말은커녕 자연의 말, 대지의 소리에조차 귀를 기울이지 않는다는 사실이었다.

"너도 알 것이다. 물이 없어 목말라 죽는 곳에서, 때에 따라선 물에 빠져 죽을 수도 있다는 것을. 그것이 사막의 일이고, 우리가 살고 있는 황야의 일이지."

탐험대의 최후는 비참했다. 물과 식량을 실은 짐마차들은 왔던 길을 되돌아갔다. 두 무리로 나뉜 선발대는 사막의 태양 아래서 두 개의 섬으로 고립되었다. 많은 사람이 탈진과 영양실조로 쓰러졌다. 살아남은 사람들조차 강렬한 빛으로 인해 눈이 멀거나 이름 모를 병에 걸렸다. 다시 한 번 부족민들이 구원의 손길을 내밀었을 땐 다섯 사람만이 근근이 목숨을 유지하고 있었다. 그마저도 때늦은 일이어서, 그들은 며칠을 버티지 못하고 하나둘 숨을 거두었다.

"백인들의 문제는 항상 많은 것을 원한다는 점이다. 개중에는 항상 더 많은 것을 원하는 사람들이 있지. 그것은 아주 나쁜 습관이다. 그 어떤 병보다 무서운 것이지. 마음이 무너지면 자기 자신을 물어뜯게 되거든."

할아버지는 백인들의 많은 수가 무엇엔가 중독되어 있다는 사실을 예로 들었다. 그들은 황금이나 보석을 찾고, 그것을 돈으로 바꾸고, 그 돈으로 수많은 양이나 소를 키워 부자가 되지만, 그 부자조차 자기가 원하는 '더 많은 것'에 끌려 다니다 죽임을 당한다는 것이었다.

또한 할아버지는 알코올이라는 것에 대해서도 이야기했다. 백인들의 집단에는 그것에 취해 밤낮없이 그것만을 원하는 사람들이 있다고 했다. 그러면서 나에게 물에 대한 중독을 경계하라고 당부했다.

"물을 많이 마시는 사람은 그 습관에 중독되기 마련이다. 그 결과는 극심한 갈증이지. 그들은 어제 그렇게 많은 물을 마시고도 오늘 당장 갈증으로 죽음에 이를 수도 있다. 물에 대한 갈급증이 공포를 가져오기 때문이다. 그건 매 끼니 배를 그득 채우는 사람이 굶주림에 더 고통스러워하는 것과 같단다. 잘 새겨 두려무나. 내일의 갈증을 위해 담아 둘 수 있는 물그릇은 우리 몸 안 어디에도 존재하지 않는다는 사실을."

"백인 탐험대는 어떻게 되었나요?"

내가 물었다. 할아버지는 물끄러미 달을 올려다보았다.

"한 사람이 살아남았지. 오직 한 사람만이……."

할아버지는 말을 잇기 고통스러운 듯 무겁게 한숨을 내쉬었다.

"그 사람은 아주 선량한 젊은이였다. 어린 우리들과도 잘 어울려 놀곤했지. 검은 액체가 나오는 손가락만 한 막대기로 그림을 그려 주기도 했고, 결이 고운 하얀 종이로 배나 비행기를 접어주기도 했어. 건강이 회복

되자 어른들은 그 사람을 그가 떠나온 도시로 돌려보내 주었단다. 헤어질 때 그가 말했다더구나. 다시 돌아오겠다고. 반드시 돌아와 은혜를 갚겠다고."

"돌아왔나요, 그 남자가?"

내가 조심스럽게 물었다. 할아버지가 고개를 끄떡였다.

"그 사람은 약속을 지켰다. 그는 약속을 지킨, 내가 아는 유일한 백인이었지. 그가 왔을 때, 하지만 그는 혼자가 아니었어. 그는 또 다른 탐험대를 이끌고 있었어. 그리고 그 뒤를 따라 탐광업자들과 목축업자들이 벌 떼처럼 밀려오고 있었어. 개간되지 않은 땅에 말뚝을 박으면서. 이 땅의 발견자라고 자처하던 사람들은 마침내 이 땅의 정복자가 되고자 했지. 그 청년이 말했어. 이건 내가 원했던 바가 아니라고. 우리는 알고 있었다. 그가 거짓말을 하고 있는 게 아니라는 것을. 청년은 몹시 슬퍼했고, 우리는 그를 위로해 주었지……."

할아버지는 다시 한 번 하늘을 올려다보았다.

파르스름한 생채기 같던 낮달이 별들의 강에 노란 방을 들인 하늘은 아름다웠다.

"그래, 그건 그의 잘못이 아니었어. 하지만 그의 탐험에 돈을 대고 그 뒤를 밟아 온 백인들은 우리 부족이 대대로 살아온 땅에서 우리를 내쫓고 말았단다……."

할아버지의 목소리는 슬펐다. 이럴 때는 침묵을 지켜야 한다. 그러나 나는 치밀어 오르는 궁금증을 참을 수 없었다.

"그렇다면 할아버지……."

내가 주저하며 입을 열었다.

"지금 우리가 살고 있는 땅은…… 그러니까 처음부터 우리가 살았던 땅이 아닌가요?"

할아버지는 말을 아꼈지만 대답을 피하진 않았다.

"그래, 그렇단다. 하지만 그 이야기는 이담에 들려주도록 하마."

사막의 홍수

추운 밤이 찾아왔다. 저물녘이면 간간이 비가 내렸다. 황갈색으로 물든 키 작은 풀들로 덮인 평원을 통과하자, 가시덤불이 많은 지역이 나왔다. 고립된 기둥처럼 솟은 나무들이 들판 끝에서 아른거렸다.

밤에는 바람이 많이 불었기에 모닥불은 쓸모없었다. 이따금 돌풍이 몰아쳐서 돌들을 쓸어 가곤 했다. 우리는 긴 구덩이를 하나 판 다음 바닥에 뜨거운 숯을 깔았다. 그리고 그 위를 모래로 덮은 다음 딩고 가죽을 깔았다.

지면에서 허리 깊이쯤 내려앉은 구덩이는 여러 모로 편했다. 무엇보다 따듯했고, 모래 폭풍으로부터 우리를 지켜 주었으며, 할아버지와 함께 그 안에 누워 딩고 가죽을 머리끝까지 덮으면 지나가는 비로 잠을 설칠 까닭이 없었다.

기어코 폭풍우가 왔다.

며칠째 모래 폭풍이 몰아치던 어느 날, 별안간 바람이 뚝 그쳤다. 우리는 축축하고 후텁지근한 먼지 구름 속을 걸었다. 주위는 어두컴컴했고, 몇 발짝 앞도 분간할 수 없었다. 먼 데서 정체를 알 수 없는 우렁우렁한 소리들이 들려 왔다. 먼지 구름은 먼 소리의 진동은 싣고 오지만, 구름 속 공간의 소리는 솜처럼 빨아들였다. 귀가 먹먹한 정적이 흘렀다.

할아버지는 콧방울을 한껏 부풀려 코를 벌름거리면서 사방의 냄새를 맡았다. 그러더니 문득 어깨에 메고 있던 나무작대기를 내려 땅 위에 세웠다.

"이제는 이 기둥이 우리를 인도할 때가 되었구나."

할아버지는 기둥을 곧게 세우고 아랫부분을 두 손으로 감싸 쥐었다.

여행을 떠나고부터 할아버지의 어깨에 비스듬히 걸쳐져 있거나, 야영지 한쪽에 우뚝 서서 우리를 내려다보던 작대기였다. 그것에 대해 아무 말이 없었던 할아버지는 오늘 비로소 그 물건을 '기둥'이라 이름하였고, 이제 그 기둥은 할아버지 앞에서 우리를 이끌고 있었다.

또 한 가지 달라진 점은, 할아버지 곁에서 나란히 걷던 내가 할아버지 뒤에 서게 된 것이었다. 나는 그 점이 서운했고 여러 가지 묻고 싶은 것도 있었지만, 엄숙한 표정으로 기둥을 받쳐 들고 한 걸음 한 걸음 신중하게 나아가는 할아버지의 모습에 생각을 접었다.

사려 감은 거대한 짐승 같은 먼지 구름 속이었다. 가도 가도 전망은 트이지 않았다. 멀지 않은 곳에서는 비가 내리고 있음이 분명했다. 수시로 공기의 층이 바뀌면서 정체를 알 수 없는 냄새들이 갈마들었다.

바람이 일었다. 물을 부어 꺼뜨린 재 냄새 나는 바람은 혹한 열기를 담고 있었다. 하지만 그 끝자락은 음산하고 차가웠다. 온몸에 소름이 돋았다.

여러 차례 하늘이 울더니, 마침내 땅이 울었다. 땅은 울면서 무겁게 가라앉았다. 발아래서 받은 진동이 느껴졌다. 온 누리가 뼈째 덜거덕거리는 것 같았다.

그때였다. 불현듯 할아버지가 내 손을 움켜잡았다. 그러고는 재빨리 주위를 살핀 뒤 황급히 내닫기 시작했다. 나는 힘껏 달렸지만, 어찌 보면 할아버지에게 끌려가고 있었다고 해야 옳을 것이다. 그러나 그 상태도 오래가지 못했다. 무언가가 발목을 잡아채는 통에 붕 떴다가 꼬꾸라지는 순간, 우리는 서로의 손을 놓치고 말았다.

"할아버지!"

내가 소리쳤다.

나를 돌아보는 할아버지의 얼굴이 삼켜지듯이 사라졌다. 그와 동시에 나는 아스라한 어둠 속으로 쓸려 들어갔다.

나는 눈을 감았다. 나는 내 몸이 부메랑처럼 회전하는 것을 느꼈다. 내 몸을 따라 어둠도 함께 회전했다. 처음에 그 어둠은 뜨겁고 거칠었지만, 이내 알맞은 온도를 되찾더니 부드럽고 걸쭉해졌다. 문제는 그놈이 너무 우악살스럽게 나를 밀어붙인다는 점이었다. 어찌나 성질이 급한지 굼뜬 나를 젖히고 저 혼자 앞서 내달리기까지 하였다. 나는 몇 번 공중제비를 돈 뒤, 이제 그만 멈췄으면 하는 바람에서 두 팔을 뻗었다. 그리고 내가 움켜쥘 수 있는 것이 물과 모래뿐이라는 사실을 깨달았다. 나는 떠내려가고 있었던 것이다.

그 깨달음은 엄청난 두려움을 가져왔다. 숨이 막혔다. 내 귀와 콧구멍은 진흙으로 밀봉되어 있었다. 나는 죽을힘을 다해 입을 앙다물고 있었지만, 호흡에 대한 열망이 언제 입을 벌려 놓을지 알 수 없었다. 나는 공기를, 빛이자 생명이며, 세상 모든 것과 바꾸어도 아깝지 않은 한 번의 숨을 원했다. 나는 사지를 버둥거리면서 안간힘을 다해 몸부림쳤다.

바로 그때 뭔가 강하게 옆구리를 쳤다. 나는 순간적으로 정지되었다. 내 주위로 높낮이가 일정하지 않은 급류가 넘실거리면서 흘러갔다. 손으로 주위를 더듬던 나는 내가 덤불숲에 의해 보호받고 있다는 사실을 알았다. 더는 참을 수 없었다. 숨을 쉬어야 했다.

나는 두 손으로 덤불을 움켜 잡고서 있는 힘껏 머리를 쳐들었다. 그리고 입을 쩍 벌리고 숨을 들이켰다. 입 안으로 흘러들어온 것은, 다행히 물이 아니라 공기였다.

나는 번쩍 눈을 떴다.

급류는 이미 저만큼 물러간 뒤였다. 구름도 저만큼 물러간 뒤였지만, 하늘에서 굵은 빗방울들이 뚝뚝 떨어졌다. 변한 것은 없었다. 그 거친 홍수가 땅을 휩쓸고 지나갔다는 것은 모래 위에 깊게 팬 골과, 어디서 떠내려왔는지 알 수 없는 나무둥치와 바위들을 통해 짐작할 수 있을 뿐이었다.

온몸이 상처투성이였다. 그런데도 기분이 좋았다. 물과 모래와 돌로 흠씬 두들겨 맞으면서 한 꺼풀 껍질을 벗은 느낌이었다.

나는 귓속 콧속을 틀어막은 진흙을 빼내느라 애를 먹어야 했다. 할아버지와 나는 깨금발로 껑충껑충 뛰며 귓속의 물을 뺐다. 오른발 왼발 옮겨 디디며 한참을 뛰다 돌아보니, 할아버지가 나를 보며 환히 웃고 있었다.

하늘이 개었다. 햇살은 거침없었다. 아지랑이가 피어올랐다. 후끈후끈한 열기에 발바닥이 저려 왔다. 서늘한 물에 씻긴 무르팍에서 누군가 연신 바늘로 콕콕 찔러 대었다.

그때 할아버지가 나를 향해 무슨 말인가를 했다. 나는 알아듣지 못했다.

"네? 뭐라고요?"

내가 소리치며 할아버지에게로 갔다.

"저길 보렴."

할아버지가 내 귀에 대고 크게 말했다.

결코 손가락질하는 법 없이 사물을 가리키는 할아버지의 눈길을 따라 나는 먼 하늘을 보았다. 지평선 끝으로 우르릉거리며 멀어져 가는 구름장 위에 아치 모양의 커다란 다리가 걸려 있었다.

"할아버지, 무지개예요!"

내가 소리를 질렀다.

할아버지는 무지개의 끝에서 끝으로 아주 천천히 눈길을 옮겼다. 땅의 길과 하늘의 길을 아울러 읽으려는 듯.

"옛 어른들은 말씀하셨다……."

마침내 할아버지가 입을 열었다.

"무지개는 하나의 샘과 또 하나의 샘 사이로 걸어가는 신의 길이라고."

마법의 시간

샘과 샘 사이로 난 길을 신이 걸어가자 놀라운 일이 벌어졌다.

이튿날 아침이었다.

동이 트고 한 뼘쯤 햇귀가 돋자, 그에 맞추어 땅이 열리며 꽃들이 솟았다. 꽃들은 몽우리를 단 채 땅속에서 곧바로 올라왔다. 몽우리들은 단단했다. 공기에 닿자 몽우리들은 순식간에 꽃잎을 펼쳤다. 조금의 망설임도 없었다. 돌투성이의 땅을 열고 싹과 꽃을 한꺼번에 밀어 올리는 힘에 대기가 전율을 느낄 정도였다.

꽃들은 해껏 솟았다. 벌과 파리들이 떼를 지어 몰려왔다. 꽃등에와 풍뎅이도 왔다. 나비도 왔다. 초원은 갖은 곤충들의 붕붕거림으로 가득 찼다. 공기가 팽팽해졌다.

새들이 왔다. 앵무새들은 이삼십 마리씩 무리를 지어 왔다. 돌들이 달그락거렸다. 빛이 휘몰아쳤다. 한 샘과 또 한 샘 사이에서 눈에 보이지 않는 무지개가 환상의 씨앗을 뿌리는 것 같았다.

초원을 가로질러 가던 중 나는 이상한 광경을 목격했다.

물이 흥건하게 괸 웅덩이에 뭔지 모를 가루들이 빼곡하게 덮여있었다.

꽃가루 같기도 했고, 바람에 날려 온 미세한 점토 같기도 했다. 그런데 그것들은 웅덩이 위에 고루 퍼져 있지 못하고, 크고 작은 덩어리로 뭉쳐진 채 바람 한 점 없는 수면 위를 이리저리 떠다니고 있었다. 잠시 쪼그리고 앉아 지켜보니, 그 덩어리들은 끊임없이 움직이며 보다 크거나 작은 덩어리로 뭉쳐졌다 쪼개지기를 되풀이했다.

나는 웅덩이 위로 바짝 몸을 기울였다.

믿기지 않았지만, 티끌에 지나지 않는 그 작은 가루들은 모두가 살아 움직이는 생명체들이었다. 신체의 어떤 부분도 분명하게 볼 수 없었지만, 그것들이 벌레의 일종임은 틀림없었다. 톡톡 튀어 이동하며 이 덩어리에 붙었다 저 덩어리에 붙었다 쉴 새 없이 움직이는 벌레들.

갑자기 머릿속이 아뜩해졌다. 상상할 수 없을 정도로 작고 상상할 수 없을 정도로 많은 존재들이 내 눈앞에 있었다. 아무런 소리도 없고 움직임조차 너무 미세해 맨눈으로는 분간이 되지 않는 존재들. 그저 이처럼 재를 뿌려 놓은 듯 물 위를 떠다니며 어느 한곳에 떼 지어 있어야만 간신히 그 존재를 느낄 수 있는.

그것은 뭐라고 말할 수 없는 놀라움이었다. 끔찍하기도 했고 경이롭기도 했다. 무한하다고밖에 말할 수 없는, 너무나 작은 것들이 만들어 내는 거대함. 나는 그 앞에서 왠지 심연으로 빨려드는 것 같은 느낌에 진저리를 칠 따름이었다.

낮달을 보지 못한 채로 이틀을 걸었다. 지평선 위로 야트막한 둔덕들이 버섯처럼 돋았다. 둔덕들은 크고 하얀 바위로 이루어져 있었다.

바위 둔덕들이 펼쳐진 평원에 이르자 할아버지는 아침녘인데도 불을 지폈다. 나더러 불이 꺼지지 않게 잘 지켜보라 이르고는 그늘 한 점 없는 모래땅에 구덩이를 파기 시작했다.

땅 파기는 지루하게 이어졌다. 별 도구 없이 부메랑으로 땅을 파고 손으로 흙을 퍼내야 했으니 속도가 붙을 리 만무했다.

태양이 정수리에 곧게 내리꽂힐 즈음이 되자 구덩이는 할아버지의 허리춤까지 깊어졌다. 그제야 할아버지는 흙이 묻은 손을 털며 내게로 왔다. 할아버지는 불이 잘 타고 있는지 확인한 다음 그 위에 나뭇가지 몇 개를 올려놓았다.

"물을 충분히 마셔 두어라."

할아버지가 나에게 물통을 주며 말했다.

할아버지는 어깨에 메고 있던 쌈지에서 말린 풀을 한 줌 꺼내 불 위에 뿌렸다. 그러면서 낮은 소리로 무슨 말인가를 중얼거렸다. 순간적으로 불꽃이 작은 폭발음을 내며 높게 솟았다. 매운 연기가 온몸을 휘감았다. 할아버지는 다시 한 번 주문을 외며 불 위에 풀을 뿌렸다. 나는 재채기를 했다. 눈물과 함께 콧물이 찔끔거리며 흘렀다.

"이제는 몸과 마음을 정화할 시간이다. 땅속에 들어가 땅의 소리를 들어야 할 시간이다. 명심하여라. 이제는 침묵하며 귀 기울여야 하는 시간이다."

할아버지는 작은 목소리로 낮게 이야기했지만, 워낙 표정 없이 단호한 말투였기에 나는 영문도 모르면서 괜스레 주눅이 들었다.

할아버지가 말없이 내 손을 잡았다. 지금껏 느껴 본 적 없는 이상한 기운이 옮아 왔다. 나는 할아버지의 손에 이끌려 구덩이로 다가가며, 낯선 사람의 얼굴을 보듯이 할아버지의 얼굴을 올려다보았다. 할아버지는 내 눈길에 어떤 반응도 보이지 않았다.

구덩이 속이 들여다보일 정도로 가까이 갔을 때였다. 내려가려고 걸음을 딛기도 전에 나는 발을 헛딛고 미끄러지고 말았다. 넘어지거나 할 것 없이 내 발은 자연스레 바닥에 닿았다. 구덩이 밖으로 머리만 내민 채 곧게 선 자세가 되었다. 모래 지옥이 아가리를 벌리고 빨아 당긴 것만 같다.

구덩이는 깊었다. 턱이 가까스로 지면에 닿았다. 내가 까치발을 하고 서서 머리를 밖으로 내밀자 할아버지가 구덩이 속으로 모래를 밀어 넣기 시작했다. 그때서야 나는 깨달았다. 할아버지가 나를 사막 한가운데에 묻어 버리려 한다는 것을. 나는 뭔지 모를 두려움에 몸서리를 치며 도움을 청하는 간절한 눈길을 던졌다. 할아버지는 끝내 눈을 마주치지 않았다.

격렬한 통증이 엄습해 왔다. 뜨거운 모래알갱이들이 내 몸 구석구석을 불로 지져 대는 것 같았다. 모래가 빈틈없이 채워지자 숨 쉬기가 힘들어졌다. 갈비뼈와 가슴이 빽적지근해졌다. 구덩이를 다 메운 할아버지는 발소리도 없이 사라졌다. 암만 눈알을 굴려 살펴도 그림자조차 보이지 않았다.

나는 두 눈을 부릅뜨고 저 너머 세상에서 구원을 청하기라도 하려는 듯 하늘을 응시했다. 그러나 목을 젖히는 것 자체가 여간 힘들지 않았다. 기도하는 심정으로 제아무리 올려다본들 하늘엔 무지막지한 힘으로 내리누르는 태양이 있을 뿐이었다. 세상 어디에도 위안은 없었다. 그 점을 깨닫는 데에는 오랜 시간이 걸리지 않았다. 땅 위로 머리만을 내민 채 바라보는 대지는 다만 악마의 혀로 널름거리는 불꽃과 신기루의 세계일 따름이었다.

나는 눈을 감았다. 화염으로 붉게 타오르던 머릿속이 백지장처럼 하얘졌다. 나는 눈을 떴다. 눈을 뜨는 것과 감는 것 사이엔 털끝만큼의 차이도 없었다. 나는 반쯤 잠이 든 상태로 빠져 들었다. 나는 눈을 뜨고서 꿈꾸는 자였고, 꿈을 꾸면서 깨어 있는 자였다.

한낮의 태양이 정수리를 뚫고 내 안으로 들어왔다. 태양은 청동으로 된 날카로운 무기로 내 두개골을 깨뜨렸다. 손톱이 긴 수십 개의 손가락들이 깨진 두개골 안을 휘휘 저었다. 손가락들은 빨대처럼 내 머릿골을 빨아들였다. 텅 빈 머리통 속에 똬리를 튼 태양은 마침내 눈부신 빛을 뿜는 황금 공이 되었다.

황금 공 안의 은빛 왈라비

얼마나 시간이 흘렀을까……

황금 공 안에서 중얼거리는 소리가 들렸다. 잠시 후엔 기침소리도 들렸다. 어딘지 젠체하는 헛기침 소리였다.

소리는 조금씩 가까워졌다. 황금 공 안으로 희미한 그림자가 어른거렸다. 그 그림자는 결코 진실을 말하지 않는 수다쟁이의 목소리로 빠르게 주절거리고 있었다. 쉰내 나는 늙은이의 성마른 기침. 젖은 코를 콩콩거리는 게걸스러운 소리. 나는 그 듣기 싫은 소리의 주인공이 점점 가까이 다가오고 있다는 사실을 깨닫고는 몸서리를 쳤다. 그나마 다행스러운 것은 내가 그의 말을 한 마디도 알아들을 수 없다는 점이었다.

황금 공에서 뻗쳐 나오는 빛을 후광처럼 뒤집어쓰고 나타난 것은 깡마른 몸에 머리카락이 눈처럼 새하얀 남자였다. 남자는 지팡이를 짚고 있었는데, 키가 일 미터도 되지 않을 만큼 작았다. 남자는 연신 코를 콩콩거리면서 아주 고약한 냄새를 풍겼다. 나는 그의 눈에 띄지 않으려고 한껏 몸을 움츠렸다.

남자는 나의 존재를 알아차리지 못한 듯 내 앞까지 왔다가 비스듬히 방향을 틀었다. 순간, 그의 옆얼굴에 달린 커다란 눈이 나를 쏘아보고 있는 것을 본 나는 깜짝 놀라 나도 모르게 소리를 지르고 말았다. 사람이라고, 머리가 하얀 노인이라고 생각한 남자는 다름 아닌 은빛 털을 가진 왈라비였다.

"너도 다른 사람들과 다를 게 없구나. 킁킁."

노인이, 아니 은빛 왈라비가 말했다.

"사람들은 제 모습에 빗대어 모든 걸 판단하려 들지. 킁킁. 그렇게 여러 해 동안 나와 함께 지내고도 넌 나를 알아보지 못했어. 킁킁. 실망스럽군. 대단히 실망스러워. 킁킁."

왈라비가 연신 킁킁거리면서 기분 나쁜 소리로 중얼거렸다. 그런데 이상한 것은, 왈라비가 사람의 모습으로 나타났을 때는 그의 말을 한 마디도 알아들을 수 없었던 데 반해, 왈라비의 모습으로 변하자 말이 통한다는 사실이었다.

"여러 해 동안이라니? 난 너를 본 적도 없는걸."

마침내 내가 용기를 내어 말했다.

"그래? 애석하군. 킁킁. 우리는 너희들의 오랜 친구인데. 킁킁. 내가 덤불숲에서 네가 오길 날마다 기다렸다고 한다면 날 기억할 수 있을까? 킁킁. 되레 너는 내가 나타나길 기다렸다가 내 뒤를 쫓았다고 말하고 싶겠지만. 킁킁. 사실은 그게 아냐. 기다린 건 언제나 나였지. 킁킁. 나는 네가 조금이라도 더 내 가까이 오길 기다리며 덤불숲 사이를 천천히 거닐곤 했지. 킁킁. 너는 감쪽같이 내 계략에 말려들고 만 거야. 하지만 상관없어. 아암, 상관없고말고. 킁킁."

왈라비의 말을 듣자 왠지 녀석의 얼굴이 낯익다는 느낌이 들었다. 젖은

코, 몽롱한 시선, 뾰조록하게 내민 주둥이. 그런데 은빛 왈라비라니. 이건 듣도 보도 못 한 것이었다.

"은빛 왈라비는, 쿵쿵……."

내 생각을 읽기라도 한 듯 왈라비가 말했다.

"네 할아버지 때는 네 할아버지와 놀았고, 네 아버지 때는 네 아버지와 놀았지. 쿵쿵. 너, 도마뱀꼬리와는 이렇게 내가 놀고 있고."

도마뱀꼬리라니. 놈이 어떻게 내 이름을 안 것일까. 나는 등줄기에 식은 땀이 흐르는 것을 느꼈다.

"그건 사실이야. 나는 네 이름을 네가 태어나기 전부터 알고 있었지. 쿵쿵."

아뿔싸! 놈은 내 생각을 전부 다 읽고 있었다. 이제부터는 생각을 함부로 해선 안 되겠다는 생각이 들었다.

"그렇게 오랜 세월 동안, 쿵쿵, 사람들은 우리의 그림자를 밟아 왔고, 우리는 사람들과 그림자를 나눠 가졌었지. 쿵쿵. 너희 부족의 춤과 우리의 몸짓이 얼마나 닮았는지 네가 알 수 있다면. 쿵쿵. 말이 앞서 갔구나. 그걸 알기 위해 이제 겨우 문턱에 다다른, 아홉 살밖에 안 된 애송이에게 이런 말을 하다니. 어쨌든, 쿵쿵, 이 사실은 잊지 마. 아득한 옛날, 그러니까 너희 할아버지와 우리 할아버지가, 쿵쿵, 이 땅의 산과 언덕과 바위를 일으켜 세우고 샘을 솟게 하고 강을 흐르게 하며 지상을 떠돌 때, 사람과 왈라비는 형제였다는 사실을. 쿵쿵."

나는 그 말이 허무맹랑하게 여겨졌지만, 놈이 알아차릴까 봐 생각을 하지 않으려고 입술을 감쳐물었다. 하지만 이것만큼은 알고 싶었다. 자기가 그처럼 영험한 동물이라면 장차 내가 갖게 될 성년의 이름 정도는 알고 있을 게 아닌가.

"하하, 그래서 내가 왔지. 쿵쿵. 너에게 너의 이름을 돌려주기 위해. 이름은 해와 달의 순환처럼, 쿵쿵, 받았다가 돌려주고 돌려주었다가 되돌려받는 것이지. 해와 해를 거듭하며. 쿵쿵. 세대와 세대를 거쳐서. 지금 당장 그 이름을 가르쳐 달라고? 하하, 쿵쿵, 보기보다 성질이 급하구나. 덤불숲에서의 놀이를 잊지 마. 쿵쿵. 우리는 몇 시간씩이나 지치는 줄 모르고 놀았잖아? 서로를 속이고 꼬드기고 미행하면서. 그러니 서둘지 마. 쿵쿵. 이제 곧 너는 우리 집을 찾아오게 될 거야. 우리 아버지, 우리 할아버지의 할아버지가 나더러 이 말을 전하라고 하셨어. 쿵쿵. 어쨌든 환영해. 마침내 네가 우리들의 집을 찾아올 수 있게 되었으니. 쿵쿵. 그나저나 나는 이만 친구들에게로 가 봐야겠는걸."

이 말과 더불어 왈라비가 큰 눈이 달린 옆얼굴을 획 돌렸다.

"이봐, 기다려!"

내가 소리쳤다.

"난 네가 누구인지, 그리고 어디 사는지도 몰라. 난 아무것도 몰라."

나는 좀 옹색한 표정으로 말을 더듬거렸다.

"너랑…… 함께 가면 안 될까……?"

왈라비가 교활해 보일 정도로 짓궂은 미소를 띠고서 나를 바라보았다. 그는 고개를 좌우로 까딱거리며 되질을 했다.

"좋아. 쿵쿵. 그렇다면 내 뒤를 따라와."

순간 나는 내 몸이 모래구덩이에 파묻혀 옴짝달싹할 수 없다는 사실을 떠올렸다.

"보다시피 나는……."

왈라비의 커다란 눈에 멸시의 표정이 감돌았다. 왈라비는 몹시 언짢아하며 어찌할까 망설이는 기색이었다.

"그러면 이렇게 하지."

왈라비가 문득 제 몸에 달린 육아주머니 속에 손을 집어넣고 한참을 부스럭거리더니 보라색 나뭇가지 하나를 꺼냈다.

"받아. 이게 어디에 사용될 것인지는, 킁킁, 잠시 후에 알게 될 거야. 무슨 일이 있더라도 이걸 잃어버려선 안 돼. 명심해. 자, 이제 내 안으로 들어와."

갑자기 왈라비가 외틀고 섰던 몸을 돌려 정면으로 나를 향했다. 순간 나는 앞다리가 달려 있어야 할 왈라비의 가슴에 커다란 구멍이 뚫려 있는 것을 보았다. 은빛 왈라비는 네 발이 아닌 두 발 짐승이었고, 긴 뒷다리로 허리를 쭉 펴고 선 품이 영락없는 사람의 모습이었다.

"내 가슴 속으로 손을 집어넣어."

왈라비가 말했다. 심연처럼 뻥 뚫린 가슴 속을 들여다보며 내가 망설이자 왈라비가 재우쳤다.

"뭘 망설이는 거야? 킁킁. 시키는 대로 해. 나와 함께 가고 싶으면. 킁킁. 네가 돌려받을 이름을 정말로 알고 싶으면."

나는 언제부터인가 왈라비의 얼굴에서 커다란 눈이 사라지고, 대신 그를 에워싼 황금 공의 후광이 더욱 강해진 것을 느꼈다. 때문에 왈라비의 모습은 처음 보았을 때의 깡마른 노인과 분간이 되지 않았다.

나는 눈을 꼭 감고 노인의 가슴 속으로 손을 집어넣었다. 그러자 팔목이 끊기는 것 같은 통증과 함께 노인의 가슴 속에서 엄청난 피가 솟구쳐 올랐다. 피는 솟구치기가 무섭게 불꽃이 되었고, 황금 공 전체가 활활 타오르기 시작했다.

　나는 감았던 눈을 천천히 뜨고 주위를 살폈다. 황금 공 안의 은빛 왈라비는 사라지고 없었다. 황금 공 또한 사라지고 없었다. 칠흑 같은 어둠 속에서 오로라처럼 휘몰아치는 빛의 폭풍만이 시야를 가득 채웠다.

　나는 혼자였다.

괴물의 아가리 속 암흑의 미로

할아버지가 모래구덩이에서 나를 끄집어 낸 것은 해질 무렵이었다. 아무리 흔들어 깨워도 정신을 차리지 못하자, 할아버지는 캥거루 오줌보 속에 든 물을 한 통 다 내 머리 위에 쏟아 부어야 했다고 말했다.

의식이 돌아오고도 나는 한동안 걸음을 딛지 못하고 비틀거렸다. 허공을 밟는 것 같은 느낌이었다. 나는 주위의 사물들을 알아보는 데 애를 먹었다. 모닥불에서 피어오르는 연기는 먼지 구름이나 밤하늘에 흩뿌려진 성운 같았다. 불은 꽃과 나비의 중간 형태로 몽우리를 터뜨리면서 팔랑거렸다. 모래언덕에 세워진 기둥은 하늘을 향해 뇌우를 마구 뿜어 대었다. 이따금 내가 나 자신에게 부딪치는 것 같은 충격에 온몸이 뻣뻣해지며 동작이 어색해지기도 하였다. 오줌을 누다가도 오줌을 누고 있는 내 몸과 오줌이 완전히 별개인 것 같아 화들짝 놀라기도 하였다.

그 뒤로도 환상과 현기증이 드문드문 이어졌지만 기분은 상쾌했다. 언젠가 덤불숲에서 뱀이 벗어 놓고 간 허물을 본 적 있는데, 그 거추장스러운 껍질을 홀라당 벗어던진 뱀의 기분이 이와 같지 않았을까 하는 생각이 들었다. 아마 그놈도 제 몸이 제 몸 같지 않아, 긴 몸뚱이 양끝에 달린 머리와 꼬리가 혹시 뒤바뀐 게 아닌가 몹시 당혹스러웠으리라.

할아버지와 나는 굽거나 끓이지 않은 음식으로 간단하게 저녁을 먹었다. 나는 구덩이 속에서 내가 보고 겪은 것들을 이야기하고 싶었다. 그러나 할아버지의 표정으로 미루어, 그건 함부로 입 밖에 내어선 안 되는 것임을 짐작할 수 있었다.

놀빛을 받아 동쪽 지평선 위의 하얀 바위들이 자줏빛으로 물들었다. 대지의 어둠은 붉었다. 마치 내 안의 불꽃이 어둠을 살라 버리는 것 같았다. 잠시 후 바위둔덕들 위로 크고 덩두렷한 달이 떠올랐다. 보름달이었다. 달의 주기를 따라 이어진 내 아홉 살의 여행은 그렇게 가운데 자리에 들게 된 것이었다.

"보아라."

그때 할아버지가 말했다.

"이제 달 항아리에 물이 가득 차는 시간이 되었다. 가득 차서 넘치는 달빛을 달의 궁전은 물로 바꾸어 준다. 가득 차서 기꺼이 넘쳐흐르는 물로."

달 항아리라니. 그리고 달의 궁전이라니…….

나는 할아버지의 말을 이해할 수 없었다. 그러나 이제 곧 놀라운 일이 일어나리라는 것을 어렴풋이 예감할 수 있었다. 내 눈길이 미치는 모든 곳으로 꽉 찬 달의 팽팽한 힘이 퍼지고 있었다.

할아버지가 모래를 덮어 모닥불을 껐다. 그리고 모래언덕에 세워 두었던 기둥을 빼 들고서 바위둔덕들을 향해 걷기 시작했다. 멀리서 볼 땐 버섯 모양의 아담한 둔덕처럼 보이던 바위들은 가까이 가자 한눈에 담을 수 없을 정도로 거대해졌다. 달빛을 받아 은빛으로 빛나는 타원형의 둥글넓적한 바위들은 어느 알 수 없는 미래에 어떤 놀라운 생명체들이 껍데기를 깨고 나올 알들처럼 보였다.

달이 하늘 한복판에 높게 떠서 바위들의 꼭짓점을 내리비출 즈음, 우리는 그 중 한 바위의 갈라진 틈을 비집고 안으로 들어갔다.

할아버지의 말이 옳았다. 동굴 안은 말 그대로 달의 궁전이었다. 그러나 그 궁전에 다다르기 위해서는 오랜 시간 암흑의 미로 속을 헤집고 나아가야만 했다.

바위와 바위 사이, 코끝이 닿고 살갗이 벗겨질 정도로 좁다란 통로는 빛한 줄기 없이 어두웠다. 마치 무수한 이빨들이 들쭉날쭉 솟고 까칠까칠한 융털이 배게 돋은 괴물의 아가리 속을 통과하는 느낌이었다. 간혹 통로가 넓어지는가 싶으면 어김없이 갈림길이 나타났다. 그때마다 내 손끝을 더듬어 쥐는 할아버지의 손길에 의지하지 않고서는 한 발자국도 나아갈 수 없었다.

들리는 소리라곤 나와 할아버지의 숨소리뿐이었다. 이따금 갈림길에서 할아버지가 손바닥으로 이쪽저쪽 바위를 쓸어 만지는 소리가 들렸다. 길을 가늠하기 위해 바위의 결과 모양새를 확인하는 것 같았다. 별과 태양에 기대어, 또는 바람과 바람이 실어오는 냄새에 기대어 그토록 먼 길을 이동해 왔음에도 불구하고, 이곳, 어떤 감각에도 의지할 수 없는 좁고 캄캄한 미로에서 길을 잃을 수도 있다는 불안감이 조심스럽게 고개를 들기 시작했다.

'할아버지!…… 할아버지!……'

나는 뭐라고 소리도 내지 못하고 그저 입속말로 이 말만을 되풀이했다.

그러나 꽉 막혔다고 생각한 바위굴에도 언제부턴가 숨결이 돌기 시작했다. 먼저, 코끝을 스치는 촉촉하고 서늘한 기운이 있었다. 비록 한결같은 어둠이었지만, 우리가 나아가고 있는 쪽 어딘가에 또 다른 세계가 있음을 암시해 주는 부분이었다. 손끝에 닿는 바위의 느낌이 부드러워졌고, 때때로 발바닥을 통해 미끄럽고 끈끈한 촉감이 전해 오기도 했다. 더욱이 얼마 전부터 나는 신선한 물 냄새를 맡고 있었는데, 모래구덩이에서 나온 뒤로 한동안 환각에 시달렸던 나로선 내 감각을 믿을 수 없었기에 몇 번이고 고개를 저어야만 했다.

하지만 어느 순간, 내 귓불을 툭 치고 귓바퀴 속으로 도르르 감겨 들어온 것은 다름 아닌 물소리였다. 졸졸거리며 흐르는 실개울 소리.

숨을 멈추고 귀를 쫑긋 세우자, 방울방울 떨어져 웅덩이나 돌의 함지박을 두드리는 물방울 소리도 들려왔다.

나아갈수록 소리는 점점 더 또렷해졌다. 잠시 뒤엔 통로가 넓어지는가 싶더니, 돌연 서늘한 물이 발목을 휘감았다. 우리는 어느새 실개울 위에 서 있었다.

물은 몹시 차가웠다. 아주 가는 물줄기 몇 개가 모여 작은 여울을 이루며 달려온 물은 차고 숨이 가빴으며, 가볍고 재재발랐다. 무릎걸음으로 반가이 다가온 아기의 미소가 느껴졌다. 개울 바닥은 바위로 이루어져 있었는데, 표면이 반반하고 반질반질한 것이 몹시 미끄러웠다. 흘러나오는 물에 실려 동굴 안쪽으로부터 희미한 빛이 번져 나왔다. 이끼로 덮인 바위들을 손으로 더듬으며 모퉁이를 몇 개 돌자, 마침내 꿈꾸듯 은은한 빛으로 가득한 넓은 공간이 펼쳐졌다.

빛의 방, 돌의 방이었다.

처음에 나는 바위벽 곳곳에 오목하게 팬 감실 같은 곳에서 빛이 흘러나오는 줄로만 알았다. 누군가가 등잔불을 밝혀 놓은 것이라고 생각했던 것이다. 그러나 자세히 살펴보니, 빛은 저 높은 곳에서 흘러내리고 있었다. 올려다보노라면 그 높이를 가늠하기 어려운 바위 천장에 크고 작은 홈들이 패어 있었는데, 바로 그 틈새로 달빛이 스며들고 있었던 것이다.

스며든 달빛은 바위벽에 부딪쳐 굴절되었고, 굴절된 빛은 물의 노래가 울리는 곳이면 어디든 물수제비를 뜨듯이 빛의 파문을 퍼뜨렸다.

한 걸음 한 걸음 조심스럽게 앞으로 나아가던 나는 벽면 곳곳에 그려진 그림들을 보았다. 캥거루, 거북, 에뮤, 도마뱀, 앵무새 등이 그려진 벽화는 금방 채색을 한 듯 빛깔이 선명했고, 당장이라도 살아 움직일 듯 생동감이 있었다. 나는 왠지 언젠가 이곳에 와 본 적이 있다는 느낌이 들었다. 벽화가 그려진 동굴 속의 회랑과 그림들이 너무나 친근했기 때문이었다.

아니나 다를까. 벽화의 중간쯤에 자리 잡은 에뮤를 보자 나는 내 직감이 옳았음을 알았다.

그러했다. 이곳은 오늘 내가 모래구덩이 속에 묻힌 채 은빛 왈라비와 함께 방문했던 바로 그곳이었다. 놀랍게도 나는 지금 환영 속에서 보았던 장소에 발을 딛고 있는 것이었다. 그 사실을 깨닫자, 돌연 잊고 있었던 기억들이 선명하게 살아나기 시작했다.

무지개 뱀

"이봐, 도마뱀꼬리!"

왈라비가 소리쳤다.

"여기야. 여기라고. 여기가 우리 집이야!"

왈라비의 목소리는 기억의 안쪽에서 메아리처럼 울렸다.

"환영해. 우리 집에 온 것을. 하지만, 여긴 너의 집이기도 해. 넌 잘 모르 겠지만."

왈라비는 정말 제 집에 온 것처럼 껑충껑충 뛰어다니며 쉴 새 없이 재잘 거렸다. 그 몸짓이 하도 가벼워 땅에 발을 딛지 않은 것처럼 여겨질 정도 였다.

"그런데, 이상하다."

내가 말했다.

"넌 왜 아까처럼 쿵쿵거리는 소리를 내지 않는 거니?"

사실이 그랬다. 왈라비는 처음 보았을 때의 쉰내 나는 늙은이나 믿을 수 없는 수다쟁이의 목소리를 가지고 있지 않았다. 오히려 조금 짓궂은 소년 의 목소리로 재잘거렸는데, 말투나 음색이 밝고 경쾌해서 노래하는 것처 럼 들렸다.

내 주위는 물방울처럼 터졌다가 봉긋이 부푸는 빛으로 가득했다. 그 현란한 빛의 거품들은 꺼졌다 켜졌다 하며 내 팔과 목덜미를 툭툭 치고 지나갔다. 내가 그것들을 잡으려 손을 뻗자 왈라비가 말했다.

"하하, 걔네들은 내버려둬. 널 만나 반가워서 그러는 거니까."

"뭐야? 처음 보는데."

"반딧불이야. 근데……."

갑자기 왈라비의 표정이 바뀌었다.

"너…… 설마 조금 전에 줬던 나뭇가지를 잃어버린 건 아니겠지?"

나는 깜짝 놀라 내 손을 내려다보았다. 없었다. 나뭇가지는 없었다.

왈라비의 눈이 휘둥그레졌다.

"이런! 내 이럴 줄 알았지. 그렇게 당부했건만."

어디다 두었을까? 달랑 엉덩이를 가린 천 조각 하나뿐인 내 몸 어디에도 나뭇가지를 넣어 둘 만한 곳은 없었다.

왔던 곳을 되돌아보며 어쩔 줄 몰라 하는 내 모습을 왈라비는 심술궂은 표정으로 지켜보았다. 그러더니 씩하고 웃음을 지었다.

"하는 수 없지. 네 몸에서 갈비뼈를 하나 떼어내는 수밖에."

나는 왈라비가 농담으로 하는 말인 줄 알았다. 그런데 녀석은 대뜸 내 곁에 다가서더니, 마치 나뭇가지를 꺾듯 내 옆구리에서 갈비뼈 하나를 뜯어내는 것이 아닌가. 나는 미처 비명도 못 지르고 왈라비의 손에 들린 갈비뼈를 바라보았다. 그런데 이상하게도 갈비뼈가 뜯겨 나간 내 옆구리에서는 피 한 방울 나오지 않았다. 통증도 없었다. 나는 어처구니가 없어 멍하니 왈라비를 쳐다보기만 했다.

"네 갈비뼈들은 앞으로도 쓸모가 많을 거야. 조물주께서 왜 그렇게 많은 갈비뼈를 주셨겠니? 자, 됐다. 이젠 일을 해야지. 따라와, 도마뱀꼬리!"

왈라비와 나는 동굴 끝에 있는 문 앞으로 다가가 섰다. 나뭇가지 모양의 홈 위에 왈라비가 내 갈비뼈를 올려놓자 육중한 바위 문이 우르릉거리며 열렸다. 문 안으로 들어서자 벽화가 그려진 회랑이 나왔다. 캥거루와 거북, 에뮤, 도마뱀, 앵무새 따위가 그려진 벽화였다. 동굴 안쪽으로는 한 번도 본 적 없는 식물들의 그림도 있었다.

"자, 이게 오늘 네가 해야 할 일이야. 벽화에 색칠을 하는 거지. 단, 한 가지 명심할 것이 있어. 저 끝에 있는 뱀이 보이지?"

왈라비가 짧은 앞발로 오른쪽 벽의 끝을 가리켰다.

"대답해. 저 뱀이 보이냐고?"

"응. 보여."

"저 뱀엔 손도 대지 마. 무슨 일이 있더라도."

왈라비가 고약한 표정을 지으며 말했다.

"저 늙은 뱀이 살아나면 한 입에 너를 삼키고 말 거야."

나는 황야 위로 떨어지는 번개 같기도 하고, 순식간에 사막을 쓸고 지나가는 강줄기 같기도 한 뱀을 물끄러미 바라보았다. 뱀은 머리를 아래로 하고 비스듬히 바위벽을 타고 내려오고 있었는데, 비늘 하나하나 정성껏 채색된 몸은 지그재그로 요동치는 무지갯빛을 띠고 있었다.

"그래, 맞아. 무지개 뱀이야. 치명적인 독을 가진 무시무시한 뱀이지. 하늘과 땅을 통틀어 저것보다 무서운 괴물은 존재하지 않을 거야. 자, 서둘러! 빨리 일을 끝내자고."

나는 일을 시작했다.

나무를 깎아 만든 작은 통들엔 갖은 색깔의 물감들이 담겨 있었다. 나는 붓으로 물감을 찍어 동물들의 형상에 색을 입혀 나갔다. 애벌칠이 되어 있는 터라 덧칠하는 일은 어렵지 않았다. 문제는, 내가 칠하기만 하면 주위를 맴돌던 반딧불이들이 날아와 그 색을 자기들 몸속으로 흡수해 버린다는 것이었다. 때문에 내 일은 하나마나한 일이 되었다. 각양각색의 반딧불이들은 내가 벽화에 붓을 대기만을 기다렸고, 색이 입혀지면 순식간에 날아와 몸에 쟁여 넣고는 반짝반짝 빛을 뿜으며 돌아다녔다. 얼마나 괘씸한지 그 영롱한 빛깔들이 나에 대한 조롱처럼 여겨질 정도였다.

"그렇게 느려 터져서야 언제 일을 끝내겠어?"

왈라비가 뭔가를 아삭아삭 씹어 먹으면서 말했다.

"넌 평생 그 일만 하다가 종을 쳐야겠구나."

놈은 일의 진행이 더딘 까닭을 알면서도 빈정거리기만 했다. 게다가 매사에 명령조로 군림하는 태도가 영 마음에 들지 않았다. 자기는 빈둥빈둥 놀면서 왜 나만 일을 해야 하는 건가? 놈은 원래 제가 해야 할 일에 날 끌어다 부려먹는 것이 아닐까?

"그래, 너는 도마뱀꼬리답게 눈치 하나는 빠르구나."

아뿔싸! 놈이 내 생각을 읽고 있다는 것을 깜박 잊었던 것이다.

"맘대로 생각해. 그게 네 일인지 내 일인지는 일을 끝내고 따져 보자고. 어차피 너는 나의 노예니까. 아무튼 일을 끝내고 이곳을 나가자면 네 갈비뼈를 몽땅 바쳐도 모자라겠는걸."

팔자 좋게 누워 뒹굴면서 나무뿌리를 아삭아삭 먹어 대는 왈라비를 돌아보며 나는 되도록 생각을 하지 않기 위해 어금니를 꽉 깨물었다.

하지만 생각을 하지 않는다는 게 가능한 일이겠는가. 머릿속에서 꼬리에 꼬리를 물고 이어지는 생각들은 내가 입에 담으려는 말보다도 많은 것을. 아니, 생각을 하지 않으려 하면 할수록 머릿속 생각들은 눈덩이처럼 불어나기만 하는 것을.

나는 나름대로 묘안을 짜내었다. 왈라비에게 물음을 던져 그로 하여금 끊임없이 대답을 하게 만드는 것이었다. 일테면, 이런 것 말이다—너는 에뮤를 본 적 있느냐? 야생 낙타는 어떻게 생겼느냐? 그렇게 오래 살면서 그렇게 많은 곳을 돌아다녔는데 어째 그것도 모르느냐? 이 그림을 처음 그린 사람은 누구냐? 근데 네 아버지와 할아버지는 왜 안 보이시냐? 여기가 너의 집이 맞기나 한 거냐? 거북의 등짝에 칠해진 붉은색은 영 마음에 들지 않는걸. 안 그러냐? 등등.

효과가 있었다. 끊이지 않는 물음과 수다에 지쳤는지 왈라비의 눈이 검실검실 감기기 시작했다. 잠시 후 놈은 입이 찢어지라고 하품을 하더니 목이 마른 듯 슬금슬금 개울 쪽으로 갔다. 바로 그 순간, 나는 놈이 손대지 말라고 경고한 바로 그것을 향해 재빨리 달려갔다. 그리고 물감을 잔뜩 묻힌 붓으로 무지개 뱀의 머리에 채색을 했다.

붓이 닿자 별안간 우레 소리가 들리더니 벽이 흔들렸다.

"뭐야? 이게 무슨 소리야?"

왈라비가 깜짝 놀라 소리쳤다. 그의 커다란 눈이 무지개 뱀에게로 향했다. 나는 물감을 듬뿍 찍은 붓으로 다시 한 번 무지개 뱀의 머리를 칠하며 왈라비를 향해 생긋 웃음을 던졌다.

"빌어먹을! 뱀은 건드리지 말라고 했잖아?"

왈라비가 모둠발로 껑충껑충 뛰더니 홱 몸을 돌렸다. 내게로 달려와 앙갚음을 할 줄 알았는데, 뜻밖에도 놈은 반대 방향으로 줄행랑을 치기 시작했다.

"넌 반드시 벌을 받고 말 거야! 반드시!—"

그것이 그의 마지막 말이었다.

동굴이 또다시 몸부림을 쳤다. 무지개 뱀은 온몸을 꿈틀거리며 금방이라도 바위에서 뛰쳐나올 기세였다. 흙더미와 바위덩어리들이 쏟아져 내렸다. 그러자 어디서 나타났는지 초록색 영롱한 빛을 뿌리며 새 한 마리가 날아왔다. 눈부시도록 흰 새였다. 깜짝 놀라 주위를 휘돌아보고는 다시 벽화 쪽으로 눈을 돌린 나는 무지개 뱀이 사라졌다는 것을 알았다.

그러했다. 무지개 뱀은 어디에도 없었다. 왈라비도 보이지 않았다. 동굴은 금방이라도 무너져 내릴 것만 같았다. 두려웠다. 어디로 달아나야 할지 알 수 없었다. 바로 그때였다. 동굴을 한 바퀴 돌아 나온 새가 내 머리 위를 스칠 듯이 지나갔다. 나는 엉겁결에 팔을 뻗어 새의 다리를 잡았다. 그러나…….

환영은 거기서 끝났다.

새의 몸에서 뜨뜻미지근한 물이 흘러내려 내 머리를 적시는가 싶더니, 그와 동시에 누가 내 이름을 부르며 어깨를 흔들었다. 가까스로 정신을 가다듬은 내 눈앞엔 할아버지의 근심스러운 얼굴과, 물이 찔끔찔끔 흘러나오는 캥거루 오줌보가 희부옇게 자리 잡았다.

달의 궁전

다행히 벽화 속의 무지개 뱀은 그 자리에 있었다. 내가 익히 알고 있는 동물들과, 지금껏 한 번도 보지 못한 동물들의 행렬이 끝나고, 그 뒤를 이어 풀과 나무들이 그려진 벽화의 마지막 자리에.

나는 안도의 숨을 내쉬며, 환영 속에서 내가 보라색 물감으로 칠했던 뱀의 머리가 아름답게 빛나고 있는 것을 흐뭇한 눈길로 바라보았다.

그런데 커다란 날개를 너울거리며 날아오른 그 하얀 새는 대체 어떤 동물이었을까…….

"너는 이미 무지개 뱀을 보았구나?"

할아버지가 내 곁에 다가와 서며 물었다.

"네."

"누가 이곳으로 너를 안내해 주었느냐?"

"왈라비요. 은빛 왈라비였어요."

"달의 궁전에서 무엇을 했지?"

"물감으로 벽화에 색칠을 했어요."

나는 내 옆구리에서 뜯겨 나간 갈비뼈며, 내 일을 방해했던 반딧불이 같은 것들에 대해 이야기하려 했으나, 도무지 어떻게 설명해야 할지 몰라 입을 다물었다.

"왈라비는?"

"왈라비는 드러누워 나무뿌리만 먹어 대었죠. 일은 나한테 맡겨 놓고요. 그런데 무지개 뱀만은 절대로 손대지 말라고 했어요."

"다른 건 전부 색칠을 하라 이르고는 무지개 뱀만은 손도 대지 말라 그랬다고?"

"네. 그랬다니까요."

"흠흠. 그래서 너는 어떻게 했느냐?"

"왈라비 말만 듣고 벽화를 칠하고 있다간 평생을 종치고 말겠다는 생각이 들었죠."

"종을 친다고?"

"왈라비가 그랬어요. 그렇게 느려 터져서야 평생 그 일만 하다가 종을 치겠구나, 하고요. 그래서 왈라비가 절대로 하지 말라고 한 일을 해야겠다고 생각했죠. 왈라비가 한눈을 파는 사이에 재빨리 무지개 뱀에 색칠을 한 거예요. 그랬더니……."

"그랬더니?"

"동굴이 무너질 듯이 흔들리더니 무지개 뱀이 사라지고 말았어요. 왈라비도 사라져 버렸죠. 그런데 갑자기 새가 나타났어요."

"새라고? 어떤 새였느냐?"

"처음 보는 새였어요. 날개가 크고 온몸이 하였어요. 동굴이 무너져 내리려는데 내 머리 위로 날아왔죠. 난 새의 발목을 잡았어요. 그때……."

"혹시 이 새를 닮지 않았느냐?"

할아버지가 돌아서서 등 뒤의 바닥을 가리켰다. 그곳에는 바위 천장의 틈새로 스며든 달빛이 날개를 활짝 펼친 새의 형상을 그려 놓고 있었다. 믿기지 않을 만큼 큰 날개, 가지런히 모아 뒤로 쭉 뻗은 다리, 길고 가느다란 목, 작고 동그마한 머리…… 바로 그 새였다.

"맞아요! 바로 이런 모습이었어요!"

내가 소리치듯이 말했다.

"브롤가로구나……"

할아버지가 나직이 중얼거렸다.

"저길 보렴."

할아버지가 고개를 들어 가리킨 동굴 천장에는 온몸으로 빛을 뿜으며 날아가는 새 한 마리가 있었다. 하늘을 향해 조붓하게 열린 동굴 틈바귀를 가득 채운 달의 새.

우리는 한동안 고개를 들고서 새의 비상을 지켜보았다. 달의 위치가 바뀌어 새의 형상이 사라질 때까지.

"무지개는……"

천장과 바닥 어디에서도 새의 형상을 찾아볼 수 없게 되자 할아버지가 다시 입을 열었다.

"무지개는 하늘과 땅 사이에 걸쳐져 있지만, 그건 반쪽에 지나지 않는다. 나머지 반은 무지개 뱀이 되어 지상을 떠돌고 있지. 무지개의 궁륭이 하나의 완전한 동그라미가 되는 그날을 위해."

할아버지의 손이 내 어깨에 닿았다.

"어쩌면 너는 무지개의 숨겨진 반을 찾아야 하는 운명일지 모르겠구나.”

내 어깨를 토닥거리는 할아버지의 손길에서 설렘과 함께 어떤 피로감
이 묻어났다.

“그건 아주 힘들고 먼 여행이란다…….”

잠시 후 할아버지가 다시 말했다.

“내일은 일찍 떠나야 하니, 잠을 푹 자 두도록 하여라.”

그러나 나는 잠을 이룰 수 없었다.

달이 비치는 각도에 따라 형태와 빛깔이 바뀌는 궁전 안은 살아 숨 쉬는
것 같았다. 달빛이 부서지는 방향에 따라 물소리가 바뀌었고, 달그림자는
덩굴식물처럼 동굴 벽을 타고 뻗어 올라갔다. 동굴 안은 어느새 온갖 풀
과 나무들이 자라는 정원이 되었다. 달빛이 닿는 곳마다 물이 솟고 흘러
내렸으며, 바위를 타고 미끄러지는 물과 웅덩이에 떨어지는 물, 흐르고
뒹굴고 짓까불며 낮은 비명을 질러 대는 물로 말미암아 나는 한껏 들뜬
기분이 되었다. 지금까지 이처럼 아름답고 황홀한 물소리를 들어 본 적
없었기에 더더욱 그러했다.

잠 못 이루긴 할아버지도 마찬가지였다.

할아버지는 밤새 조용한 걸음걸이로 동굴 안 이곳저곳을 살펴보았다.
때로는 나직한 음성으로 어떤 말들을 중얼거리기도 하였다. 가지를 뻗고
덩굴 순을 감아올리는 식물들과, 갖은 빛깔로 반짝이며 날아다니는 반딧
불이 속에서 그 소리는 이상야릇한 그림자를 끌고서 메아리쳤다. 나는 혹
여 할아버지가 동굴 속 정원이 빚어내는 빛과 그림자들 속으로 홀연히 사

라져 버리지나 않을까 조마조마한 마음이 되었다.

그날 내가 언제 잠들었는지는 알 수 없다. 무엇이 꿈이고 현실이었는지 헤아려 볼 수도 없다. 내 눈은 반쯤 뜨인 채 눈의 안쪽과 바깥쪽을 동시에 보고 있었다.

나는 무슨 까닭에서인지, 여행을 떠나오기 전에 보았던 황야에서의 해돋이를 생각했다. 보라색 입술처럼 맞닿아 있던 하늘과 땅 사이로 첫 햇살이 비침과 동시에 그 빛 속에서 나와 줄달음질치기 시작하던 사람들을. 그러면서도 나는 내가 그것을 생각하고 있는지 아니면 보고 있는지 분간이 되지 않았다. 지평선에서부터 뽀얀 먼지를 일으키며 달려온 사람들은 어느새 동굴 안 달빛 속에 우뚝 서 있었고, 그들 곁에는 온갖 동물들이 함께 자리하고 있었다.

놀라운 일이었다. 시간이 갈수록 동굴 안은 점점 더 많은 사람들과 동물들로 북적거렸다. 때마침 어디선가 흥겨운 음악소리가 울리자, 그들은 일제히 손에 손을 잡고 춤추기 시작했다. 아름드리나무 한 그루를 가운데에 두고 크게 원을 그리며 추는 춤이었다. 사람과 동물이 한데 어우러져 있어 어느 것이 사람이고 동물인지 구분되지 않았다. 그러다 어느 순간 춤이 절정에 이르자, 한복판에 있던 나무가 빙글빙글 돌기 시작했다. 더 놀라운 것은, 덩굴처럼 뻗친 가지마다 사람과 동물들이 매달려 환호성을 질러 대는 것이었다. 나는 그 속에서 아빠와 엄마를 보았다. 믿을 수 없었다. 내 동생 '덤불숲의 회오리바람'도 있었다. 고향마을의 친구와 형들도 보였다. 모두들 행복한 얼굴이었다. 회전목마처럼 돌아가는 그 나무에는, 믿기지 않았지만, 내 모습도 보였다. 나는 어느 덩굴엔가 매달려 탐스럽게 익은 열매를 따고 있었는데, 덩이줄기처럼 주렁주렁 열린 열매들 중 하나를 들고 입 안에 막 넣으려는 순간…… 갑자기 눈앞이 캄캄해지는가 싶더니, 돌연 눈꺼풀을 파고드는 날카로운 빛살에 번쩍 눈이 뜨이고 말았다.

아침이었다.

나는 소스라치듯이 일어나 주위를 돌아보았다.

동굴 안은 텅 비어 있었다. 나무도 동물도 사람도 없었다. 떠들썩한 환호성도 음악소리도 없었다. 다만, 어슴푸레한 빛 속에 홀로 개울에 앉아 몸을 씻고 있는 할아버지의 모습이 보일 따름이었다.

"일어났느냐?"

할아버지가 말했다.

"이리 와서 몸을 씻도록 해라."

거룩한 기둥

부드럽고 포근했던 이끼 침대의 감촉은 짧았던 밤의 기억을 더욱 아쉽게 했다. 잠들지 않으려 무던히 애쓰다가 자지러지듯이 녹아든 잠은 얼마나 깊고 감미로웠는지. 밤새 달빛을 받으며 쑥쑥 자라던 풀과 나무들은 밤과 더불어 사라졌지만, 또한 빙글빙글 원을 그리며 춤추는 나무에 매달려 웃음 짓던 사람과 동물들은 모두 떠났지만, 그들이, 그 모든 것이 오늘 밤에도 다시 나타나리라는 것은 의심의 여지가 없었다. 이곳, 달의 궁전에서라면 매일 밤 또 다른 축제가 벌어지리라는 것 또한.

정말이지 나는 떠나고 싶지 않았다. 정 안 된다면 하룻밤만이라도 더 머물고 싶었다. 달의 품안에 세워진 궁전에서 밤새워 물의 노래를 듣고, 달 그림자인 풀과 나무들의 춤을 보고, 모든 것이 한 심장의 박동처럼 어우러지는 동굴의 울림을 다시 한 번 온몸으로 느끼고 싶었다.

그러나 어느새 짐을 꾸리고 나를 돌아보는 할아버지의 시선은 그 모든 것이 공연한 욕심에 지나지 않는다는 사실을 말해 주고 있었다. 떠나야 했다.

그렇다. 나는 떠나야만 했다. 달의 궁전에서 내가 가지고 나갈 수 있는 것은 캥거루 오줌보에 담을 수 있는 두 통의 물밖에 없었다. 내 배와 물통

속에 아무리 그득그득 담으려 해도 넘칠 수밖에 없는 물이었고, 결국은 모자랄 수밖에 없는 물이었다. 그것으로도 감지덕지해야 했다. 동굴에서 나오자마자 우리를 제일 먼저 반긴 것은 혹독하게 내리쬐는 태양과, 뾰족뾰족 날을 세우고 모지락스레 발바닥을 찔러 대는 돌들이었으니 말이다. 걸음을 옮겨 디딜 때마다 지난밤의 기억이 가슴을 저리게 했다.

달의 궁전을 떠나기 전이었다.

할아버지가 시키는 대로 귓속 콧속 할 것 없이 구석구석 깨끗하게 몸을 씻은 나는, 봇짐을 챙겨 들고 또 다른 미로 속을 비집고 안쪽으로 깊숙이 들어가는 할아버지를 따라, 바위들이 연봉을 이루며 묘석처럼 에워싼 광장 같은 곳에 이르렀다. 뻥 뚫린 듯이 하늘이 열린 곳이었다.

풀 한 포기 자라지 않는 그 텅 빈 공터 한가운데에는 가지 하나 없이 외줄기로 솟은 나무 한 그루가 있었다. 나무는 기다랗고 가는 줄기 끝에 십여 개도 되지 않는 잎사귀들을 달고 있었다. 나뭇잎들은 비록 초록색을 띠고 있었지만, 언뜻 보기에도 빳빳하게 굳은 것이 쇠붙이를 두들겨서 만든 것 같았다.

"지난해에 꽂아 두었던 기둥이다."

할아버지가 말했다.

"기둥이 움을 틔워 나무가 되었구나."

할아버지는 나무 주위를 돌며 자랑스럽게 나무를 올려다보았다. 그러고는 나더러 나무에 물을 주라고 일렀다. 할아버지도 나무 둘레에 고루고루 물을 주었다.

"이 나무는 예로부터 '카우아―아우아'라는 이름으로 불리었다. 우리 부족의 옛 언어로 '거룩한 기둥'이라는 뜻이다. 인사를 올리자."

할아버지는 나와 함께 일곱 방향을 향해 경배를 올렸다. 그런 다음 나무를 마주 보고 앉더니 나를 곁에 앉게 했다.

"옛날 옛적에 온 세상이 어둠에 싸여 있을 때, 하늘과 땅을 나누고 만물이 생겨나게 한 이가 계셨다. 그분은 이름이 없다. 우리는 '눔바쿨라'라고 부른다. 그 뜻은 '어디에나 계시는 분'이다. 이 세계를 창조하고 흡족해 하신 그분은, 당신의 일이 끝났다고 생각되자 기둥 하나를 세우고 그 기둥을 타고서 당신이 떠나왔던 곳으로 돌아갔다. 그 후로 이 기둥은 어디에나 계시는 그분이 우리를 인도하는 이정표가 되었다. 만약 우리가 길을 잃었거나, 지금껏 살아왔던 곳을 떠나 새 거주지를 찾아야 할 때면, 그분을 대신해서 이 기둥이 우리를 이끌어 주었다. 자, 일어나 나를 따라오너라."

우리는 나무를 중심으로 빙 둘러선 바위들 가까이로 갔다. 멀리서 보았을 땐 몰랐지만, 바위엔 그림들이 새겨져 있었다. 화려하게 채색된 동굴 속 벽화와는 달리, 날카로운 물건으로 바위를 긁어 단순하게 형태만을 나타낸 그림들이었다.

"이 그림들은 우리 부족이 걸어온 역사를 담고 있다."

벽화는 모두 열두 점으로 이루어져 있었다.

첫 번째 그림에서 나는 눔바쿨라를 보았다. 그분은 번개무늬와 같은 한 줄기 선으로 나타났다. 그 선은 하늘에서 내려와, 누워 있는 사람의 이마에 닿아 있었다.

다음 그림에서 사람은 캥거루와 에뮤, 도마뱀, 악어, 주머니쥐 같은 동물들과 함께 서 있었다. 쩍 벌린 다리나 높이 쳐든 손으로 보아 춤을 추고 있는 듯했다. 그들 주위에는 나무와 산이 있었고, 강과 호수, 태양과 달과 별이 있었다.

다음 그림으로 넘어가기 전, 눔바쿨라는 무지개 뱀의 형상으로 나아갔다. 나무 한 그루가 나타났고, 그 나무는 잎이 무성한 가지들을 계단처럼 층층이 뻗어 올렸는데, 우듬지에 이르자 가지는 없어지고 오직 한 가닥 줄기만이 하늘을 향해 솟아 있었다. 줄기 끝에서 시작된 점선이 천상의 궁륭 속으로 사라지는 것으로 보아, 눔바쿨라가 지상에서의 일을 끝내고 하늘로 돌아가고 있는 것을 표현하는 듯했다.

다음 그림에는 두 사람이 등장했다. 태양 아래서 모닥불을 피우고 서 있는 사람과, 달 아래서 강을 끼고 서 있는 사람. 두 사람은 가운데에 커다란 바위를 사이에 두고 따로 떨어져 있었다.

"불의 형제와 물의 형제란다."

내가 설명을 구하는 눈길로 돌아보자 할아버지가 말했다.

"그 다음 그림을 보렴."

다음 그림에서 두 사람은 각자 바위를 등지고 반대 방향으로 나아갔다. 불의 형제 옆에는 캥거루와 에뮤가 있었고, 물의 형제 옆에는 악어와 물고기가 있었다. 두 사람의 손에는 나뭇가지가 하나씩 들려 있었다. 다음 그림에서 불의 형제는 바위로 돌아와 그 근처에 불을 피우고 앉아 있는 데 반해, 물의 형제는 바위로부터 멀리 떨어진 강가에 오두막을 짓고 누워 있었다.

일곱 번째 벽화는 불의 형제가 잎이 무성한 나무기둥을 들고 캥거루와 에뮤와 함께 강가에서 물의 형제들과 만나는 정경을 담고 있었다. 그들의 머리 위에는 새가 한 마리 날고 있었는데, 나는 그 새가 달의 궁전에서 보았던 바로 그 새라는 것을 알았다. 형제들의 만남은 축제로 이어졌다. 곳곳에 피워진 모닥불. 그 주위를 에워싸고 춤추는 사람과 동물들. 이 모든 것의 중심에는 잎이 무성한 나무기둥이 자리 잡고 있었고, 바로 그 위에 달의 궁전에서 보았던 새가 날고 있었다.

이 그림을 끝으로 벽화에 등장하는 사람들의 수가 많아졌다. 개중에는 백인으로 보이는, 똑같은 모자에 똑같은 옷을 입은 사람들도 있었다. 벌거벗은 몸에 모자만 쓰거나, 손에 이상한 물건들을 든 사람들도 있었다. 또한 물의 형제들이 사는 강가엔 네모난 창이 달린 사각형의 집들이 등장했고, 나뭇가지를 엮어 만든 울타리들이 여기저기 자리 잡았다. 사람의 수가 늘어나면서 그림에 등장하는 동물의 수는 점점 줄어들었다. 그러다가 마지막 그림에 이르러서는 불의 형제도 물의 형제도 없이 바위만 덩그러니 서 있는 들판이 나타났다. 새도 나무기둥도 보이지 않았다. 아주 쓸쓸한 광경이었다.

"물의 형제는 우리와 혈연관계에 있는 부족이다."

할아버지가 말했다.

"이곳에서 하루하고 반나절을 가면 그들을 만날 수 있지. 그들은 비가 많이 오고 습지가 발달한 곳에 살고 있다. 황야에 살고 있는 우리가 불의 형제라고 불리는 데 반해 그들이 물의 형제라고 일컬어지는 것은 그 때문이야. 물의 형제는 마을 주변의 습지에 살고 있는 두루미를 신성하게 여

겨, 두루미가 둥지를 짓고 새끼를 키우는 때를 기다려 축제를 열지. 축제
는 거룩한 기둥이 도착하면 비로소 시작된단다.

축제는 아주 오래전부터 내려오는 의식이다. 예전엔 보름달이 뜨길 기
다려, 사막과 강과 바다와 섬들에 사는 부족들까지 찾아와 축제를 벌였었
지. 털 없는 벌거숭이 캥거루 새끼가 제 어미 뱃속으로 들어갈 수 없을 정
도로 클 때까지 걸어야만 다다를 수 있는 곳에서 오는 부족도 있었다. 그
렇게 넓은 지역에 흩어져 살던 부족들이 그날만큼은 모두 모여 춤과 노
래로 어우러졌던 게야. 축제는 몇날며칠 동안 밤낮없이 이어졌지. 그런
데…….”

할아버지는 한숨을 내쉰 뒤 잠시 숨을 고르며 벽화들을 바라보았다.
“이야기를 이어가기 전에 네가 알아 두어야 할 것이 있다.”

불의 형제인 우리 부족은 달의 궁전을 지키는 부족이었다. 달의 궁전은
부족 최고의 성소였다. 그곳에는 일 년 중 단 한 차례, 부족을 대표하는 원
로들의 출입이 허용되었다. 불의 형제라 할지라도 함부로 드나들 수 없었
다. 오직 부족을 대표하는 사제만이 매일 아침과 저녁에 그곳에 들어가
인사를 올릴 수 있었다. 물의 형제를 비롯한 다른 부족민들은 성소 주변
에 흩어져 살며 일 년에 한 번, 축제 전에 대표를 보내 달의 궁전에서 기도
를 올렸다. 그것은 아주 엄숙하고 비밀스러운 의식이었다. 그 의식이 있
은 뒤에야 축제가 가능했다. 그러던 어느 날…….

“……성소에 관한 정보가 백인들의 귀에 들어가고 말았다. 백인들은
축제의 규모가 큰 것에 전부터 불안과 의구심을 느껴 오고 있었지. 그 핵

심에 자기들이 모르는 어떤 힘이 존재한다고 판단했던 거야. 아무런 통신 수단도 없이, 수십 또는 수백 킬로미터의 거리를 두고 뿔뿔이 흩어져 사는 사람들이 그렇게 한곳에 모일 수 있다는 사실이 그들로서는 믿기지 않았던 것이다. 끊임없이 축제의 뒤를 캐고 다니던 염탐꾼들이 마침내 성소의 존재를 파악하기에 이르렀어. 그들은 성소의 위치까지도 알아내었지. 물론 그 배후에는 백인들에게 매수된 부족민들이 있었어. 그러나 우리 형제들이라 한들 직접 그 안에 들어가 보지 못한 자들로서는 그곳에 무엇이 있는지 알아낼 도리가 없었지. 백인들은 달의 궁전 주변을 샅샅이 헤집고 다녔지만 아무런 단서도 찾지 못했어. 동굴 속 벽화조차 찾지 못했으니까. 그들이 본 것은 그저 무미건조한 바위와 칠흑 같은 어둠, 실타래처럼 엉킨 미궁뿐이었지…….”

할아버지는 열 번째 벽화 이후에 이어지는 그림들은 바로 그러한 내용을 담고 있다고 말했다.

“성소의 핵심이 드러나지 않은 것은 천만다행이었지만, 일단 그 위치가 알려진 이상 그곳에서 의식을 계속한다는 것은 위험한 일이었다. 게다가 우리 내부에 배신자가 있으니 달리 방법이 없었지. 모든 의식이 취소되었다. 일부 원로들을 제외한 부족민들에겐 성소의 존재가 철저하게 비밀에 부쳐졌다. 불의 형제는 성소를 떠났다. 일부는 은둔을 택했고, 일부는 유랑생활을 택했다. 그 후 입에서 입으로 전해지던 성소는, 많은 원로들이 세상을 떠남으로써 몇몇 사람의 기억에서만 전설처럼 존재하고 있을 뿐이란다…….”

나는 할아버지의 이야기를 듣고 할아버지만큼이나 상심이 컸지만, 한편으로는 캐묻고 싶은 점들이 많아 입이 근질거렸다. 가령…… 그렇다면 할아버지는 어떻게 성소를 자유롭게 드나들 수 있으며, 그에 대해 그토록 많은 지식을 가지고 있는가? 또한, 한낱 내 개인의 이름을 찾기 위한 여행에서 내가 이처럼 중요한 장소를 방문할 수 있는 것은 어떤 연유에서인가?

하지만 이번에도 나는 궁금증을 속으로 꾹꾹 눌러 재웠다.

우리는 다시 거룩한 기둥이 있는 곳으로 갔다. 나는 조금 전만 해도 바싹 말라 있던 나무에 물이 올라 있는 것을 보고는 깜짝 놀랐다. 잎들은 반질반질하게 윤이 났으며, 전보다 몇 배는 더 무성해져 있었다.

"이제 카우와―아우와는 이곳에서의 일을 끝내고 축제의 장소로 옮겨질 것이다. 인사를 올리자."

할아버지와 나는 다시 한 번 일곱 방향을 향한 경배를 올렸다. 할아버지가 부메랑으로 밑동을 쳐서 나무를 잘랐다. 그런 다음, 집을 떠나면서부터 줄곧 들고 왔던 기둥을 그 옆에다 심었다.

"그분께서 이 기둥 또한 잎이 무성한 나무로 가꿔 주시길 기도하자."

노래의 길을 따라서

달의 궁전을 떠나면서 생긴 가장 큰 변화는 노래였다. 할아버지는 거의 쉬지 않고 노래를 불렀다.

"이 길은 노래의 길이란다."

할아버지가 흥에 겨운 듯 조금 들뜬 목소리로 말했다.

"나는 나의 아버지에게서 노래를 통해 길을 배웠고 길을 통해 노래를 배웠다. 아버지는 나에게 그러셨지. 나는 나의 아버지에게서 그렇게 배웠다고. 할아버지 또한 그러하셨다고."

"그런데 할아버지, 노래가 어떻게 길이 될 수 있나요?"

내가 물었다.

"사람이란 말이다, 대지라는 몸체에 붙어 있는 혀와 같단다. 만약 그 혀가 대지에 대해, 그리고 대지를 위해 노래를 부르지 않고 이야기를 들려주지 않는다면, 대지는 고독과 침묵 속에 황폐해지고 말 것이다. 그리고 그렇게 황폐해진 땅은 인간에게 결코 길을 열어 주지 않는단다."

할아버지 노래의 졸가리를 이루는 것은 단순했다. 어떤 바위 하나, 언덕 하나, 먼 곳에서 지열에 어른거리는 산줄기 하나, 오래전에 죽은 고목의 그루터기 하나, 모래땅과 자갈땅, 말라붙은 진흙 웅덩이 따위를 있는 그대로, 만약 그것에 이름이 있다면 그 이름을 불러 주는 것이었다. 지대가 높아지면 음조도 높아졌고, 깊게 골이 팬 곳에서는 웅숭깊은 저음을 내었다. 바위벽이나 모래둔덕들에 에워싸여 사물의 그림자로도 방향을 짚어 낼 수 없을 때는 높낮이가 다른 소리를 내어 그 울림으로 길을 찾기도 했다. 때로는 어떤 장소를 처음 발견한 사람의 이름이나 그가 붙인 땅이름의 나열에 지나지 않기도 했지만, 무슨 뜻인지 도통 알아들을 수 없는 경우도 많았다.

"욜룽우의 연못…… 꿈꾸는 암컷 딩고의 젖꼭지…… 라카라─라카라…… 융단무늬왕뱀의 아침……."

그런데 왜 달의 궁전에 이르기까지 그 긴 시간 동안은 단 한 마디의 노래도 없이 걷기만 한 것일까?

할아버지의 대답은 이러했다.

"그곳은 노래를 부를 수 있는 곳이 아니란다. 사람이 살지 않는 그 거대한 땅은 사람이 침묵해야 하는 곳이다. 침묵으로써 그 존재들에 경배를 올려야 하는 곳이다. 그러나 이곳은 아니다. 이곳은 다르다. 우리 부족이 대대로 걷고 사냥하고 사랑하면서 살아온 곳이다. 때문에 우리는 노래를 불러야 한다. 그래야만 땅이 길을 열어 준다."

할아버지의 발걸음에 맞춰 할아버지의 어깨 위에서 푸른 잎이 무성한 기둥이 넘실넘실 춤을 추었다.

"자, 나를 따라해 보렴. 앵무새가 찾은 샘…… 발 없는 도마뱀의 발자국…… 신기루의 호수…… 워라무릉운지의 코딱지……."

하루가 지나자 풍경이 완전히 바뀌었다.

86

할아버지와 나는 키 작은 가시나무들이 듬성듬성 서 있는 초원지대로 들어섰다. 거기서 반나절을 더 걷자, 잎이 크고 반지르르하고 줄기에서 코를 찌르듯 짙은 향기가 나는 키 큰 나무들 아래를 지나게 되었다. 그곳의 땅은 더 이상 돌과 모래로 이루어진 메마른 땅이 아니었다. 나뭇잎과 진흙으로 덮인 땅은 밟으면 움푹움푹 발자국이 패었고, 쓰러져 죽은 나무 밑동에는 시커멓게 썩어가는 물이 괴어 있었다. 숲 속은 한낮인데도 어둡고 음습하여 으스스한 느낌을 주었다. 게다가 무수한 날벌레들이 끊임없이 몸에 달라붙었고, 어떤 놈들은 따끔따끔하게 등짝을 쏘기도 하였다.

발이 푹푹 빠지는 크고 작은 웅덩이들을 건너고, 삐죽삐죽 솟은 나무뿌리들을 밟으며 늪과 연못들을 우회하여 마침내 우리는 원통형의 나무 조각들이 주렁주렁 달려 있는 큰 나무 아래에 이르렀다.

할아버지는 일단 그 아래에 자리를 잡고 앉더니, 봇짐 속에서 부메랑 두 개를 꺼내 그것들을 맞부딪쳐서 소리를 내기 시작했다. 처음엔 십여 번, 숨죽인 채 얼마 동안 기다렸다가 다시 대여섯 번. 그러자 숲의 깊은 안쪽에서도 소리가 들려왔다. 할아버지가 보낸 신호와 거의 같은 리듬으로 두드려 대는 통나무 소리였다.

얼마 후, 숲 속에서 사람들이 나타났다. 우리는 자리에서 일어났다. 키가 훤칠하게 큰 남자 한 명이 큰 걸음으로 다가왔다. 흰 줄이 그인 이마 아래에서 이글거리는 눈빛이 매서운 남자였다. 할아버지와 남자는 아무 말 없이 다가서더니 두 팔을 활짝 펼쳐 서로를 껴안았다. 그러는 동안 뒤에 선 남자들은 가만히 그 모습을 지켜보기만 했다. 몇 마디 말이 오간 뒤 할아버지가 내 쪽을 손짓해 보이며 무슨 말인가를 했다. 남자가 이번에도 역시 큰 걸음으로 성큼성큼 다가오더니 나를 머리 위로 번쩍 들어 올렸다. 그가 무슨 말인가를 했지만 나는 알아듣지 못했다. 나는 그 사람의 머리 위에서 어찔어찔한 기분이 되어, 그의 발 주위를 기어 다니는, 까만 등껍데기를 가진 주먹만 한 벌레들을 내려다보았다.

남자가 나를 내려놓았다. 할아버지가 잎이 무성한 기둥을 보여 주자, 뒤에 섰던 남자들이 모두 다가와 환호성을 질렀다. 하지만 아무도 그 기둥에 손을 대지는 않았다. 할아버지가 기둥을 나에게 건네주며 말했다.

"이제부터 이 기둥을 들고 마을로 가는 것은 너의 몫이란다."

나는 나무기둥을 어깨에 메었다. 그리고 행렬의 선두에 섰다. 어른들이 내 뒤를 따랐다.

우리 일행이 숲 속으로 난 오솔길을 따라 마을로 들어서자 사람들이 몰려 나왔다. 주위를 에워싼 사람들의 시선이 일제히 나에게로 쏠렸다. 아이들이 내 양옆에 바짝 붙어 서서 줄 지어 따라왔다. 그들의 눈에서 부러움이 섞인 환한 기운이 빛을 발했다. 그 빛이 나를 감싸자 나는 내가 빛나고 있다는 느낌이 들었다. 그 느낌은 너무나 강렬해서 내가 다른 사람이 된 것 같았다. 나는 몹시 우쭐해졌다. 진창에서 몇 번 발을 헛디뎠을 정도였다.

사람들이 점점 많아졌다. 북 치는 소리, 웃음소리, 노랫소리가 귀가 먹먹할 정도로 크게 울려 퍼졌다. 나는 커다란 나무 위에 올라앉았거나, 나뭇가지에 매달려 빙글빙글 재주넘기를 하는 아이들을 눈이 휘둥그레져서 쳐다보았다. 물론 나보다 더 경이로운 눈으로 나를 본 것은 그들이었겠지만.

거룩한 기둥이 마을 한가운데에 세워지자, 그것을 중심으로 동서남북 네 방향에 화톳불이 지펴졌다.

축제의 시작이었다.

기둥을 메고 가는 역할이 끝나자 나는 곧바로 여자들의 손에 맡겨졌다. 생판 처음 보는 그녀들이었지만, 나를 어르고 쓰다듬으며 좋아서 어쩔 줄 몰라 했다. 나는 까치발을 하거나 잔뜩 몸을 움츠리고서 어떡해서든 할아버지의 뒷모습이나마 찾으려 했지만, 도무지 여자들의 울타리를 넘어설 수 없었다. 나는 왠지 무섭기도 하고 당혹스럽기도 했다. 한편으로는, 동생이 태어난 뒤로 맛보지 못한, 사랑받고 있다는 느낌에 찌릿찌릿한 전율이 일기도 했다.

코로보리 축제

코로보리 축제의 춤 동작은 그 유래를 모르는 사람에겐 폭소를 자아내기에 충분했다.

고개를 쭉 빼고 구부정하게 허리를 숙이고서, 오금이 저린 듯 반쯤 무릎을 꺾은 자세로 천천히, 조금 엉거주춤하게 한 발 한 발 옮겨 디디며, 마치 거위가 텃세를 부릴 때처럼 두 팔을 너부죽하게 펼치고서 아래위로, 또는 앞뒤로 흔드는 사람들을 본 순간, 나는 그만 배꼽을 잡고 웃고 말았다. 덕분에 주변으로부터 눈총을 사야 했는데, 그게 전부가 아니었다. 몸은 물론이고 얼굴에까지 흰 흙을 덕지덕지 바른 어른들이 눈알이 빠질 듯이 크게 눈을 치뜨고서 희뜩희뜩 주위를 두리번거리며 춤 동작을 이어가자, 도저히 웃음을 참을 수 없게 된 나는 입을 틀어막고 그만 자리를 뜨고 말았다.

"넌 뭐가 그렇게 우습니?"

나무를 부둥켜안고 눈물이 나도록 실컷 웃고 있는데 뒤에서 누가 말했다. 기분 나쁘게 통을 놓는 목소리였다. 뒤를 돌아본 나는 깜짝 놀라고 말았다. 내 뒤에는 얼굴이 하얀 아이가 서 있었던 것이다. 더욱이 짧게 깎은 머리털은 우리와 같은 곱슬머리가 아닐뿐더러 금빛을 띠고 있었다.

"아빠가 백인이야."

묻지도 않았는데 그가 말했다.

"씨만 뿌려 놓고 줄행랑을 쳐 버렸지."

아무렇지도 않다는 말투였다.

"우리 같은 애들을 트기라고 해. 피가 섞였다는 거지."

그가 내 반응을 살피며 빤히 나를 쳐다보았다. 나는 잠자코 있었다. 사실 나는 그 말의 뜻을 전혀 파악하지 못하고 있었다.

"근데 너는 이 춤을 처음 보니?"

"응……."

"아하, 얌이고 타로고 분간을 못 하는구나."

말에 가시가 돋아 있었다. 하지만 얌이고 타로고 나로선 모두 처음 들어보는 이름들이었다. 나는 낯을 붉히며 몇 번 눈을 깜박거렸다.

"괜찮아. 너 같은 초짜들을 한두 번 보는 게 아니니까."

그러고는 휙 돌아서서 마을 쪽으로 향해 가더니, 잠시 후 어깨 너머로 머리만을 돌리고서 말했다.

"따라와."

기껏 내 나이밖에 안 된 것이 동생을 대하는 듯한 말투였다. 나는 기분이 나빴지만 무엇에 끌린 듯 그 뒤를 따라갔다.

우리는 짧게 깎인 너른 풀밭 위에서 뛰놀고 있는 한 무리의 아이들 곁을 지나갔다. 아이들은 주먹만 한 물건 하나를 두고 서로 먼저 차지하겠다고 밀치며 기다란 작대기를 휘둘러 대고 있었다. 풀이 빽빽하게 자란 넓은 공터도 처음이었지만, 오직 한 가지 물건을 두고 저토록 많은 아이들이 몰려다니는 광경도 나에겐 신기하기만 했다.

"쟤들은 뭐 하는 거야?"

내가 물었다.

"내버려둬. 맨날 저 짓들이니까. 얼굴 흰 아이들이 학교 운동장에서 하는 걸 보고 따라하는 거야."

"너 말고도 얼굴 흰 아이들이 있니?"

"저 숲 너머에 백인들의 도시가 있어."

그가 찌무룩한 열기에 덮여 낮게 가라앉은 숲을 가리켰다.

"공장도 있고 가게도 있고 목장도 있고 학교도 있고, 또 자동차도 있어. 없는 게 없어."

없는 게 없다는 그 많은 것들 중 내가 머릿속으로 그려 볼 수 있는 것은 하나도 없었다. 나는 새삼 내 곁에 있는 아이의 지적 능력이 나와는 비교가 안 될 정도로 월등하다는 것을 깨달았다. 나는 조심스러워졌다.

"그건 그렇고, 아까 네가 본 춤은 브롤가의 몸짓을 흉내 내는 거야."

"브롤가……?"

나는 할아버지에게서 들은 적 있어 낯설지만은 않은 이름을 혀끝에 올려 보았다. 걸음을 멈추고 또다시 빤히 나를 쏘아보는 아이의 눈길엔, 네가 브롤가가 뭔지 알기나 하겠어, 하는 표정이 담겨 있었다.

트기 녀석이 제가 아는 것을 순순히 이야기해 줄 리 없다는 것을 알아차린 나는 그가 한껏 폼을 잡으며 침묵을 지키게끔 내버려두었다. 아니나 다를까, 그가 먼저 입을 열었다.

"브롤가를 보여 줄게."

"정말?"

내가 놀라서 소리쳤다.

"참 이상하군. 넌 브롤가가 뭔지도 모르는 것 같은데 그렇게 좋아하는 이유가 뭐야?"

"보여 줘, 그 새를! 어디 있어? 어디 가면 볼 수 있어?"

"우리 집에."

"너네 집에?"

나는 더더욱 놀라 소리쳤다.

"하지만, 새끼야. 아주 쪼그매. 실망하지 말라고 미리 말해 두는 거야."

"새끼라고? 그게 어디서 났어?"

"말하자면 길어. 어미 없이 혼자 된 새야. 완전 고아지. 백인 사냥꾼들이 부모를 모두 잡아 버렸거든. 총으로, 빵! 빵! 그래서 내가 데려다 키우게 된 거야."

"와─! 정말 멋지다!"

나는 나도 모르게 탄성을 지르며 곁에 선 아이를 존경해마지 않는 눈길로 바라보았다. 아이의 어깨가 으쓱해졌다.

"실은, 너도 볼 만했어."

"언제?"

"아까. 기둥을 들고 마을로 올 때."

"그랬어?"

나는 녀석에게서 처음 듣는 호의적인 말에 기분이 좋아졌다.

"툴리야, 내 이름은."

툴리가 돌아서더니 내게 손을 내밀었다. 내가 그 손을 잡았다.

"네 이름은?"

예상치 못한 물음이었다.

"내 이름은…….'"

나는 망설였다. 사실대로 말해서 조롱거리가 될 것인가. 그것도 오늘 처음 보는 녀석에게.

"난…… 아직 이름이 없어."

내가 기어 들어가는 목소리로 중얼거렸다.

"이름이 없다고? 어떻게 그럴 수가! 동네 개들도 이름이 있는걸."

"우리 부족은 그래. 어른이 되자면 이름을 찾아야 하거든. 나는 지금 그 이름을 찾기 위해 여행을 하는 중이야. 할아버지와 함께."

"그래? 그도 그럴싸한걸. 이름을 찾는 여행이라. 그럼 이름을 찾게 되면 어른이 되는 거야?"

"으…… 으응. 그래!"

나는 재빨리 말머리를 돌렸다.

"근데…… 이곳 아이들은 모두 옷을 입고 있구나?"

나는 물음도 아닌 묘한 여운의 말을 던졌다. 더럽고 해진 천 조각일지라도 아래위로 옷을 입고 있는 아이들을 보는 것은 나로선 처음 있는 일이었다. 트기 녀석이 달랑 엉덩이만 가린 내 몸을 흘낏 훑어보았다. 툴리의 입가로 짓궂은 미소가 감돌았다.

"여기야. 이리로 와."

나무 아래에 말뚝을 박고 사람 키 높이로 방을 들인 집들을 몇 채 지나

자 작은 마당이 나왔다. 마당 한 귀퉁이, 갈대로 엮은 둥우리 속에 황갈색
의 작고 깜찍한 새 한 마리가 있었다. 새가 우리를 보자 반갑다는 듯 부리
로 둥우리를 툭툭 쳤다.

"브롤가야."

툴리가 말했다.

"이게……?"

내가 중얼거렸다. 환영 속에서 본 크고 하얀 새가 아닌 것에 실망한 나
는 그만 풀이 죽고 말았다.

"내가 말했잖아, 새끼라고. 태어난 지 한 달이나 되었을까."

"그러면, 어미 새는 어떻게 생겼어?"

"멋지지. 아주 멋져. 날개를 펴면 사람보다 클 거야."

"빛깔은? 몸 색깔은 어때?"

"희다고 할까, 잿빛이라고 할까. 아무튼 반짝반짝 윤기가 도는 조약돌
같아. 다리는 검고 머리는 붉어. 소용돌이치듯이 빙글빙글 돌며 하늘로
오르면 눈으로 쫓을 수 없을 지경이지. 그렇게 사라졌다가는 다시 나타나
곤 해."

나는 새의 모습이 잘 그려지지 않았다. 날개라기보다 짧은 앞발 같고,
깃털이라기보다는 그저 털에 지나지 않는 새끼 새를 보고 있자니 더욱 그
러했다.

"혹시…… 그 새를 보여 줄 수 있겠니?"

내가 간절한 눈빛으로 툴리를 보며 말했다.

"물론. 언제든지."

툴리의 대답은 시원스러웠다.

"내일이라도 좋아!"

브롤가…… 브롤가!

마을에서 들려오는 시끌벅적한 소리들이 멀어지고, 통나무를 두들겨 대는 둔탁한 소리마저 숲 너머로 아득해지자, 크고 작은 샛강과 습지들 위로 햇살이 비치면서 서서히 이슬이 걷히기 시작했다.

날이 밝자마자 떠나온 길이었다. 툴리와 나는 우리보다 머리 하나쯤 큰 식물들의 빽빽한 틈새를 비집고 진구렁을 건너갔다. 무릎까지 빠지며 한참을 나아가자, 그 가장자리가 손톱만 한 뜬풀들로 덮인 작은 섬 하나가 나왔다. 우리는 그곳에 나란히 앉아, 잿불에 구운 타로와, 바나나 잎에 싸서 훈제한 물고기를 먹었다.

어제와 달리 툴리는 말이 없었다. 길을 떠나면서 내게 던진 충고가 전부였다.

"되도록 소리를 내지 마. 밤의 동물들은 잠자리로 돌아갈 시간이고, 낮의 동물들은 깨어날 시간이거든. 그들을 놀라게 해선 안 돼. 악어와 왕뱀들은 굉장히 신경질적이야. 사람이 오는 걸 싫어하지. 게다가 브롤가는 워낙 예민하고 귀가 밝아서, 인기척이 느껴지는 순간 다시는 모습을 나타내려 하지 않을 거야."

소리를 내지 않고 움직이는 것이라면 나도 자신이 있었다. 덤불숲에서 왈라비의 그림자를 밟으며 놀았던 우리가 아닌가. 그런데 습지에서의 일은 내가 나고 자란 황야와는 전연 딴판이었다. 딛는 땅이 낯설었고, 움직일 수 있는 공간이 좁았다. 숨 쉬는 공기, 몸에 와 닿는 느낌들이 모두 달랐다. 한 번 잘못 디디면 발을 빼기도 힘든 진펄을 내가 언제 경험해 보았겠는가. 때로는 딛고 걷기에 좋은 발판이 되어 주다가도 돌연 발목을 낚아채어 오도가도 못 하게 친친 동여매는 물풀들의 뿌리와 덩굴식물들을 어찌 상상이나 할 수 있었겠는가.

그러했다. 툴리의 말대로 나는 완전히 초짜였다. 내가 아는 풀이름, 나무이름, 동물의 이름 하나 없는 곳에서 나는 얼떨결에 지옥의 문을 열고 들어온 이방인처럼 갈피를 잡지 못했다. 그럼에도 나의 서툶과 실수를 한 마디 질책 없이 참아 주는 툴리가 고맙기 그지없었다. 나는 미안하다는 말도 못 하고 속으로 나 자신에게 불만을 터뜨리면서 툴리의 뒤를 따라갔다.

숲 위로 하늘이 열림과 동시에 첫 햇살이 비치자 제일 먼저 날아오른 것은 앵무새들이었다. 붉은색, 노란색, 녹청색, 연두색, 등황색의 무수한 새들이 햇귀가 자라 오르는 자리마다 빛으로 멱을 감으려는 듯 앞 다투어 자태를 드러내었다.

밤새 문을 닫고 있었던 꽃봉오리들이 꽃잎을 펼쳤고, 이슬의 무게에 눌려 있던 수련과 부레옥잠이 잎자루를 들었다. 그러자 아주 낮은 곳에서부터 나비들이 날기 시작했다. 처음엔 낮게 날며 조금 둔중하게 움직이던 나비들은 시간이 지나자 점점 더 비상의 고도를 높이며, 증발되는 밤의 습기와 함께 빛의 상승에 대답하듯이 날아올랐다. 여기저기서 물방울들이 떨어졌다.

바로 그때였다. 툴리가 말했다.

"저길 봐!"

물풀들 사이로 고개를 내밀고 툴리가 새벽 놀빛이 완전히 사라진 호수 건너편을 손짓해 보였다. 그곳, 몇 그루의 나무가 태양을 등지고 아직도 어둑한 그늘을 드리우고 있는 호수 가장자리에 새 한 마리가 있었다.

"브롤가?"

내가 물었다.

"그래, 브롤가야. 그 위도 잘 봐. 나무 위에도 한 마리가 있어."

툴리의 눈길을 따라가 보니, 나무 우듬지 위에 새 한 마리가 우뚝 서서 주위를 굽어보고 있었다.

"둥지를 짓지 않을 땐 저렇게 나무 위에서 밤을 나길 좋아해. 악어나 다른 동물의 침입을 두려워해서야."

"새끼를 키울 땐?"

"그땐 나무에서 내려와 풀숲에다 둥지를 틀지. 사람이 다가가도 멀리 달아나지 않고 주위를 맴돌다가는 이내 돌아오곤 해. 마음만 먹으면 잡는 건 손쉬운 일이야. 하지만 브롤가가 새끼를 키울 때 둥지를 털거나 사냥하는 사람은 없어. 백인들 말고는."

나는 아침햇살을 받아 진주 빛으로 빛나는 새의 당당하고도 훤칠한 자태가 마음에 들었지만, 그래도 브롤가의 나는 모습이 보고 싶었다.

"그러려면 기다려야 해. 호수 건너편에 있는 쿨리바나무 그림자가 물총새 꽁지만큼 짧아질 때까지."

우리는 좀 더 기다리기로 했다. 햇살이 점점 뜨거워졌다. 툴리는 유칼립
투스나무 아래로 나를 데려갔다.

"호수를 건너 동쪽으로 가면 더 많은 브롤가를 볼 수 있는 곳이 있어. 하
지만 그곳은 백인들의 땅이야. 소를 키우는 목장들이 있지. 여기저기 개
들을 풀어 놓는데, 놈들은 새를 보고는 콧방귀도 뀌지 않지만 우리 원주
민들을 보면 잡아먹을 듯이 달려들곤 해. 하지만 굳이 그곳까지 갈 필요
는 없어. 조금 있다가 새들이 날아오르면 목장의 새들과 호수의 새들이
함께 움직이니까. 그렇게 해서 어디론가 사라졌다가 어두워질 무렵이면
다시 이곳으로 돌아오곤 해."

"매일?"

"그래, 매일."

"어디로 가는데?"

"그건 아무도 몰라. 너무 높이 떠올랐다 사라지니까. 어떤 사람은 하늘
저 높은 곳에서 쉬었다 온다고 말하기도 해. 바람과 구름에 몸을 맡긴 채.
브롤가는 천상의 새, 구름의 새거든."

나는 툴리가 마음에 들었다. 툴리는 정말 모르는 것이 없었다. 어디에
가면 야생 참마를 캘 수 있는지, 어디에 가면 잘 익은 바나나와 무화과를
딸 수 있는지, 물고기와 거북은 어떻게 잡는지 등등. 덕분에 우리는 브롤
가의 비상을 기다리면서 입이 심심할 짬이 없었다. 먹을 것은 어디나 충
분했고, 툴리의 이야기 샘은 마를 줄을 몰랐다. 그런데 그렇게 시간을 보
내는 중에 뜻밖의 일이 생기고 말았다.

개미나 벌레를 피할 겸해서 유칼립투스나무 위에 올라가 이런저런 이

야기를 나눌 때였다. 나는 문득 오줌이 마려워 나무 위에 올라선 채로 오줌을 누었다. 툴리가 내 쪽을 흘금흘금 보는 듯했지만 개의치 않았다. 그런데 잠시 뒤엔 툴리가 나무에서 내려가 수풀 뒤로 몸을 숨기는 것이 아닌가. 나는 무슨 일인가 싶어 일어나 수풀 너머를 건너다보았다. 그런데 툴리는 쪼그리고 앉아서 뭔가를 하고 있었다. 별안간 머리를 스치는 것이 있었다. 나는 순간적으로 깜짝 놀라지 않을 수 없었다. 지금까지 나는 툴리를 나와 같은 사내라고 생각해 왔었다. 아니, 생각이고 뭐고 할 것 없이 그냥 그렇게 믿고 있었던 터였다.

툴리가 돌아왔을 때 우리는 전과 다른 분위기를 의식하지 않을 수 없었다. 특히, 나무 위에 서서 보람시고 소피를 봤던 나로선 갖은 생각으로 머릿속이 뒤죽박죽된 느낌이었다.

"너는……."

마침내 어색한 분위기를 견디다 못한 내가 조심스럽게 입을 열었다.

"툴리, 너는…… 남자가 아니었구나?"

툴리에게선 대답이 없었다. 내가 머쓱해져서 슬그머니 돌아보니 툴리가 표독스러운 눈으로 나를 노려보고 있었다.

"그것도 몰랐어?"

툴리가 뾰로통한 목소리로 쏘아붙였다. 그러고는 텁석 내 손을 움켜잡더니 별안간 자기 가슴에다 올려놓았다.

"자, 이래도 내가 남자냐? 이래도 내가 남자로 보이냐고?"

나는 손바닥에서 느껴지는 뭉클뭉클한 살의 감촉과, 원망스레 쏘아보는 툴리의 눈빛에 까닭 모를 어지럼증을 느꼈다. 그래서 주춤주춤 툴리로

부터 거리를 두고 비껴 앉으려다가 그만 나무에서 떨어지고 말았다.

　나무에서 떨어진 것은, 결과적으로 말해서, 나쁘지만은 않았다. 다행히 나는 다친 데가 없었고, 툴리는 한바탕 웃어젖힌 뒤 기분이 좋아졌으니 말이다.

　우리는 다시 호수로 향했다.

　바람 한 점 없는 한낮의 열기 속에서 부글부글 거품이 괴어오르는 호수는 그야말로 찜통 속 같았다. 우리가 몇 시간 전에 머물렀던 작은 섬에 도착하자, 마침 브롤가 세 마리가 호수 위를 선회하고 있었다. 아주 침착하고 편안한 날갯짓이었다.

　잠시 후, 호수 건너 숲 위로 또 다른 브롤가들이 모습을 나타내었다. 만나서 반갑다는 듯 새들은 큰 소리로 우짖기 시작했다. 그러자 보이지 않는 숲 저편에서도 우짖는 소리가 들려왔다. 새들은 금방 십여 마리로 불어났다.

　무리가 커질수록 비상의 고도가 높아졌다. 햇살을 받아 은빛으로 빛나는 새들의 날개가 가림막처럼 호수 위로 그늘을 드리웠다. 마침내 수를 셀 수 없을 정도로 무리가 커지자, 새들은 아래가 넓고 위로 갈수록 좁아지는 소용돌이 모양의 기둥을 이루었다. 브롤가의 울음소리가 하늘과 숲 위로 쩌렁쩌렁하게 울려 퍼졌다. 이젠 더 이상 거꾸로 세워 놓은 깔때기 모양의 기둥 끝은 눈으로 헤아려 볼 수 없었다. 점점 더 많은 새들이 빛 속에 녹아들 듯 하늘 한가운데로 아스라하게 사라져 갔고, 브롤가의 울음소리 또한 아득한 메아리가 되어 흩어져 갔다.

나는 그들이 천상의 새라는 사실을 믿지 않을 수 없었다. 브롤가의 진정한 보금자리는 구름이라는 것 또한.

툴리의 선물

그 후 며칠 동안 나는 툴리를 만날 수 없었다.

툴리를 만날 수 없었던 며칠 동안 나는 새끼 브롤가가 있는 둥우리로 가서 새와 놀았다. 둥우리 문을 열어 놓으면 새는 내가 어미라도 되는 양 졸졸 따라다녔다. 나는 먹다 남긴 얌이나 생선 따위를 가져가곤 했는데, 아직 어려서인지 먹는 게 신통찮았다. 나는 툴리를 볼 수 있을까 싶어 브롤가의 둥우리가 있는 마당을 벗어나지 않았다.

툴리는 나흘이 지나서야 외삼촌과 함께, 먼 여행에서 돌아온 피곤한 모습으로 나타났다. 나중에 할아버지를 통해 알게 된 바에 의하면, 툴리와 같은 혼혈아들은 원주민과는 다른 법률에 의해 관리되는데, 법 조항이 바뀌면서 새 규정에 맞는 서류들을 작성하기 위해 도시에 다녀온 것이었다.

툴리가 돌아온 뒤로도 축제는 계속되었지만 분위기는 예전 같지 않았다. 축제 중간 중간에 어른들은 따로 모여서 심각한 표정으로 대화를 나눴다. 주로 침묵이 대부분을 차지하는 그 모임에서 내가 이해할 수 있는 말들은 많지 않았다. 워낙 생소하고 믿기 어려운 말들이 오고갔기 때문이었다.

그 중에는 백인들이 원주민의 땅을 뺐고 그곳에다 소와 양들을 풀어 놓

앞으며, 그러한 목적을 이루기 위해 쥐도 새도 모르게 원주민들을 죽였다
는 이야기도 있었다. 총알이 아까워 음식에다 독을 풀어 부족 전체를 학
살했다는 이야기도 있었다. 또한, 이 땅 어딘가에는 원주민만을 강제로
모아 살게 하는 보호구역이란 것이 세워지고 있는데, 일단 그곳에 들어가
면 지금과 같은 자유로운 생활은 할 수 없고, 백인들이 나눠 주는 식량과
물품에만 의존해 살아가야 한다고도 했다. 그러면서 지금 물의 형제에게
닥쳐오고 있는 현실적인 문제들이 거론되었다.

"며칠 전에 찾아온 백인들은 그 땅을 내어주면 보호구역으로 가지 않
아도 된다고 우리에게 말했습니다. 그 땅만 준다면 이곳에서 계속 살 수
있도록 보장해 준다는 것입니다."

누군가가 말했다.

"언제부터 우리가 누구의 허락을 받고 살았습니까? 백인들이 오기 전
부터 이곳은 우리의 땅이었습니다. 조상들의 영혼이 살고 있는 땅이 어떻
게 거래의 대상이 될 수 있단 말입니까?"

또 다른 사람이 말했다.

"그렇습니다. 뿐만 아니라, 백인들이 탐내는 그곳을 어찌 우리 부족의
땅이라고만 할 수 있습니까? 그곳은 브롤가의 땅이자 악어의 땅입니다.
우리 중 누가 브롤가와 악어를 대신해서 말할 수 있습니까?"

또 다른 사람이 말했다.

"수많은 악어들이 가죽이 되어 팔려 나가고 있습니다. 무분별하게 잡
은 브롤가는 박제가 되어 시장에 나돌고 있고요. 악어가죽 공장 위에는
소형 발전소가 들어서고, 이제 저 늪과 호수들이 땅으로 바뀌어 그곳에

또 다른 도시가 들어설 거라는 소문이 파다합니다. 이 모든 사실에 비추어 볼 때, 백인들이 원하는 게 단지 그 땅만이 아니라는 것은 분명한 사실입니다."

할아버지는 항상 그러한 모임의 중심에 자리하고 있었지만, 나는 할아버지가 말하는 것을 본 적이 없었다.

그렇게 코로보리 축제가 엿새 동안 이어졌다.

떠나는 사람들이 있는가 하면 새로 도착하는 사람들이 있었고, 날이면 날마다 브롤가는 축제를 축복하기라도 하려는 듯 무리 지어 하늘 높이 날았다. 거룩한 기둥 주위에서 화톳불은 꺼지는 일 없이 활활 타올랐고, 그 불 둘레에서 어느 한순간도 춤과 노래와 음악이 그친 적이 없었다.

어느 날 내가 브롤가에게 모이를 주고 있는데 툴리가 나타났다.

"그런 건 잘 안 먹어."

툴리가 등 뒤에서 말했다.

"어, 툴리구나!"

내가 반가워서 벌떡 일어서며 말했다.

"그런 건 잘 안 먹는다고."

툴리가 내 손에 든 타로를 보며 다시 말했다.

"그러면 뭘 좋아해?"

"잠시 기다려 봐."

툴리가 샛강 쪽으로 사라지더니 잠시 후에 돌아왔다. 툴리의 손엔 개구리 한 마리가 쥐어져 있었다.

"이걸 줘."

개구리는 살아 있었다. 그걸 몰랐던 나는 개구리가 손바닥에서 펄쩍 뛰어오르는 통에 깜짝 놀라고 말았다.

"이런, 바보 같으니!"

툴리가 눈을 흘기며 말했다. 그러면서도 이리저리 뛰어다니는 개구리를 어쩌지 못해 쩔쩔 매는 내 모습을 지켜보기만 했다. 나는 살아 있는 개구리를 잡아 본 적이 없었다. 내가 본 것은 진흙 속에서 공 모양으로 휴면에 든 사막의 개구리뿐이었다.

개구리가 펄쩍펄쩍 뛰어 달아나자 그걸 보고 있던 브롤가가 다가가서 부리로 콕콕 찍어 대었다.

"새가 너보다 낫구나."

툴리가 말했다. 비로소 그녀의 입가에 웃음이 감돌았다.

그러나 새끼 새가 먹기엔 개구리가 너무 컸다. 개구리가 계속 뛰어오르자 브롤가도 당혹스러운지 뒷걸음질을 쳤다. 그걸 보고 있던 툴리가 재빨리 개구리를 움켜잡더니 뒷다리를 쥐고서 땅바닥에다 메쳤다. 그러고는 두 다리를 쭉 찢어 한쪽을 새에게 주었다. 브롤가가 부리로 톡톡 건드려 보더니 한 입에 꿀꺽 다리를 삼켰다.

"이번엔 네가 줘."

툴리가 창자가 터져 엉망진창이 된 개구리를 나에게 내밀었다. 나는 본능적으로 두 손을 엉덩이 뒤로 가져갔다.

"어서!"

툴리가 다그쳤다.

"싫어. 네가 해."

"네가 해야 돼!"

"왜?"

"이제 이 새는 네 거니까."

툴리가 다시 말했다.

"이제 이 새는 네 거라고. 그러니까 모이도 네가 주고 네가 보살펴야 돼. 네가 엄마이자 주인이고 친구라는 사실을 분명하게 가르쳐야 해."

"그 말…… 정말이야?"

왠지 믿기지 않아 내가 조심스럽게 물었다.

"브롤가는 한 번 우정을 맺으면 절대로 잊거나 떠나지 않아. 평생을 그 사람과 함께한다고 어른들이 말했어. 네가 어디에 있건 무엇을 하건 브롤가는 항상 네 곁에 있을 거야."

"정말…… 내가 가져도 되는 거니?"

내가 다시 물었다. 툴리는 두 번 다시 같은 말을 하기 싫다는 표정이었다.

"고마워, 툴리!"

내가 스스러워하면서도 기쁨을 감추지 못하고 말했다.

"그런데 네 이름은 언제 알게 되는 거야?"

툴리가 물었다.

"글쎄, 아직은……."

이렇게 말하면서 나는 마음속으로 나의 네트네트가 내 이름을 브롤가라고 지어 줬으면 참 좋겠다는 생각을 했다.

브롤가와 함께 돌아가는 길

떠남은 예고 없이 이루어졌다.

이튿날, 동이 트기 전에 할아버지가 나를 깨웠다.

"애야, 떠나야 할 시간이다."

할아버지는 이미 준비를 끝낸 상태였다. 나는 서둘러 브롤가의 둥우리
를 챙겼다. 우리는 누구와도 작별 인사를 나누지 않았다. 나는 툴리를 보
지 못하고 떠나는 것이 아쉬웠지만, 브롤가가 곁에 있다는 사실이 위안이
되었다. 한편으로는, 이별을 예상하기라도 한 듯 떠나기 바로 전날 브롤
가를 나에게 준 툴리의 마음쏨쏨이가 고맙기 그지없었다.

우리는 아직 잠에서 덜 깬 마을을 빠져나와 호수를 등지고 걸었다. 멀리
마을의 공터에서 축제의 불 둘레에 모여 춤추고 노래하는 사람들의 모습
이 보였다. 습지에서 피어오른 안개가 낮게 띠처럼 사람들을 휘감고 있었
다. 나는 자꾸만 뒤돌아보게 되는 마음을 다잡기 위해 깊게 숨을 들이쉬
며, 연못의 진흙 냄새와 물풀들의 뿌리 냄새, 그 속에서 꿈틀거리며 도약
하는 물고기들만큼이나 신선한 샛강과 새벽이슬 냄새를 한껏 들이켰다.

돌아가는 여정은 올 때와 달랐다. 할아버지는 직선거리로 서쪽을 향해
나아갔다. 여행은 달의 한살이와 더불어 시작되고 끝나야 하므로 남은 시

간이 많지 않다는 설명이었다. 하지만 나는 할아버지의 무거운 표정에서 왠지 그와는 다른 초조함을 읽을 수 있었다.

나는 새삼스럽게 할아버지의 새하얀 머리와 주름투성이의 얼굴을 눈여겨보았다. 깡마른 몸에 구부정한 허리. 앙상한 팔과 다리를 노끈처럼 감고 있는 힘줄과 툭 불거진 혈관들. 물기라곤 없이 바싹 마른 피부와 타는 듯 충혈된 눈자위……

그러했다. 할아버지는 지금껏 내가 알고 있었던 것보다 훨씬 연로한 노인이었다. 그 사실은 갑작스런 깨달음처럼 찾아왔다. 나는 그것이 무엇을 의미하는지 생각해 보아야 했다. 어쩌면 이 여행의 끝은 또 다른 것들의 끝을 예고하고 있는지 몰랐다. 내 유년의 끝과, 내가 알지 못하는 수많은 이별들을.

그러한 느낌은, 여행이 시작될 때 초승달이었던 달이 달의 궁전에 이르러서는 보름달이 되었다가, 코로보리 축제를 거치며 내가 눈여겨보지 않는 사이에 이지러지기 시작해, 지금은 손톱 크기로 하늘 가장자리에 비스듬히 걸려 있는 것을 보노라면 더욱 분명해졌다.

게다가 달은 밤의 안주인이라고 하기엔 너무 무력하고 무책임해 보였는데, 하늘에서 완전히 자취를 감추기 전 며칠 동안은 아예 동틀 무렵에서야 동쪽 하늘에서 기지개를 켜고 그림자처럼 얼비치다 사라졌기에 더욱 그러하였다.

일주일 동안 이어지는 여정에서 나는 한순간도 브롤가를 곁에서 떼어 놓지 않았다. 나는 할아버지가 거룩한 기둥을 메고 여행할 때처럼 기다란 나뭇가지를 어깨에 걸치고 거기에 둥우리를 비끄러매었다. 바닥에 마른 풀을 듬뿍 깔고 나뭇잎을 엮어 지붕을 씌운 둥우리 안에서 브롤가는 잠을 잤고, 깨어나면 여기가 어디냐고 묻기라도 하듯 둥우리를 부리로 두드리며 낮은 소리로 삑삑거렸다.

브롤가는 그렇게 내 어깨에 매달린 채 건들건들 흔들리면서, 걸음걸음마다 내 등짝을 툭툭 치면서 사막을 가로질러갔다.

잠자리가 정해지면 나는 둥우리의 문을 열었다. 어린 새는 뜨거운 모래 위에서 뒤뚱거리며 걷다가 이내 내 곁으로 달려왔다. 브롤가를 선물로 주던 날, 툴리가 직접 잡아서 판다누스 잎에 싸 준 수십 마리의 개구리 뒷다리는 브롤가의 요긴한 양식이 되었다. 딩고 가죽을 깔고 자리에 누우면 브롤가는 부르기도 전에 내 겨드랑이로 파고들었다. 햇병아리 같은 어린 것의 발에 뾰조록하게 돋친 발톱이 내 옆구리를 모지락스레 찔러 대었다.

가끔은 둥우리를 메고 걷는 내 모습이 안쓰러웠는지 할아버지가 묻곤 하였다.

"내가 대신 들어 주랴?"

그러면 나는 이렇게 대답했다.

"아뇨. 힘들지 않아요, 할아버지."

그러나 어린 새와 함께 사막을 가로질러가는 일이 순탄할 리만은 없었다. 브롤가를 위해 물을 가득 채운 주머니를 따로 마련했지만, 물가에서 사는 새가 그늘 한 점 없는 사막을 얼마큼 견뎌낼지는 장담할 수 없는 일이었다. 게다가 부모 없이 홀로 된 새에겐 생애의 첫 여행이 아닌가. 가능하다면 하루라도 일정을 앞당기는 편이 좋았다. 그래서 우리는 달이 없는 밤중에도 이동을 멈추지 않기로 했다. 타는 듯한 한낮이면 딩고 가죽으로 차양을 치고 휴식을 가졌다.

그렇게 밤낮을 가리지 않고 나아가던 어느 날, 모래언덕에 기대어 곤히 자고 있는 나를 할아버지가 깨웠다.

"애야, 일어나서 저길 보아라."

나는 번쩍 눈을 떴다. 오랜만에 듣는 할아버지의 떨리는 목소리였다. 나는 할아버지가 이끄는 대로 언덕바지로 올라가 아래를 내려다보았다.

작열하는 태양 아래서 모든 것이 물결처럼 일렁거리는 한낮이었다. 빛은 빛에 밀려 굴절되었다가 한없이 느린 동작으로 흐느적거렸다. 빛 알갱이들과 함께 떠오른 모래알들이 바람 한 점 없는 대기 속에서 너울너울 춤을 추었다. 저 멀리 지평선까지 뻗어 내린 언덕들에 시선을 고정시키고 있노라면, 정체를 알 수 없는 온갖 것들이 저절로 생겨나 움직이기 시작했다. 잠시 눈을 돌렸다 다시 보면, 그것들은 손에 닿을 듯 성큼 가까워졌다가 순식간에 사라져 버렸다. 눈동자에 떨어 낼 수 없는 얼룩들이 들러붙어 있는 듯한 느낌이었다.

나는 눈을 지르감았다가 다시 떴다.

"따라오너라."

내가 둥우리를 챙기려 하자 할아버지가 말했다.

"돌아올 테니 브롤가는 그냥 두렴."

할아버지는 허리를 구부린 채 모래언덕을 따라 빠른 걸음으로 나아갔다. 나는 할아버지가 가는 방향을 쫓아 더 먼 쪽을 살펴보았지만, 모래언덕 외에는 아무것도 가늠할 수 없었다. 다만, 자신의 발자국을 지우며 지나간 꼬리 자국을 통해 아주 작은 왈라비나 주머니쥐의 뒤를 쫓고 있다는 것을 짐작할 수 있었다. 흔적으로 보아 짐승은 우리가 자기 뒤를 쫓고 있다는 사실을 아직 모르고 있는 것이 분명했다. 우리는 걸음을 더욱 빨리했다.

돌연 방향이 바뀌면서 발자국은 언덕을 넘어 서쪽 암석지대로 향했다. 모래와 검은 돌들이 겹쳐지는 어름에서 나는 비로소 아주 작은 물체 하나를 알아볼 수 있었다. 공중에 떠가듯이 지열에 둥둥 떠서 멀어져 가는 공 모양의 둥근 물체.

그것은 토끼만 한 덩치의 작은 왈라비였다.

놈은 앞발을 가슴에 모으고 꼬리를 끌면서 나아가고 있었다. 햇살을 받아 은빛 또는 금빛으로 빛나는 털은 사막의 모래가 반사하는 빛깔과 거의 구분되지 않았다. 때문에 조금이라도 초점이 흐려졌다가는 동물의 형체를 분간할 수 없게 되곤 하였다.

정말이지 태양과 사막이 만들어낸 작은 유령을 보는 것 같은 느낌이었다. 쫓아가면 금방이라도 따라잡을 수 있을 것 같던 동물은 몇 번 숨을 몰아쉬기도 전에 환영처럼 사라지고 말았다.

"보았느냐?"

할아버지가 물었다.

"네."

"그러면 되었다."

할아버지가 허리를 쭉 펴고 서더니 이내 바닥에 털썩 주저앉았다.

"그로 하여금 자신의 길을 가도록 내버려두자꾸나."

"뭔가요, 할아버지? 처음 보는 동물인데."

"울라쿤타란다."

내가 묻는 얼굴로 돌아보자 할아버지가 덧붙여 말했다.

"사막의 순례자이지. 사막쥐캥거루라고도 부른단다."

할아버지는 문득 가슴이 벅찬 듯 가쁜 숨을 몰아쉬었다. 그러더니 별안간 정신이 나간 사람처럼 웃음을 터뜨렸다. 공기를 가득 채운 캥거루 오줌보에서 바람이 새어나오듯 숨결과 함께 어쩌지 못하고 흘러나오는 웃음이었다.

한참을 그렇게 웃던 할아버지의 눈가에 물기가 어렸다.

"지금껏 살아오면서 딱 두 번…… 그래, 내 평생 두 번째로 보게 된 동물이란다."

할아버지는 뭐가 그리도 좋은지 또다시 싱글벙글 웃음을 지었다.

"꼭 네만 한 나이였을 때였다. 나는 아버지와 함께 이 길을 여행하고 있었지. 그때 처음으로 울라쿤타를 보았다. 아마 아버지가 이야기해 주지 않았더라면 바로 옆으로 지나가도 모를 정도로 작고 민첩한 동물이었지. 울라쿤타는 반쯤 허공에 뜬 듯이 너울거리며 신기루처럼 사막을 가로질러가고 있었어. 우리는 해가 저물 때까지 그 뒤를 쫓았지만 결국은 놓치고 말았어. 그 후로 나는 저 동물을 잊을 수가 없었다. 꿈속에서 울라쿤타는 태양이 내리쬐는 사막 한가운데를 혼자 걷고 있었다. 사람의 발길이 닿지 않는 곳, 대지의 성스러운 심장이 고동치는 곳을 향해……."

할아버지가 나를 돌아보았다. 햇살을 받아 환하게 빛나는 얼굴은 어딘지 슬퍼 보였기에 나는 눈을 마주치지 못했다.

"울라쿤타는 신비롭고도 강인한 동물이다. 물 한 방울 없는 사막의 중심에서 살아가지. 때문에 어떤 사람들은 울라쿤타를 전설 속의 동물이라고도 생각한단다. 직접 본 사람이 드물뿐더러, 아직 누구도 산 채로 잡은 사람이 없기 때문이지. 말을 탄 백인 사냥꾼들이 몇 시간씩 그 뒤를 쫓았지만 끝내 잡지 못했다는 이야기를 들은 적도 있단다."

할아버지는 못내 아쉬운 듯 고개를 돌려 울라쿤타가 사라진 지평선을 다시 한 번 바라보았다. 그러고는 나를 향해 돌아앉았더니 두 손으로 내 얼굴을 감쌌다.

"얘야, 마침내 조상님들이 너에게 이름을 주셨구나."

할아버지의 목소리가 떨렸다.

"울라쿤타…… . 이제부터 이것이 너의 이름이다. 새벽 첫 빛살과 함께 달리는 그분들이, 그리고 너와 힘께 이 땅에 온 너의 네트네트가 보내 준 새로운 이름이란다."

울라쿤타…… .

나는 입속말로 그 이름을 되뇌어 보았다.

"오늘은 여기서 밤을 나도록 하자."

우리는 사막쥐캥거루를 보았던 자리로 짐을 옮겼다. 할아버지는 전에 없이 크게 불을 지폈다. 사막을 떠도는 모든 정령들을 불러 모으기라도 하려는 듯. 우리가 자리 잡은 곳은 사방이 확 트인 높은 지대였으므로, 밤이 되면 지평선 어디에서도 우리의 불꽃을 볼 수 있으리라 생각되었다.

할아버지와 나는 불을 앞에 두고 서쪽을 향해 나란히 앉았다. 붉게 물든 사막 곳곳에서 낮에는 보이지 않던 언덕들이 올망졸망 솟아나기 시작했다. 언덕과 언덕의 그림자들은 그토록 격렬했던 태양의 하루를 증언하듯 숯등걸처럼 검게 그을려 있었다.

식어 가는 돌들이 끙한 한숨을 뱉었다. 자리를 바꾸는 모래알들의 기척이 도마뱀의 꼬리 쓸리는 소리처럼 여기저기서 잔잔한 파문을 일으켰다. 끝 간 데 없이 펼쳐진 사막의 광활한 정적 속으로, 역시 그만큼이나 광활한 소리의 너울들이 귀로는 담을 수 없는, 아주 여리고도 미세한 울림으로 메아리쳤다.

사막이 깨어나기 시작했다.

제2부

우기의 시작과 끝

내가 열 살이 되던 해, 우기가 시작될 조짐을 보이며 지평선 위에서 먹장구름들이 거대한 산맥을 이루고 온종일 천둥소리를 울려 대던 어느 날, 할아버지는 홀연히 우리 곁을 떠났다. 한 마디 말도 없이.

할아버지는 아침이면 오두막 한가운데에 있는 화로에 불을 지피고 불꽃을 응시하곤 하였다. 내가 아침식사를 갖다 드릴 때면 날이 훤히 밝아 불꽃은 흐릿하기 짝이 없었다. 언젠가 내가 이렇게 물은 적이 있었다.

"할아버지, 이렇게 환한데 불을 왜 피우세요?"

할아버지가 대답했다.

"보기 위해서지."

"뭘요?"

"빛은 어둠을 밝혀 우리 곁에 있는 것들을 비춰 주지. 하지만 불은 우리 곁에 없는 것들을 비춰 준단다."

"우리 곁에 없는 것이라뇨?"

"보이지 않는 것들이지. 이를테면, 꿈이나 미래, 태양이 사라지는 곳, 한낮의 별들. 그리고…… 보고 싶지만 볼 수 없는 사람들."

그런데 그날 아침, 할아버지의 식사를 들고 오두막에 들어선 나는 화로의 불이 꺼져 있는 것을 보았다. 아니, 싸늘하게 식은 화로에는 불을 지핀 흔적조차 없었다. 재는 깨끗하게 비워져 있었고, 불을 뒤집던 부지깽이만 이 화롯가에 놓여 있었다. 나는 순간적으로 할아버지가 떠났다는 것을 알았다.

내가 집으로 가서 그 이야기를 하자 아버지는 쓸데없는 소리라고 했다.

"잠시 어딜 가셨겠지."

여기저기 헤집고 다니는 동생에게서 눈을 떼지 않고 있던 엄마도 한 마디를 거들었다.

"이웃 할아버지 댁에 가셨을 거야."

나 역시 그렇게 믿고 싶었다.

나는 집을 나와 사방이 훤히 트인 고원의 끝으로 갔다. 지평선 저편에서는 벌써 비가 쏟아지는 듯 검은 구름들이 납작하게 땅과 맞닿아 있었다. 연신 번뜩이는 섬광은 그물에 갇힌 사나운 짐승 같았다. 나는 새벽 첫 햇살과 함께 눈부신 속도로 달리기 시작하는 사람들을 떠올리려 했지만 잘 되지 않았다. 하늘은 흐렸고, 구름 사이로 흘러나온 빛살들은 푸르스름한 연기처럼 헝클어져 있었다. 황야에 흩어진 진흙 기둥들과 흰개미의 탑들은 납빛으로 흐려진 채 긴 그림자를 늘어뜨리고 있었다. 나는 왠지 가슴이 죄어드는 기분이었다.

할아버지는 어디로 가신 것일까…….

구름이 빨아올린 먼지 기둥과 함께 몰려오는 먼 비 냄새를 맡으며 나는 주위를 돌아보았다.

그해의 우기는 몇 차례의 소나기와 함께 짧게 지나갔다. 강은 넘치지 않았고, 전에 없던 강이 새로 생기지도 않았다. 꽃의 축제는 짧았고, 그만큼 꿀과 기쁨의 시간 또한 빠르게 지나갔다.

구름과의 달리기 경주에서 나는 눈에 띄는 성장을 보였다. 구름의 그림자 속으로 발을 들여 놓은 것은 물론이고, 구름보다 한참을 앞서 달리며 느림보 구름을 놀려 대기까지 했으니 말이다. 나는 몇몇 형들과 어깨를 나란히 하고 달려서 뭇 친구들의 부러움을 샀다. 나는 나의 자랑스러운 이름 울라쿤타를 갖게 됨과 동시에 몸과 마음이 몰라보게 성숙했음을 실감할 수 있었다.

우기가 끝나자 곧바로 백인들이 왔다. 백인들은 말과 트럭을 타고 왔다. 그와 더불어 모든 것이 급격하게 변하기 시작했다. 변화의 속도와 진행이 너무 빨랐기에, 그해와 그 다음해에 걸쳐 일어난 일들은 순서대로 꼽아 보기도 힘들 지경이다.

그 길지 않은 시간에 그토록 많은 사건들이 벌어졌다는 것을 생각하면 지금도 현기증이 일곤 한다. 어쩌면 할아버지는 이 모든 것을 예견하고, 당신의 힘으로는 무엇 하나 되돌릴 수 없는 일들에 대해 체념하기로 마음 먹었던 것이 아니었을까. 그리고 노쇠한 몸을 가족에게 의탁하느니, 차라리 어느 누구의 발길도 닿지 않는 황야의 후미진 곳으로 물러나 생의 마지막을 혼자 맞으려 했던 것이…….

아마도 그랬을 것이다.

마을에서 가까운 곳에 천막을 치고 부족민의 수와 이름을 기록으로 남긴 백인들은 어느 날 보호구역으로의 이주라는 청천벽력과 같은 사실을 통고해 왔다. 문명의 혜택을 받을 수 없는 황량한 땅에서 원주민들을 이대로 살게 내버려둘 순 없다는 정부의 결정이라는 것이었다. 보다 나은 환경이 보장되는 보호구역에서는 집과 식량은 물론 모든 일용품이 무상으로 지급될 것이라는 말도 덧붙였다. 공고문 중에는 이런 구절도 있었다.

'일자리를 찾으십시오. 보다 나은 삶을 택하십시오. 주님의 보살핌을 받으십시오. 우리가 돕겠습니다.'

그것은 대단히 난해한 권고였고 제안이었다. 지금껏 우리는 우리가 나고 자란 땅에서 집과 식량뿐 아니라 모든 일용품을 스스로 구하며 살았던 만큼 다른 누구의 도움도 필요치 않았다. 일거리는 그것만으로도 충분했다. 그런데 일자리를 찾으라니. 도대체 무엇을 위하여? 더욱이 '보다 나은 삶'과 '주님의 보살핌'이라는 대목에서는 더 이상 생각이 나아가질 못했다.

어찌되었든 백인들에 의한 강제 이주는 통고 후 이틀 만에 실행에 옮겨졌다. 비 가림이나 할 정도인 오두막 말고는 이렇다 할 재산도 살림살이도 없는 우리들이었으므로 떠나는 일은 간단했다. 불을 끄고 흙으로 재를 묻은 뒤 봇짐만 메면 그만이었다. 부메랑과 딩고 가죽, 캥거루 오줌보, 나무작대기가 이삿짐의 전부였다. 이주 사실을 통고하기 전에 말을 탄 백인들과 원주민 출신의 수색대가 덤불숲 곳곳을 뒤지며 인구조사를 실시한 터라 빠져나갈 구멍은 없었다. 설령 빠져나간다 한들 어디로 갈 것인가? 물과 먹을거리를 찾을 수 없는 저 척박한 황무지에서 우리를 기다리는 것은 죽음뿐이었다.

엇비슷한 제복에 총과 칼로 무장한 군인들이 에워싼 가운데 우리는 가족 단위로 트럭에 올랐다. 트럭의 짐칸은 웅크리고 앉은 사람들로 발 디딜 틈이 없었다. 주민들이 모두 자리를 뜨자 백인들이 횃불을 들고 집집마다 불을 질렀다. 덤불숲도 모두 태웠다. 끝으로 백인들은 샘들을 돌과 흙으로 메워 버렸다. 이제 이곳은 아무도 돌아올 수 없는 불모의 땅임을 선포하는 행위였다.

트럭이 시동을 걸었다. 워낙 적은 수의 부족민이 모여 살았으므로 트럭은 석 대에 지나지 않았다. 나는 엄마와 아버지, 동생과 브롤가와 함께 두 번째 트럭을 탔다. 트럭이 크게 반원을 그리며 돌자 멀리 고원지대가 시야에 들어왔다. 불길에 휩싸인 마을과 덤불숲 뒤로 우뚝 솟아 고갯마루를 이룬 그곳은 자욱한 연기로 인해 구름 위에 떠 있는 것처럼 보였다. 그런데 그 끝, 뱃머리처럼 뻗친 고원의 끄트머리에 누군가 한 사람이 서 있는 것이 아닌가!

"할아버지!"

나는 나도 모르게 소리쳤다. 순간 아버지가 나를 돌아보았다. 아버지의 시선이 재빨리 내 시선이 향하는 곳을 쫓았다. 트럭의 바퀴에서 일어난 먼지가 앞을 가로막았다. 잠시 후 바람의 방향이 바뀌었다. 먼지가 사라졌다. 그렇지만 고원의 끝에 서 있던 사람을 찾을 수는 없었다.

아버지가 엄마의 어깨 너머로 팔을 뻗어 내 등을 쓰다듬었다.

원주민 보호구역으로의 이주

트럭은 빠른 속도로 달렸다. 길이 따로 있을 리 없었다. 트럭은 그저 땅 바닥에 난 바퀴자국을 따라 달렸다. 어쩌면 앞서가는 트럭이 뿜어 대는 먼지를 쫓아가고 있는지도 몰랐다. 곳곳에 도사린 웅덩이나 움팬 땅으로 인해 트럭은 연신 브레이크를 밟으며 우회하고 또 우회해야만 했다. 그럼에도 달리는 속도가 빠르게 느껴지는 것은, 처음 타는 자동차인 탓도 있었지만, 무엇보다 대대로 살아온 고향 땅을 떠나야 한다는 슬픔이 컸기 때문이었을 것이다.

그러나 암만 돌아보아도 눈에 익은 풍경은 보이지 않았다. 트럭의 짐칸에서 볼 수 있는 것은 먼지뿐이었다. 앞차에서 일어난 먼지가 뒤차에서 일어난 먼지를 덮쳤고, 한데 뭉친 먼지는 구름처럼 솟아 하늘을 가렸다. 뭉쳤다 풀어지는 먼지의 꼬리는 끝을 헤아릴 수 없었다. 우리는 모두 트럭이 달리는 방향을 등지고 앉았지만, 반시간도 채 못 되어 진흙 가면을 쓴 얼굴이 되고 말았다. 돌부리나 웅덩이로 인해 차체가 흔들릴 때면 꼭 끼어 앉은 사람들이 한 몸인 양 출렁거렸다. 노인들이 어지럼을 호소하기 시작했다. 아이들은 먹은 것을 토했다.

나는 브롤가의 둥우리를 다리 사이에 끼고 두 팔로 꼭 끌어안았다. 둥우리 속에서 브롤가가 아래에서 위로 고개를 외틀며 까만 눈동자로 나를 올려다보았다. 새는 묻고 있었다.

"그래, 또 여행이야."

내가 둥우리에 대고 속삭였다.

"이번엔 어디로 가냐고? 몰라. 어쨌든 좀 고약하게 되었는걸. 하지만 걱정 마. 어디에 가든 내가 함께 있을 테니. 알지?"

그날 하루가 다 저물어 갈 무렵, 우리는 어느 역에 도착했다. 사방에 집이라곤 한 채도 없는 허허벌판에 역무원들이 묵는 작은 방이 딸린 역사가 휑뎅그렁하게 서 있었다. 아마도 이곳에서 기차를 타게 될 것 같다고 아버지가 말했다. 그러면서 기차에 대해 설명해 주었다. 석탄이라는 검은 돌을 태워 그 불로 물을 펄펄 끓여서 달린다는 엄청나게 큰 괴물을 말로만 들어선 도무지 상상이 되지 않았다. 아무튼 나는 쇳덩어리로 된 그 괴물만이 이용할 수 있다는 쭉 뻗은 철길과, 역 주변에 산더미처럼 쌓인 석탄과, 기차에 물을 공급하는 취수탑을 통해 아버지의 말이 경험과 사실에 바탕을 두고 있음을 짐작할 수 있었다.

걷고 뛰는 것 말고는 어떤 방법으로도 이동해 본 적 없는 사람들은 몹시 지쳐 있었다. 멀미와 어지럼증으로 홍역을 치른 노인들은 트럭에서 내리자마자 몸져누웠다. 빵 한 덩이와 물 한 컵이 배급된 저녁을 먹는 둥 마는 둥하고 대부분의 사람들이 앓는 소리를 내며 곤한 잠 속으로 빠져들었다.

역에서 우리는 이틀을 더 머물렀다. 그러는 중에도 원주민을 실은 트럭들은 계속해서 도착했다. 사람들은 철길 옆에 쌓아 놓은 침목이나 시멘트

부대 위에서, 또는 맨땅에 딩고 가죽을 깔고 잠을 잤다. 역에서 노숙을 하는 동안에는 군인들도 더 이상 우리를 감시하지 않았다. 그럴 필요가 없었던 것이다.

  나흘째 되는 날 새벽에 우리는 기차를 탔다.

  어둠이 두 개의 물로 나뉘어, 땅에 가까운 아래의 물이 쪽빛을 띠고, 하늘에 가까운 윗물이 장밋빛을 띨 무렵이었다. 기차는 경계가 모호하게 겹친 두 세계의 틈을 가르며 동쪽 지평선에서 달려왔다. 눈에 보일 듯 말 듯 먼 거리인데도 놈이 내지르는 소리가 커다랗게 들려왔다. 역이 가까워지자 기차는 휘우듬하게 곡선을 그리며, 마치 과시라도 하듯 자신의 몸체를 송두리째 드러내었다. 놀빛에 붉게 물든 증기를 푹푹 뿜으며 믿을 수 없을 정도로 포악한 소리를 지르는 놈을 보는 순간, 나는 무지개 뱀도 비단무늬왕뱀도 아닌, 검은, 악마처럼 시커먼 뱀을 떠올리지 않을 수 없었다.

  기차가 도착하자 역은 혼란스러워졌다. 원주민 출신의 군인이 절반이나 알아들을 수 있을까 말까 한 언어로, 기차를 타는 방법과 기차를 타야 하는 이유 등을 설명해 주었지만 아무런 소용이 없었다. 사람들은 어찌할 바를 몰라 우왕좌왕했고, 군인들은 이리저리 뛰며 호각을 불고 소리를 질렀다. 선뜻 기차에 오르려 하지 않는 사람들을 강제로 태우기 위해 군인들은 몽둥이와 채찍을 휘두르기까지 했다. 그 모습은 모든 사람을 경악케 했는데, 사냥을 목적으로 하는 것이 아니라면 어떤 폭력도 행사해 본 적 없는 원주민들은 거기서 두려움을 느꼈다기보다 뭔가 진기한 구경거리라도 만난 듯 망연자실 바라보기만 했다.

마음이 켕기진 않았지만 나는 아버지가 이끄는 대로 승강구 위로 올라갔다. 기차 안은 캄캄했다. 콧속을 찌르는 고약한 냄새가 진동했다. 걸음을 내디딜 때마다 뭔가에 의해 삼켜지고 있다는 느낌을 떨칠 수가 없었다.

남녀노소 할 것 없이 포개지듯이 기차에 오르자 문이 닫혔다.

그러나 기차는 출발하지 않았다.

아침엔 그나마 서늘했던 기차 안은 한낮이 되자 찜통으로 변했다. 칸막이 벽 높직이 뚫린 뙤창으로 빛이 들 뿐, 오십여 명이 빼곡히 웅크리고 앉은 그 어둡고 후텁지근한 공간에서 시간은 말할 수 없이 느린 속도로 흘렀다. 아무도 입을 여는 사람이 없었다.

기차는 저녁이 되어서야 움직였다.

나는 여행 내내 몸이 불편했고, 또 아팠다. 하지만 내색을 하지 않았다. 아버지는 기차 안에 자리 잡은 순간부터 입을 꽉 다문 채 어떤 몸짓도 취하지 않았다. 엄마 품에 안긴 어린 동생은 울다 자다를 반복하며 칭얼거렸다.

브롤가도 마찬가지였다. 기적소리에 기겁을 한 브롤가는 기차를 탄 뒤에도 안정이 되지 않는지 둥우리 속에서 날갯짓을 하며 밭은 울음소리를 내었다. 금방 잠이 들 듯 눈을 깜박거리다가도 부르르 몸을 떨며 다시 울곤 하였다.

나는 바닥에 내려놓은 둥우리를 무릎 위에 올리고 그 안으로 손을 넣어 새의 목과 등을 어루만졌다.

"많이 놀랐구나, 브롤가. 실은 나도 그래. 난 이놈의 저주받은 아가리 속에 꿀꺽 삼켜진 느낌이거든. 그런데 알고 보면 이 검은 뱀은 형편없는 놈이야. 사람이 먹을 것을 주지 않거나, 이리 가라 저리 가라 명령을 내리지 않으면 꼼짝도 못 해. 우리가 아는 멋진 뱀들에 비하면 껍데기에 지나지 않아. 뱀이 벗어던진 허물에 지나지 않는다는 소리야.

그리고…… 또 이렇게 생각해 봐. 이놈은 아주 크고 굉장히 징그럽게 생겼지만, 그래봤자 한낱 애벌레일 뿐이라고. 전에 할아버지가 딱정벌레 애벌레를 구워 준 적 있었는데, 정말 맛이 기가 막혔어. 아마 네 엄마아빠가 살아 있었으면 너도 그 오동통한 애벌레의 맛을 보았을 텐데. 하지만 기다려 봐. 내가 곧 먹게 해 줄 테니. 그렇긴 하지만, 아무리 배가 고파도 이 고약하게 생긴 벌레는 절대로 먹지 마. 틀림없이 토하거나 배탈이 나고 말 테니까."

내가 다짐을 주듯 집게손가락으로 새의 꼭뒤를 톡톡 두드리자 브롤가가 목을 쭈뼛 세우고 '크르륵— 두루루—'하고 울음을 울었다. 그 소리는 예전에 툴리와 함께 호수에서 들었던 어른 브롤가들의 울음소리와 흡사한 데가 있었다. 나는 놀라움을 금치 못했다.

"어라, 네 목소리가 바뀌었네. 벌써 어른 소리를 내고 있으니 말이야!"

나는 날짜를 꼽아 보고는, 브롤가와 함께 집으로 돌아오고도 벌써 세 번이나 달이 차고 이울었음을 알았다. 언제부턴가 어린 새에게서 황갈색 부등깃이 빠지면서 회청색의 보다 강인하고 아름다운 털이 돋아나고 있었다. 둥우리가 작아 두 번이나 새 집을 만들어 줬던 기억도 났다.

나는 브롤가가 나와 더불어 어느새 유년기의 끝에 이르렀음을 깨달았다.

두 밤이 지났다.

기차는 밤낮 없이 덜컹거리며 천천히 움직였다. 때론 무슨 이유에선지 오랜 시간 제자리에 멈춰 있기도 했다. 추운 밤이 가면 찌는 듯한 낮이 왔다. 우리가 탄 차량에서 멀리 떨어진 차량들에서 소란스러운 소리와 함께 사람들이 타고 내리는 소리가 들려오기도 했다.

사흘째 되는 날 밤, 기차는 유난히 오랫동안 한 장소에 멈추어 있었다. 그러다 어느 순간 걸쇠를 벗기는 소리와 함께 문이 활짝 열렸다. 깊은 잠에 빠졌다 깜짝 놀라 눈을 뜬 나는 캄캄한 들판 위로 번져 오는 먼 여명을 보았다.

거기서 우리는 트럭으로 옮겨졌다. 트럭은 울퉁불퉁한 산길을 달렸다. 한낮이 다 되어 갈 무렵, 트럭은 언덕들로 에워싸인 야트막한 분지 같은 곳에 도착했다. 저린 오금을 펴고 뻑적지근한 허리를 추스르는 사이, 트럭은 왔던 길을 따라 먼지를 일으키며 떠났다.

주위를 둘러보며 서로의 얼굴을 확인한 우리는 우리 곁에 단 한 명의 백인도 존재하지 않는다는 사실을 알았다. 그 긴 시간 동안 우리를 이곳까지 끌고 온 그 사람들은 다 어디로 가 버린 것일까?

우리는 갑자기 버림받은 느낌이 되었다.

안녕, 툴리!

백인 정부가 공고문에서 제안한 '일자리를 찾으시오'라는 문구는 아주 현실적인 권유였다. 보호구역에 도착한 지 보름도 되지 않아 우리는 그 사실을 뼈저리게 깨달았다.

백인들이 약속한 배급품은 한 가족은커녕 성인 남자 한 사람도 만족시킬 수 없는 양이었다. 일주일에 두 번 나눠 주는 밀가루와 설탕과 소금으로는 하루의 끼니도 해결하기 힘들었다. 그렇다면 다른 방법이 필요했는데, 지금까지 우리가 살아온 방식에 의하면 사냥 말고는 대안이 없었다.

문제는 보호구역 안에 동물들이 없다는 것이었다. 사방 몇 킬로미터를 헤집고 다녀도 그저 볼품없는 들쥐들이나 눈에 띌 따름이었다. 그 흔한 캥거루나 왈라비, 주머니쥐조차 없었다. 까닭을 알 수 없었다. 어른들은 며칠 동안 보호구역 안을 샅샅이 뒤졌다. 그리고 다음과 같은 결론에 이르렀다.

동물들은 모두 이곳을 떠났다. 보호구역은 동물들이 살 수 없는 곳이다. 보호구역을 에워싼 울창한 숲은 벌목장이 되어 쉴 새 없이 나무들이 베여 나가고 있다. 벌목장이 끝나는 지점에 우뚝 솟은 산은 채석장으로 개발되고 있다. 숲이 사라지는 자리엔 점점 그 덩어리가 커지는 방목장이 잠식

해 들어오고 있다. 딩고와 토끼는 양과 소를 보호하기 위해 수 킬로미터 밖에 설치된 울타리 너머에 있다. 야생 그대로의 자연은 황폐해졌다. 숲과 들에서 채취할 수 있는 열매와 덩이뿌리조차 구하기 힘들다. 동물들은 발 디딜 곳을 잃었다. 우리들 또한 발 디딜 곳이 없다…….

선택의 여지가 없었다. 정부에서 나눠 준 판때기와 함석과 못 몇 개로 임시 거처를 마련한 부족민들은 제가끔 일자리를 찾아야 했다. 때마침 원주민 담당국의 백인 관리들이 나와 모집 광고를 했다. 젊고 힘 있는 사람들은 채석장으로 갔다. 그보다 나이가 많은 사람들은 벌목장으로 갔다. 좀 더 나이가 많은 사람들은 목장에서 수백 마리의 소와 씨름을 하거나, 방목장 울타리를 만들기 위해 하루에도 수십 개씩 말뚝을 깎고 박아야 했다.

젊은 여자들은 나이 많은 남자들이 하는 노동으로 절반의 품삯을 받았다. 백인 가정에서 빨래나 청소와 같은 허드렛일을 하고 밀가루와 우유를 얻어 오는 일은 하늘의 별 따기였다. 더욱이 거리가 멀어 한 달에 한 번 집에 돌아오기도 힘들었다.

몸을 움직일 수 있는 사람은 남녀노소를 불문하고 숲으로 갔다. 목재로 쓸 나무를 다듬고 남은 잔가지나 껍질, 갈잎 따위를 가져오기 위해서였다. 가지와 껍질은 집의 지붕과 벽을 대는 데 쓰였고, 나머지는 땔감이 되었다. 그런 일은 아이들도 도울 수 있는 일이었기에 우리들 또한 쉴 짬이 없었다. 그야말로 모두들 일자리를 얻은 셈이었다. 우리는 '보다 나은 삶'을 위해 하루하루를 열심히, 부지런하게 살았다. 숲의 나무와 산의 돌은 무궁무진해 보였고, 푸른 풀밭에서 양떼와 소떼들이 뛰어놀 땅 역시

날로 광활해질 터였다.

　조상 대대로 살아온 땅에서 쫓겨나 자유로운 삶을 빼앗긴 채 오직 먹고 살기 위해 노예 생활을 해야 하는 곳, 그곳이 바로 원주민 보호구역이었다.

　나는 이따금 아버지가 물의 형제들이 사는 강과 호수에 대해 이야기하는 것을 들었다. 이 지경이 되기 전에 그곳으로 가서 그들과 합류했더라면 이 같은 고통을 겪지 않았을 거라는 이야기였다. 그 말 속에는 은연중에 할아버지에 대한 비난이 깃들어 있었다. 우리 부족이 그곳으로 이주하지 않고 황야에서의 삶을 고집했던 데에는 할아버지의 영향력이 컸다는 것이었다. 아버지는 보호구역을 탈출해 그곳으로 갈 계획까지 세워 놓은 것으로 보였다.

　그러나 계속되는 채석장에서의 고된 노동과 각가지 집안일로 차일피일 미루고 있던 어느 날, 물의 형제가 보호구역으로 왔다. 아버지로서는 마지막 희망이 물거품이 되고 만 셈이었다. 흩어져 살던 부족들의 만남은 이별보다 더 슬프고 허탈한 것이었다. 누구 한 사람 웃음을 내비치지 않는 가운데, 사람들은 고개를 숙인 채 현실의 삶을 직시해야 했다.

　물의 형제가 삶의 터전을 뺏기고 보호구역으로 온 것은 슬픈 일이었지만, 나는 억지로라도 슬픈 표정을 짓고 있을 수 없었다. 사실 나에겐 그보다 더 기쁜 소식은 없었기 때문이었다.

　다들 침울한 표정이긴 해도 오랜만에 나누는 인사에 여념이 없는 사람들 사이를 비집고 다니며 나는 툴리를 찾았다. 그러다가 우리는 같은 장소에서 약속이라도 한 듯이 딱 마주쳤다. 우리는 깜짝 놀라서 서로를 바라보았다.

"툴리!"

내가 소리쳤다.

툴리도 반가워서 내 이름을 부르려 했으나, 아쉽게도 툴리가 아는 내 이름은 없었다. 갑자기 툴리가 표정을 바꾸며 빈정거렸다.

"아참, 넌 이름이 없지?"

"아냐. 나도 이름이 있어. 이름이 생겼다고!"

"그래? 뭐야?"

툴리의 눈이 빛났다.

"울라쿤타!"

"울라……쿤타?"

"그래, 울라쿤타."

"그게 뭔데?"

"내 이름이라고! 왜, 마음에 안 들어?"

"그게 아니고…… 그게 무슨 뜻이냐고?"

"아아, 울라쿤타는…….''

나는 툴리에게 울라쿤타에 대해 설명했다. 그런데 설명을 하면 할수록 툴리의 얼굴에는 실망의 빛이 역력해졌다.

"그러니까…… 캥거루쥐, 아니 쥐캥거루란 말이지?"

"응. 사막 깊은 곳에 사는."

"그것도 사막 깊은 곳에서 혼자 사는 캥거루쥐, 아니 쥐캥거루?"

"······."

나는 화가 났다. 그렇다면 '툴리'라는 이름엔 무슨 뜻이 있단 말인가. 내가 이 말을 하려는 순간 툴리가 말머리를 돌렸다.

"그나저나 브롤가는 잘 있어?"

"그럼. 얼마나 컸는데. 벌써 어른 목소리를 내기 시작했는걸."

"그래? 보러 가자, 어서!"

툴리와 내가 브롤가를 보기 위해 사람들 틈을 비집고 가려는데 뒤에서 누가 불렀다.

"툴리, 멀리 가지 말아라."

우리는 걸음을 멈췄다.

"엄마야. 이따가 봐야겠어."

툴리가 속삭였다.

그때였다. 누군가가 내 정수리에 손바닥을 올려놓고는 아귀힘만으로 나를 자기 쪽으로 빙그르르 돌려 세웠다.

"얘가 그 애냐?"

손힘만큼이나 억세고 묵직한 목소리가 내 머리를 내리눌렀다.

"응."

툴리가 대답했다.

목소리의 주인공이 내 정수리에 올려놓았던 손바닥을 치웠다. 나는 비로소 머리를 들고 위를 올려다볼 수 있었다. 상대의 허리쯤에서 멈춰 있던 나의 시선은 마치 깎아지른 절벽을 타고 오르듯 그의 배와 가슴을 더듬어 올라갔다. 그러나 결코 그의 턱 위까지는 미칠 수가 없었다.

나는 한 걸음 물러나 다시 그의 얼굴을 올려다보았다. 고무나무의 둥치처럼 탄탄하면서 훤칠하게 솟은 검은 기둥 끝에 주먹만 한 얼굴이 무슨 열매처럼 달려 나를 굽어보고 있었다.

　"안녕, 이름 없는 친구!"

　하얀 이빨을 드러낸 채 눈을 찡긋거리면서 그가 말했다.

　"인사해. 외삼촌이야!"

　툴리가 말했다.

우루쿤 아저씨

툴리의 외삼촌 우루쿤은 내가 만난 사람들 중 가장 자유로운 영혼을 가진 사람일 것이다. 그는 타고난 떠돌이이자 낙천주의자였으며, 무엇이든 생각나는 대로 가사를 붙여 노래를 부르는 엉터리 가수이자 시인이었다.

우루쿤이 제일 좋아하는 일은 아무것도 하지 않는 것이었다.

"이 세상에 중요한 건 두 가지뿐이야."

어느 날 우루쿤이 말했다.

"첫째, 아무것도 하지 않는 것. 둘째, 무엇이든 하는 것."

참말이었다.

우루쿤은 아무것도 하지 않았다. 누나와 조카 툴리를 위한 집 한 칸, 거기에 덧대어 자기가 발 뻗고 누울 방 한 칸을 짓고 나자, 그걸로 세상에서 자기가 할 일은 끝났다는 듯 손을 털었다. 아이들까지 포함해 온 주민이 채석장이다 벌목장이다 여기저기 오가며 일하고 품을 파는데도 오직 그만은 어떤 일에도 관여하지 않았다. 우루쿤은 그 모든 일을 싸잡아 '그런 일'이라고 했다.

"그런 일은 말이야……."

하지만 그것이 전부였다. 더 이상의 말은 없었다. 누군가 빈둥거리는 것을 탓하기라도 할라치면 우루쿤은 또다시 그 대책 없는 한 마디를 툭 던졌다.

"그런 일은 말이오……."

그러고는 누구도 그 향하는 곳을 알 수 없는 먼 데로 눈길을 돌리는 것이었다.

우루쿤이 보호구역으로 오고 보름이 넘도록 사람들은 아무것도 하지 않는 그의 모습과, '그런 일은 말이오……'하고는 입을 다물고 마는 그의 침묵을 지켜보아야 했다.

그런데 보름이 지나자 변화가 생겼다. 아무것도 하지 않는 일에 지쳤는지 우루쿤은 그야말로 무엇이든 하기 시작했다. 그가 무슨 일을 하는지는 아무도 알지 못했다. 다만, 그가 늘 앉았거나 누워 뒹굴던 자리에서 보이지 않자 모두들 그렇게 짐작했을 따름이었다.

"우루쿤이 일을 하기 시작했군."

한 노인이 말했다.

"네. 그 녀석도 양심은 있으니까요."

이건 우루쿤의 누나가 던진 말이었다.

툴리는 외삼촌이 보이지 않자 잔뜩 기대에 들떠서 내게 말했다.

"아주 재미난 일이 있을 거야."

벌레처럼 쭈글쭈글한 얼굴로 늘 누군가 앞에 있기라도 한 듯 입 한쪽이 말려 올라간 웃음을 짓고 있는 그 멀대같은 외삼촌에게서 툴리는 무엇을 기대하는 것일까? 알다가도 모를 일이었다.

하지만 어느 날 저녁, 우루쿤이 버드나무 가지에 자기 팔뚝만 한 송어들을 줄줄이 꿰어 양쪽 어깨에 걸쳐 메고 나타났을 때, 나는 왠지 황야의 끝에 놓인 무지개다리를 건너온 마술사를 보는 것 같은 기분이었다. 물론모닥불 위에서 기름을 뚝뚝 흘리며 익어 가는 송어 냄새와, 입 안에서 살살 녹는 그 감칠맛 나는 살코기가 주는 황홀함이 무엇보다 컸을 테지만.

어쨌든 충분한 양은 아니었지만, 우루쿤이 잡아 온 송어는 부족민 전체가 한 토막씩 골고루 나눠 먹을 수 있는 기쁨의 양식이었다.

"어디서 송어를 잡았어요?"

내가 물었다.

"강에서."

"강이 있어요?"

"그럼. 있다마다. 물 냄새를 맡아 봐."

이리저리 고개를 돌리면서 우루쿤이 코를 킁킁거렸다.

나는 그처럼 콧구멍이 크게 벌어지는 코를 본 적 없을뿐더러, 마치 별개의 생물인 양 두 개의 콧방울이 자유자재로 움직이는 것을 보는 것 또한처음이었다.

"저쪽 강은 틀렸어."

코끝으로 오른쪽을 가리키며 우루쿤이 말했다.

"돌가루와 소똥이 흘러들고 있어. 강이 아파하고 있어. 달아나고 싶은데, 몸을 움직일 수도 없는 지경이지. 그러나…….."

이번엔 코끝을 왼쪽으로 틀며 말했다.

"이쪽 강은 건강해. 뛰고 춤추고 노래를 부르고 있어. 그러면서 너희들을 부르고 있어. 툴리, 그리고 울라쿤타, 너희들의 이름을."

"정말? 외삼촌, 정말이야?"

툴리가 우루쿤의 어깨에 매달리며 물었다.

"들어 봐."

우리는 그가 고개를 돌린 쪽을 향해 머리를 내밀고서 귀를 기울였다.

"내일 오라고 하네. 너희들과 함께. 강이 말했어."

툴리와 나는 동시에 환호성을 질렀다.

"브롤가는요?"

내가 물었다.

"브롤가? 브롤가는…… 그래, 아직은 날지 못하니까 좀 더 있다가 오라고 하는구나."

송어 잡이

우루쿤의 송어 잡이는 송어와의 대화이자 일종의 게임이었다.

우루쿤은 기다란 나뭇가지를 불에 그슬려 날카롭게 벼린 창 하나와, 가느다란 나뭇가지 두 개를 캥거루의 힘줄로 단단하게 묶은 다음 그 사이에 작은 막대기를 박아 넣은 삼지창을 가지고 있었다.

강까지는 두 시간가량 숲과 초지를 따라 걸어야 했는데, 중간에 강으로 흘러드는 개울 몇 개를 건너야 했다. 강에 이르러서도 물살이 센 상류 쪽 여울까지는 다시 한 시간가량 더 거슬러가야만 했다. 먼 거리였지만, 도중에 자갈밭에 흩어진 물떼새들의 둥지에서 새알을 줍고(다섯 개에서 일곱 개쯤 되는 둥지 속 알들 중에서 우리는 절대로 두 개 이상을 줍지 않았다), 쓰러진 고목의 그루터기에서 딱정벌레의 애벌레나 굼벵이 따위를 잡느라 지루할 짬이 없었다.

우루쿤은 풀숲에서도 우리가 유용하게 쓸 수 있는 식물들을 있는 족족 가려냈는데, 껍질을 까서 속살을 먹을 수 있는 풀이 있는가 하면, 끈이나 망태를 만드는 풀이 있었고, 잘 다듬어 입으로 불면 갖은 소리를 내는 풀도 있었다.

할아버지와 함께하며 많은 것을 배운 나였지만, 이곳은 황야와는 전혀 다른 환경이었고, 따라서 우루쿤 아저씨가 가르쳐 주는 모든 것이 새롭기만 했다. 나는 이렇게 묻지 않을 수 없었다.

"아저씨는 어떻게 이 모든 걸 아세요?"

그러자 우루쿤이 대답했다.

"난 아는 게 없단다. 다만 들을 뿐이지."

"듣다니요? 뭘요?"

"이를테면…… 바람이 살랑거리는 소리. 햇빛에 풀과 나무들의 침샘이 보글거리는 소리. 오리들이 심심해서 한숨짓는 소리. 갈대풀이 제 발아래를 스쳐가는 쥐들에게 으름장을 놓는 소리. 젖이 한껏 부풀어 오른 고무나무가 작은 타래박에 희고 끈적끈적한 웃음을 담아내는 소리……."

우루쿤의 말이야말로 알다가도 모를 소리였다. 하지만 어쩌면 내 주변에 그런 소리들이 끊임없이 메아리치고 있는지도 모른다는 생각이 들었다. 그래서 앞으로는 좀 더 열심히, 좀 더 세심하게 풀과 나무와 바람과 빛의 소리에 귀를 기울여야겠다고 생각했다. 그러자 문득 할아버지가 떠올랐다. 사막 한가운데서 물의 노래를 듣고, 마침내는 노래의 길을 따라 여행을 갈무리하셨던 분.

갑자기 할아버지의 목소리가 귓전에 울리는 것 같아 가슴이 메었다. 나는 아무 말도 못 하고 내 그림자를 내려다보며 소리죽여 울었다.

송어들의 움직임은 눈부실 정도로 민첩했다. 여울에 다다른 우리가 강가에 내려서자, 팔뚝만 한 물고기들이 물찌똥을 날리며 순식간에 사라졌다. 번갯불이 치듯 재재발랐다. 더욱이 수면에 빛이 반사되는 통에, 은빛 비늘을 퍼덕거리는 강과, 그 바닥에 깔린 희고 검은 돌들과, 종잡을 수 없는 물결들의 지느러미로 말미암아 나는 어느 것이 물이고 물고기인지 분간이 되지 않았다.

강의 수심은 깊지 않았다. 급류가 쓸고 지나가며 모래와 돌을 파낸 웅덩이들이 여기저기 흩어져 있었다. 깜짝 놀란 송어들이 감쪽같이 사라지고 조금 시간이 지나자, 우루쿤은 천천히 강 속으로 들어갔다.

"내가 하는 걸 잘 봐. 금방 따라할 수 있을 거야."

"따라가도 돼요?"

툴리가 물었다.

"물론이지."

강 속으로 들어가자 우루쿤은 삼지창을 입에 물더니, 무릎 깊이밖에 되지 않는 강바닥에 두 손을 짚고 엉금엉금 기어서 다녔다. 태양으로 인해 생기는 그림자나 수면에 얼비치는 자신의 모습을 최대한 감추기 위해서였다. 툴리와 나도 따라했는데, 키가 작은 우리는 머리까지 처박히고 말았다. 몇 모금 꼴깍꼴깍 물을 삼킨 우리는 엎드리지 않고 앉은뱅이걸음으로 다니는 쪽을 택했다.

물은 차고 신선했다. 나는 그렇게도 부드럽고 탱글탱글한 알맹이들이 끊임없이 부서지고 흩어지며 내 몸의 또 다른 살갗인 양 온몸을 감싸는 것에 기분 좋은 현기증을 느꼈다. 만약 내가 한 마리의 애벌레라면, 내가 손수 짓지 않은 고치가 나를 기다렸다가 오랜 여행에 지친 유충의 다음 여정을 위해 보금자리를 마련해 주는 것만 같았다.

"여기 한 녀석이 있군."

우루쿤 아저씨가 말했다.

우루쿤은 누운 채로 강 밑바닥에 돌들이 모다기모다기 쌓인 틈새로 조심스럽게 손을 밀어 넣었다. 송어는 돌 틈에 숨어 있어서 우리 눈에는 좀처럼 보이지 않았다. 우루쿤의 손이 물속에서 수초가 흔들리듯 천천히 움직였다. 그러자 잠시 후 물고기의 꼬리가 돌 밖으로 드러났다. 우루쿤의 손이 흔들리는 쪽과는 반대 방향으로 물고기는 아주 천천히 헤엄쳐 나오고 있었다. 우루쿤의 하얀 손바닥과 암갈색 송어의 몸통이 겹쳐졌다. 손바닥에 놓인 송어는 움켜잡으면 잡힐 것만 같았다.

송어가 머리통까지 완전히 모습을 드러내자 우루쿤이 입에 물고 있던 창을 들었다. 창은 순식간에 물을 꿰찔렀다. 물방울들이 구슬로 된 날개깃처럼 펼쳐졌다. 우루쿤이 번쩍 창을 들어올렸다. 혼신의 힘을 다해 버둥거리는 물고기의 몸통이 은빛으로 빈쩍거렸다. 그와 동시에 비릿한 냄새가 훅하고 콧속으로 파고들었다.

우루쿤이 보여 준 첫 번째 송어 잡는 법은 우리로선 따라 하기 힘든 것이었다. 틀리와 나는 물살에 굴절되어 순간순간 모양을 바꾸는 돌들 밑에서 꼼짝 않고 숨어 있는 송어를 가려내기조차 힘들었다. 몇 차례 시도 끝에 둘 다 의욕을 잃고 어깨를 늘어뜨리자 아저씨가 두 번째 방법을 가르쳐 주었다.

"하지만 이건 혼자서는 하기 힘들어. 누군가 물 밖에서 물속에 있는 사람에게 송어가 있는 자리를 가리켜 줘야 해. 물속에선 물고기의 움직임을 파악할 수 없거든."

한 마리쯤 제 손으로 송어를 잡고 싶었던 우리는 서로 먼저 하겠다고 앞다투어 나섰다. 하지만 아양을 떨며 외삼촌에게 매달리는 툴리의 성화를 이겨낼 수는 없었다. 나는 시무룩하게 뒷짐을 졌다.

"울라쿤타, 네가 툴리를 도와야겠다."

우루쿤이 내 어깨를 툭 치며 말했다.

"이건 두 사람의 호흡이 맞아야만 성공할 수 있어. 송어의 움직임을 읽고 그 위치를 가리켜 주는 것은 창으로 물고기를 잡는 것만큼이나 중요한 일이야."

나는 아저씨가 시키는 대로 강가에 있는 바위 위로 갔다. 처음엔 은근히 부아가 나서 별로 내키지 않았지만, 막상 높은 곳에서 강을 내려다보노라니 물과 물고기를 확연하게 구분할 수 있어 좋았다. 물밑 조약돌의 개수까지 헤아릴 수 있을 정도였다.

시간이 흘렀다. 뙤약볕 아래서 창을 들고 꼼짝 않고 서 있는 일에는 인내가 필요했다. 하지만 나 역시 꼼짝할 수 없었는데, 주위가 조용해지자 은신처에서 하나둘 빠져나온 송어들이 강 가장자리를 따라 조심스럽게 움직이기 시작했기 때문이었다. 그것을 보는 순간, 혈관을 따라 싸한 냉기가 흐르면서 땀구멍 하나하나에서 찌르르한 전율이 소름 돋듯 일었다. 나는 생전 처음 보는 송어의 유연한 몸놀림이며 아름다운 자태에 그만 넋을 잃고 말았다. 우루쿤 아저씨가 내게 송어 있는 자리를 알려 주라고 귀띔을 해야 했을 정도였다.

"툴리……!"

내가 소리죽여 말했다.

"툴리, 왼쪽…… 아니, 오른쪽이야. 네 오른쪽으로 송어가 가고 있어."

툴리의 눈이 왕방울만 해졌다. 툴리는 손끝 하나 까딱하지 못하고 눈 놀림만으로 송어를 찾았다.

"앗!"

별안간 툴리가 비명을 질렀다.

"왜? 왜 그래?"

"송어가 내 발을 쳤어!"

"툴리, 움직이면 안 돼!"

"안 움직였어. 꼼짝도 안 했어."

"지금 송어가 네 다리 사이에 있어. 기다려. 송어가 앞으로 나올 때까지."

나는 애가 타는 심정이었다. 송어는 아주 교활하고 신중하게 움직였다. 우리는 섣불리 행동을 취할 수 없었다. 하지만 송어에겐 치명적인 약점이 있었다. 호기심이 너무 많다는 것이었다. 송어는 물속에 발을 담그고 있는 낯선 동물에 대한 관심을 떨칠 수가 없는 듯했다.

도대체 이 어인 물건인고? 게다가 이 곰삭은 듯 고리타분한 냄새는 무엇이람?…… 나는 툴리의 종아리며 발등을 툭툭 건들며 그 주위를 떠나지 못하는 송어의 심정을 이해할 수 있을 것 같았다.

바로 그때였다. 한동안 툴리의 뒤쪽에서 배회하던 송어가 다리 사이로 빠져나와 툴리의 앞으로 모습을 드러내었다.

"지금이야!"

내가 소리쳤다.

툴리의 창이 내리꽂혔다. 강이 퍼덕거렸다. 물방울들이 흩어지며 아주 짧은 순간 작은 무지개가 피어났다. 툴리의 몸이 바들거렸다. 툴리는 강에 박힌 창을 두 손으로 내리누르며 안간힘을 다해 바동거렸다.

"잡았어! 툴리가 송어를 잡았어! 아저씨, 툴리가······."

"알아. 어서 가서 도와주렴. 혼자 끌고 나오기엔 너무 큰걸."

그랬다. 송어는 아주 큰 놈이었다. 나는 물속으로 뛰어들었다. 물 밖으로 들어내자 물고기는 갑자기 두 배나 더 커진 듯했다. 창에 꿰찔린 채 펄떡거리는 물고기는 무겁고 징그러웠다. 툭 튀어나온 커다란 눈이 원망스럽게 나를 노려보았다. 숨을 헐떡거릴 때마다 아가미에서 피와 선홍색 거품이 벌컥벌컥 쏟아져 나왔다. 피비린내가 코를 찔렀다.

갑자기 머릿속이 하얘졌다. 순간 물고기가 내 팔에서 미끄러져 내렸다. 나는 무릎이 꺾이는 것을 느꼈다. 누가 내 이름을 부르는 듯했지만, 나는 그만 정신을 잃고 말았다.

깨어났을 때 나는 나무그늘 아래 누워 있었다. 우루쿤 아저씨가 나를 내려다보며 웃고 있었다.

"송어는요······?"

나는 벌떡 일어나 앉으며 물었다.

"걱정 마. 여기 있으니까."

툴리의 목소리였다.

돌아보니, 풀밭 위에 가지런히 놓인 송어들이 보였다. 무려 다섯 마리나 되었다.

"이렇게나 많이······?"

"응. 내가 세 마리를 더 잡았지."

갑자기 수치심이 밀려와 나는 한숨을 쉬었다.

"나도 잡을 수가 있는데……."

괜한 아쉬움에 내가 중얼거렸다.

"다음 기회에 하렴. 서둘러 돌아가야겠다."

우루쿤 아저씨가 말했다.

"비가 올 것 같아. 빗속에선 송어를 잡을 수가 없거든."

나는 왠지 그 말이 반갑기도 했다. 우리는 서둘러 돌아갈 채비를 했다.

태초의 인간 카로라

비는 밤을 새워 내렸다. 돌풍이 불고 우레가 쳤다. 장대비가 판자지붕을 사정없이 두들겼다. 비가 집 안으로 들이치기도 했다. 아버지는 몇 번이고 자리에서 일어나 집 안팎을 손보아야 했다.

새벽이 되자 거짓말처럼 주위가 고요해졌다. 속삭이듯 고른 빗소리에 나는 깊은 잠 속으로 빠져들었다.

꿈속에서 송어를 보았다. 구름이 비치는 맑은 샛강. 송어는 물살을 거슬러 강의 상류로 올라갔다. 나는 송어의 뒤를 좇았다. 송어는 내가 잡으려고 손을 뻗치면 구름 속으로 몸을 숨겼다. 나는 구름이 왜 강 속에 있는지 못마땅했다. 구름은 하늘에 있어야 하는 게 아닌가. 나는 창을 움켜잡았다. 구름과 함께 송어를 꿰찌를 생각이었다. 툴리, 송어가 어디 있는지 말해 줘. 내가 말했다. 그런데 툴리는 강가에 서서 딴청을 피우고 있었다. 이봐, 툴리! 내가 소리쳤다. 송어가 어디 있는지 말해 달라니까! 나는 점점 더 크게 소리쳤다.

엄마가 나를 흔들어 깨웠다.

"별일이구나. 너는 툴리를 부르고 툴리는 널 부르고 있으니."

그러고 보니 집 밖에서 나를 부르는 툴리의 목소리가 들렸다.

구름 사이로 해가 떠오르고 있었다. 툴리와 나는 흠뻑 젖은 땅을 밟고 들판으로 갔다. 낮게 깔린 안개 속에 사람의 형체가 어렴풋하게 드러났다. 풀이 무성하게 우거진 들 한 귀퉁이에서 우루쿤 아저씨가 허리를 굽힌 채 무슨 일인가를 하고 있었다. 우리가 다가가자 그가 허리를 펴고 환한 웃음을 지었다.

"뭐 하세요?"

내가 물었다.

"비가 왔으니 땅의 일을 해야지. 도와주겠니?"

"뭘요?"

"씨앗을 뿌리고 덩이뿌리들을 심어야 해."

우루쿤이 풀숲에서 갈대로 얼기설기 엮은 걸망들을 꺼냈다.

"자, 이 안에 무엇이 들어 있나 한 번 볼까."

우루쿤이 걸망 안으로 손을 넣더니 괴상하게 생긴 뿌리들을 꺼냈다.

"이건 얌이로구나. 이건…… 타로고. 또 이건 카사바. 내가 하는 대로 따라하면 돼. 여기 풀들을 걷어 낸 흙 속에다 깊숙이 묻어 주는 거야. 이렇게. 그 다음엔 흙을 덮고."

"그런데 외삼촌, 풀들이 이렇게 무성한데 얘들이 자랄까?"

툴리가 물었다.

"그래야 돼. 풀들하고 같이 자라야만 강한 놈이 돼. 그래야만 그 다음 다음에도 튼튼하게 생명을 이어갈 수 있어."

나는 지난 번 코로보리 축제에서 물의 부족들이 즐겨 먹는 뿌리들을 접해 본 터라 낯설지만은 않았다. 하지만 무엇인가를 사람이 직접 재배해서 먹는다는 걸 겪어 본 적 없는 나로서는, 돌덩어리처럼 딱딱하고 말라비틀어진 뿌리들이 또 다른 생명을 키워 낼 수 있다는 사실에 의구심이 들었다. 왈라비 한 마리를 땅속에 묻어 다섯 마리 열 마리의 왈라비를 만들어낼 순 없는 일이 아닌가.

"울라쿤타!"

내가 검고 차진 흙을 손으로 파 뒤집으며, 그 이상한 질감이며 이해하기 힘든 노동에 대해 불평을 늘어놓자니 우루쿤 아저씨가 큰소리로 내 이름을 불렀다.

"바로 그거야! 왈라비 한 마리가 왈라비 열 마리가 되는 것!"

"네에?"

"그건 열 마리의 왈라비가 한 마리의 왈라비가 되는 것과 같은 이치지. 너는 누가 가르쳐 주지 않았는데도 그 사실을 이미 알고 있었구나."

처음에 나는 우루쿤 아저씨가 나를 놀리는 줄로만 알았다. 하지만 대견스럽게 바라보며 던지는 웃음 속에 조롱기는 담겨 있지 않았다.

"내가 들려주고 싶은 이야기가 있는데⋯⋯. 그런데 어쩌지?"

아저씨는 갑자기 당혹스러운 표정이 되었다.

"일을 끝내야만 하고, 일이 끝나고 나면 무슨 얘길 하려 했는지 기억이 나지 않을 테니⋯⋯."

"이런, 바보 같으니!"

툴리가 새된 목소리로 말했다.

"까먹지 않게 제목이라도 말해 주면 될 거 아냐?"

"맞아. 그렇군!"

우루쿤 아저씨가 흡족해하며 말했다.

"툴리는 역시 똑똑해. 일이 끝나면, 툴리야, 나한테 카로라 이야기를 해 달라고 해라. 카로라. 알겠지?"

태초에 세상은 암흑에 묻혀 있었다……. 우루쿤 아저씨의 이야기는 이렇게 시작되었다.

그것은 조상 대대로 입에서 입으로 전해 오는 아주 오래된 이야기라고 했다. 빛이 존재하지 않았던 암흑의 시간에 관한 이야기. 인간이 다른 생물들과 분리되기 전, 혼돈과 공존에 관한 이야기.

그런데 우루쿤이 이야기하는 방식은 좀 특이했다. 그는 이야기를 시작하기가 무섭게 혀가 꼬이기라도 하는 듯 말을 더듬거리더니, 별안간 손짓과 발짓을 섞어 가며 이야기를 엮어 나갔다. 나중에는 아예 자리에서 일어나 짐승처럼 소리를 지르고 뛰고 뒹굴며 온갖 몸짓으로 자신의 생각을 표현했다. 그가 말로 나타낸 것은 '카로라'라든지 주머니쥐나 왈라비 같은 명칭들이 전부였다. 나중엔 그마저도 몸짓으로 대체되었다.

이야기의 내용은 복잡했다. 도무지 가닥을 잡을 수 없었다. 거기다가 우루쿤의 거대한 덩치에서 울려 나오는 과장된 몸짓과 표정은 이야기 속으로 빠져드는 데 도움이 되기는커녕 엉뚱한 상상력을 자극할 뿐이었다.

내가 이해한 바에 따르면 이야기의 내용은 다음과 같았다(아니, 이렇게 말해야 할까―내가 보고 들은 바에 따르면, 아마도 이야기는 다음과 같은 내용을 담고 있는 것 같았다, 라고).

……태초에 세상은 암흑에 묻혀 있었다. 빛 한 줄기 찾아볼 수 없었다. 밤의 대지 한가운데에는 거대한 연못이 있었다. 그리고 그 연못에는 한 거인이 누워 깊은 잠에 빠져 있었다. 그의 이름이 바로 카로라였다. 얼마나 긴 시간이 흘렀을까?

어느 날 카로라는 불현듯 잠에서 깼다. 번쩍 눈을 떴다. 그러나 주위는 온통 암흑뿐이었다. 거인은 온갖 생각으로 마음이 들끓었다. 그러자 온몸이 꿈틀거리기 시작했다. 사지가 떨어져 나가는 것 같은 고통 속에서 별안간 어떤 물체들이 쏟아져 나왔다. 거인의 배꼽과 겨드랑이에서 주머니쥐가 떼를 지어 쏟아져 나왔던 것이다.

(이 부분에서 우루쿤은 주머니쥐의 몸짓으로 두 손을 앞발인 양 가슴에 모으고 두 발로 깡충깡충 뛰며 사방을 휘젓고 다녔다.)

바야흐로 암흑의 세계가 막을 내리는 순간이었다. 태양이 솟았고, 빛의 첫날이 시작되었다. 카로라는 연못에서 벌떡 일어났다. 카로라가 누웠던 자리에는 인동덩굴이 꽃을 피워 달콤한 꿀을 쟁여 넣었다. 그러나 카로라는 몸을 움직일 수 없었다. 탈진해 있었기 때문이었다. 무엇보다 견디기 힘든 것은 배고픔이었다. 카로라는 주위를 두리번거리며 사방으로 손을 휘저었다. 그러자 자기 몸에서 빠져나온 주머니쥐들이 손에 잡혔다. 태양이 강렬했으므로 햇살만으로도 쥐를 요리하기엔 충분했다. 카로라는 쥐 두 마리를 구워 먹었다.

땅거미가 내렸다. 배를 채운 카로라는 사지를 뻗고 잠이 들었다. 그날 밤 기이한 일이 일어났다. 그의 겨드랑이에서 딸랑이 모양을 한 것이 나타나 밤새 요란한 소리로 딸랑거렸다. 이튿날 딸랑이는 사람의 모습으로 변했다. 카로라의 첫 아들이었다. 아들은 아버지의 팔에 기대어 잠이 들었다.

다음 날 날이 밝자 카로라는 크게 소리를 질렀다. 그 소리에 아들이 생명을 부여받았다. 아들은 홀연히 자리에서 일어나 아버지 주위를 돌며 춤을 추었다. 둘은 배가 고팠다. 아버지는 아들에게 쥐를 잡아 오라고 시켰다. 그들은 태양 아래서 쥐를 구워 먹었고, 밤이 되자 다시 잠이 들었다. 그날 밤 카로라의 겨드랑이에서는 두 명의 아들이 더 태어났다.

이런 과정이 연일 되풀이되자 아들의 수는 헤아리기 힘들 정도로 많아졌다. 대신 주머니쥐는 찾아보기 힘든 지경이 되었다. 하는 수 없이 아버지는 사냥을 해 오라고 아들들을 숲으로 보냈다. 그러나 며칠을 헤매고 다녀도 아들들은 단 한 마리의 쥐도 발견할 수 없었다.

나흘째 되는 날이었다. 피로와 허기에 지쳐 숲 속을 걷는 아들들의 귓전에 딸랑이 소리가 들렸다. 형제들은 이곳저곳을 살피다가 꼬챙이로 땅을 찔렀다. 그러자 땅속에서 까만 털이 난 짐승 하나가 불쑥 튀어나왔다. 왈라비였다. 형제 중 하나가 작대기를 던졌다. 왈라비는 다리에 상처를 입었다. 왈라비가 말했다. "나, 첸테라마는 이제 병신이 되었다. 나는 당신들과 같은 인간이다. 나는 주머니쥐가 아니다." 그러고는 다리를 절면서 그곳을 떠났다.

몹시 당황한 형제들은 아버지에게로 갔다. 아버지는 이미 그들에게 일어난 일을 알고 있었다. 카로라는 아들들을 연못으로 이끈 뒤 연못 안쪽에 둥글게 원을 그리고 앉게 했다. 그러자 인동 꽃봉오리에서 흘러나온 꿀이 동쪽에서부터 넘실거리더니 그들을 덮쳤다. 아들들은 꿀의 소용돌

154

이에 휘말려 연못 바닥으로 사라졌다.

카로라는 다시 혼자가 되었다. 아들들은 소용돌이의 길을 따라 연못 저편 숲으로 무사히 빠져나간 뒤였다. 거기서 아들들은 작대기로 때려 상처를 입힌 첸테라마를 만나게 될 것이고, 왈라비는 그들을 새로운 세상으로 이끌어 줄 길잡이가 될 것이었다. 카로라는 이 모든 것을 알고 있었다. 자신의 시간이 끝났고, 이제 새로운 시간이 시작되리라는 것을.

카로라는 늙고 지친 몸을 끌고서, 자신이 기나긴 밤을 보낸 연못 바닥으로 내려가 영원한 잠 속으로 빠져들었다…….

이야기를 끝낸 우루쿤의 몸은 땀으로 흠뻑 젖어 있었다. 그는 질주하던 캥거루가 별안간 멈춰 서서 나뭇등걸처럼 굳어 버린 그런 모습으로 우리를 바라보았다.

"끝난 거야, 외삼촌?"

한참 후에 툴리가 물었다.

"으응……. 끝났어."

우루쿤의 대답도 한참 후에서야 돌아왔다.

"근데 그게 무슨 뜻이야?"

툴리의 말투는 쌀쌀맞았다.

우루쿤은 땀과 흙으로 범벅이 된 몸을 끌고 우리 곁에 와서 앉았다.

"실은…… 나도 잘 몰라."

우루쿤이 머리를 긁적거렸다.

"나도 이 이야기를 처음 들었을 때 너처럼 물었지. 그게 무슨 뜻이냐고.

그랬더니……."

"그랬더니?"

"아버진 이렇게 대답하셨어. 애야, 이 이야기의 뜻을 찾아가는 게 너의
인생이란다."

"하!"

툴리가 묘한 감정이 실린 탄성을 질렀다.

자치구를 향한 꿈

밭 가장자리에 툴리와 나를 앉혀 놓고 들려 준 우루쿤 아저씨의 이야기 때문이었을까. 작물들은 하루가 다르게 무럭무럭 자랐다. 뛰고 발을 구르고 땅 위를 뒹굴며 온몸으로 들려 준 카로라 이야기가 그날 갓 심은 작물들에게 우렁찬 응원가로 작용한 것이 아닌가 여겨질 정도였다.

그날로부터 우루쿤 아저씨는 농부가 되었다. '아무것도 하지 않는 것'과 '무엇이든 하는 것' 사이에서 빈둥거리던 우루쿤은 심고 가꾸고 거두는 일로 눈코 뜰 새가 없었다. 그는 거대한 몸과 강인한 힘으로 경작지를 넓혀 나갔고, 그 땅들을 주민들에게 나눠 주었다.

황무지로 버려져 있던 보호구역 안의 땅들이 서서히 옥토로 변해 갔다. 우루쿤은 원하는 사람 모두에게 덩이뿌리와 씨앗을 나눠 주며 밭을 일굴 수 있게끔 도왔다. 목장이나 채석장, 벌목장에서의 고된 노동에 시달리던 사람들은, 처음엔 그저 부족한 끼닛거리에 보탬이 되지 않을까 하는 심정으로 농사를 지었지만, 나중엔 그것이 하루 노동의 대가로 받아 오는 밀가루나 설탕, 우유보다 훨씬 더 유용하다는 사실을 깨달았다. 그뿐일까? 그 일은 자신이나 이웃을 위해서도 매우 가치 있는 일이었다.

보호구역의 땅들이 살아나기 시작했다. 누구도 경작한 적 없이 자연 그

대로 남아 있던 땅은 거칠었지만, 보호구역 밖의 농장이나 목장과는 비교가 안 될 정도로 비옥했다. 다만, 가꾸고자 하는 작물에 알맞은 환경과 토양을 만들어 주는 것이 중요했다. 거기에는 지혜와 사랑이 필요했다.

우루쿤은 이미 오래전부터 이 땅에서 터줏대감으로 살아온 식물들을 쓸모없다거나 성가시다고 깡그리 제거하는 법이 없었다. 또한, 어떤 작물이 잘 자라거나 생산량이 많다고 해서 한곳에 그 작물만을 대규모로 가꾸지도 않았다. 그는 어떤 밭이든 잡초와 작물이 함께 자라기를 원했고, 최소한 대여섯 가지 이상의 식물들이 함께 어우러지게끔 내버려두라고 사람들에게 말했다. 까닭은 그 자신도 잘 몰랐다. 누가 물으면 특유의 우스꽝스러운 비유로 슬그머니 비켜갈 따름이었다.

"그건 말이오…… 한 마을에 우루쿤이 열 명이나 된다면 좀 이상할 것 같지 않소?"

그러면서 말꼬리를 흐리는 그를 보며, 나 또한 보호구역 안에 울라쿤타가 열 명이나 된다면 상당히 난처할 것 같다는 생각이 들었다.

가진 것을 함께 나누는 부족의 오랜 풍습은 또 다른 꿈의 씨앗이 되어 싹을 틔웠다.

우루쿤의 농사일이 성공함에 따라 주민들은 하나둘 백인 아래서의 노예 같은 노동을 접고, 보호구역 안에서 공동으로 할 수 있는 일에 힘을 모으기 시작했다. 대표적인 것이, 물길을 보호구역 안으로 끌어들여 저수지를 만드는 것이었다. 이 일은 오래고도 고된 노동을 필요로 했는데, 한 달여에 걸친 대역사 끝에 일종의 관개수로가 완성되었을 때의 기쁨은 상상을 넘어서는 것이었다. 초기엔 젊은 사람 몇몇이서 벌인 일이었지만, 시간이 가면서 그 취지를 깨달은 사람들이 모여들기 시작했고, 나중엔 남녀노소 할 것 없이 일손을 거들기에 이르렀다.

그 일을 처음으로 제안한 것은 물론 우루쿤이었다. 하지만 그 일이 이루어지는 데 실질적인 힘을 보탠 것은 나의 아버지였다.

보호구역으로 옮겨온 뒤 틈만 나면 다른 세계로의 출구를 찾았던 아버지. 하지만 그 모든 꿈들이 부질없을지도 모르는 불안한 현실 앞에 좌절한 채 채석장에서의 노동으로 가족을 부양하던 아버지는 우루쿤이 이루어 낸 경작의 성공에서 희망을 발견했던 것이다.

아버지는 주민 공동기금을 마련해서 이곳을 원주민들의 영구 정착지로 만들고자 했다. 일종의 자치구를 꿈꾸었던 것이다.

실제로 보호구역은 백인들의 무관심 속에 철저하게 방치되어 있었다. 백인들은 식량을 배급하는 날에만 모습을 나타내었다. 그것도 무장을 한 경찰관 몇 명이 전부였다. 살든 죽든 그 안에서 알아서 하라는 식이었다.

오랜 세월 뿌리를 내리고 살던 곳에서 강제로 이주시켜 놓고는 나 몰라라 하는 백인들의 무관심은, 처음엔 끔찍하고 가혹하게 여겨졌지만, 시간이 지나면서 우리 본래의 지혜와 생존력이 다시 움틀 수 있는 토양이 되었다.

가난했지만 자유로웠던 시기였다. 아버지는 그 가난과 자유를 새로운 세상을 건설하기 위한 주춧돌로 삼고자 했다.

이즈음에서 나는 한 다정스러운 사람의 얼굴을 떠올리지 않을 수 없다.

피터슨…….

물처럼 맑은 눈을 가진 남자. 하얀 머리에 역시 하얀 수염을 텁수룩하게 기르고, 캥거루 가죽으로 만든 카우보이모자를 쓰고 다니던 남자. 말안장엔 늘 장총이 꽂혀 있었지만, 두 손엔 원주민들에 대한 관심과 선물이 가득했던 사람.

그와의 첫 만남이 생각난다.

뿌연 흙먼지를 일으키며 달려와 배급품을 던져 놓고는 말 한 마디 섞지 않고 부리나케 돌아가는 원주민 담당국의 관리들과는 달리, 그는 어느 날 오후, 혼자 말을 타고 소리 없이 보호구역의 낮은 언덕 위에 모습을 나타내었다.

피터슨은 꽤 오랫동안 그곳에서 우리들이 벌이고 있는 수로 공사를 지켜보고 있었던 것 같다. 툴리가 내게 귀띔을 하며 말을 탄 사람을 가리켰을 때, 그는 이미 말에서 내려 성큼성큼 우리 쪽을 향해 언덕을 내려오고 있었다.

일시에 모든 동작이 정지되었다. 사람들은 허리를 구부린 채로, 더러는 걸음을 옮기려다 말고 우뚝 멈춘 자세로 눈이나 고개만을 돌려 낯선 백인을 바라보았다.

햇볕이 쨍쨍 내리쬐는 한낮의 정적 속에서 수십 명의 사람들이 꼼짝 않고 자기를 응시하고 있었음에도 불구하고, 남자는 천천히, 그리고 스스럼없이 다가와 미소를 짓더니 인사말을 건넸다. 그리고는 파헤쳐진 흙더미 옆에 쪼그리고 앉아, 우리가 거의 맨손이나 다름없는 도구로 파고 있는 수로 곳곳을 살펴보았다.

남자가 다시 미소를 지었다. 그의 눈은 회색에 가까운 푸른색이었는데, 나는 새벽의 물빛 같은 그 눈에서 어떤 슬픔 같은 것이 배어 나오는 것을 느꼈다.

그가 무슨 말인가를 하려 했지만, 그 말은 살며시 열린 그의 입 언저리를 연기처럼 맴돌다가 사라졌다. 남자는 모자챙을 약간 들어 올리며 우리를 향해 목례를 하고는 돌아섰다.

언덕 위의 말과 함께 그의 모습이 사라진 뒤에도 사람들의 석연찮은 침묵은 한동안 지속되었다.

이튿날, 그가 다시 나타났다.

이른 아침이었다. 그는 마을 진입로를 따라 공동 경작지를 지나 공사 현장으로 말을 끌고 걸어서 왔다. 암갈색의, 털이 반지르르한 말 잔등이에는 처음 보는 낯선 물건들이 잔뜩 실려 있었다.

말과 말 주인은 온몸이 땀으로 흠뻑 젖어 있었다.

최초의 책

피터슨이 가져다준 삽과 곡괭이 같은 연장들은 우리의 노동을 한결 수
월하게 해 주었다. 공사의 진행이 빨라졌다. 피터슨은 그 후로도 우리가
필요로 하는 것이면 무엇이든 가져다주었다. 놀라운 것은, 누가 말을 안
해도 우리가 무엇을 필요로 하는지 척척 알아맞힌다는 점이었다. 뿐만 아
니라, 우리가 본 적도 들은 적도 없어 상상조차 할 수 없는 것을 가져다줄
때면, 우리는 그 하얀 머리의 백인이 혹시 신적인 존재가 아닌가 하는 의
심마저 들었다.

대표적으로, 그가 밀과 귀리 같은 곡물을 키워 보는 것이 어떻겠냐고 권
했을 때, 그리고 그가 가져다준 씨앗들을 뿌려 시험 재배한 풀들에서 이
삭이 패기 시작했을 때, 또한 파종 후 반년도 못 되어 수확과 탈곡을 거쳐
소담스러운 알곡이 주어졌을 때, 부족민 전체가 느낀 경이로움은 겪어 보
지 못한 사람은 상상조차 할 수 없을 것이다.

밀과 귀리의 재배는 피터슨이 가져다준 최고의 선물이었다. 우리는 흥
분했다. 은혜로움의 감동이 우리의 상상력을 자극했다.

"축제를 열어야 해!"

누군가가 달뜬 목소리로 말했다.

"코로보리 축제를 열어 감사를 드려야 해."

그 말은 우리들 가슴속에 묻혀 있던 아득한 그리움에 불을 지폈다. 불씨가 옮겨 붙자 가슴과 가슴이 악기처럼 공명했다.

"하지만, 이곳은 두루미가 오지 않는 곳이지 않은가?"

누군가가 의문을 제기했다. 그러자 다른 사람이 말을 받았다.

"저기 두루미가 있지 않은가? 브롤가가 있지 않은가?"

"맞아. 우리에겐 브롤가가 있어."

사람들이 이구동성으로 말했다.

"두루미들이 오게 해야 해."

또 다른 사람이 말했다.

"두루미들이 올 수 있는 땅으로 만들어야 해. 그러기 위해서라도 축제를 열어야만 해."

이야기가 앞서갔다.

내 기억 속에서 피터슨이 가져다준 가장 큰 경이로움은 그와는 다른 것이다. 나는 그를 통해 책을 처음 보았을 때의 충격을 지금도 잊을 수가 없다.

어느 날 피터슨은 내 또래 아이들을 불러 모으더니, 이상한 그림들이 그려진 알록달록하고 납작하게 생긴 물건을 가방에서 꺼냈다. 그러고는 맨 위의 덮개를 펼쳐 그 속을 보여 주었는데, 그곳엔 동물과 사람, 나무나 구름 같은 것이 살아 움직일 듯 생생하게 그려져 있었다.

나는 그 순간 할아버지와 함께 달의 궁전에서 보았던 암각화들을 떠올렸다. 그런데 그 그림들은 바위 위에 새겨져 있어 어디로도 가져갈 수 없는 데 반해, 이 그림들은 들고 다니며 언제든지 열어 볼 수 있는 것이었다.

또한 책은 여러 겹의 종이로 이루어져 있어, 한 겹 한 겹 넘길 때마다 새로운 그림이 나타나 우리로 하여금 시선을 뗄 수 없게 만들었다. 책은 그야말로 마법의 시간이 펼쳐지는 신비로운 공간이었다.

그런데 처음부터 끝까지 그림을 본 나는 한 가지 중요한 사실을 깨달았다. 책장을 넘길 때마다 그림이 바뀌지만, 주인공이라고 할 수 있는 한 인물이 되풀이해서 나타난다는 점이었다. 짐승의 가죽으로 아랫도리만을 가리고서(그 차림새는 우리와 얼마나 흡사한가!) 온갖 곳에서 별의별 괴물들과 전쟁을 벌이는 사내였는데, 태양처럼 빛나는 머리털에 구릿빛 피부를 가진 그는 매번 다른 상황에서 다른 행동을 취하고 있었다. 그것은, 울라쿤타라는 이름을 찾아 떠난 여행에서 내가 사막의 홍수를 만나고, 은빛 왈라비에 이끌려 무지개 뱀을 만나고, 노래의 길이 끝나는 곳에서 브롤가를 만났던 것과 매우 흡사했다. 그렇다면 이 근육질의 남자도 무엇인가를 찾아 여행 중인 것일까?

나는 한참을 망설이다가 피터슨에게 물었다. 이 사람이 누구냐고.

그것은 내 생애 처음으로 백인에게 건넨 말이었다. 더욱이 그와 나는 앵무새와 캥거루처럼 말이 통하지 않는 사이였다. 때문에 물음은 수줍고 조심스러워 거의 옹알이에 가까웠으리라.

피터슨이 고개를 돌려 나를 바라보았다. 내 말을 알아듣지 못한 것이 분명했다. 나는 얼굴이 불덩이처럼 달아올랐다. 당장이라도 달아나고픈 심정이었지만, 왠지 그럴 수 없었다. 온몸이 움츠러들 정도로 나를 사로잡

왔던 부끄러움은 뜻밖에도 용기가 되었다. 스스로도 놀라울 정도였다.

나는 그림 속 금발의 사내를 손가락으로 쿡쿡 찔러 보이며 다시 한 번, 이번에는 좀 더 큰소리로 물었다. 이 사람이 누구예요?

피터슨은 내 몸짓과 입 모양과 내 눈을 동시에 보았다. 그리고는 호수에 번지는 파문 같은 미소를 지었다.

잠시 후 그가 말했다.

"테세우스."

그는 그 말을 한 번 더 되풀이했다.

이어서, 캄캄한 동굴 속에서 사람을 잡아먹고 사는, 반은 사람이고 반은 짐승인 괴물을 가리키며 말했다.

"미노타우로스."

그는 또다시 그 말을 되풀이했다.

브롤가의 비상

　피터슨은 거의 매일 원주민 보호구역을 찾아왔다. 말없는 대화가 그와 우리 사이에서 영글어 갔다. 미소, 눈빛, 몸짓으로 이루어진 대화였다.

　피터슨이 우리 원주민들에게 갖는 관심에는 특별한 목적이 있어 보이진 않았다. 그저 좋아서, 마음이 동해서 하는 행위임을 그의 얼굴만 봐도 알 수 있었다. 다만 한 가지, 그는 우리가 사용하는 말에 관심이 많았다. 특히 어떤 사물을 일컫는 명칭에 대해서.

　피터슨은…… 뭐랄까, 굉장히 눈치가 빠른 사람이었다. 그는 언젠가 부족민 한 사람이 삽을 가리키며 그가 알아들을 수 없는 우리말로 이게 뭐냐고 묻자, 금세 그 말을 익혀 우리에게 그 물음을 던지기 시작했다. 그는 뭐든 눈에 띄는 것이면 손가락으로 가리키며 이게 뭐냐고 물었다.

　처음 보는 삽을 가리키며 이게 뭐냐고 묻는 물음엔 그런대로 타당한 이유가 있지만, 누구나 알고 있는 흙을 가리키며, 또는 물이나 불을 가리키며 이게 뭐냐고 묻는다는 건 좀 어이없는 일이었다. 그래서 하루는 내가 크게 용기를 내어 그의 물음을 바로잡아 주었다. '이게 뭐냐'고 물을 게 아니라 '이걸 뭐라고 부르느냐'로 물어야 한다고.

　피터슨은 내 말을 눈치껏 알아들었다. 그는 믿음이 가는 사람을 대할 때의 호감 어린 눈길로 나를 바라보았다. 그러고는 오른손을 쑥 내밀더니 그 큰손으로 내 손을 잡고 껄껄대며 웃었다.

"브라보!"

그가 소리쳤다.

그날로부터 나는 그의 언어 채집 여행에 길잡이가 되었다.

피터슨은 꿀벌이 꿀을 모으듯이 낱말들을 모았다. 그는 새로 배우는 모든 것을 꼼꼼하게 짚고 확인한 다음, 자신의 공책에다 기록으로 남겼다. 나는 그를 통해 말하는 언어가 아니라 글자로 쓰이는 언어를 처음 접하게 되었는데, 백인의 언어는 굼벵이나 작은 애벌레, 콩깍지가 열리는 식물의 덩굴, 또는 나비의 더듬이 같은 모양을 가지고 있었다.

피터슨은 이따금 낱말들 옆에 그림을 그려 넣기도 했다. 낱말의 뜻을 보다 정확하게 옮겨 놓기 위해서였다. 이렇게 해서 글쓰기가 끝나면 그는 나에게 자신의 언어를 가르쳐 주었다. 하늘이나 땅을 가리키는 우리의 언어와 똑같은 의미를 지닌 자신의 언어를.

그것은 아주 색다른 경험이었다. 나는 처음 발을 딛는 고장의 물을 먹는 느낌으로 그의 언어들을 혀끝에 올려놓았다. 그리고 피터슨이 하듯이 그것들을 소리 내어 되뇌어 보았다.

말들은 참 희한한 느낌으로 나를 건드리고 꼬드기고 스쳐갔다. 어떤 낱말은 떫은 열매 같은 맛을 지녔고, 어떤 낱말은 무당벌레의 똥구멍에서 분비되는 누리끼리한 배설물 냄새를 풍겼다. 아주 멋진 말들도 있었다. 나는 '에스(S)'로 시작되는 말들을 좋아했다. 스카이, 스톤, 스마일, 스프 링……. 박하 향기가 나는 말들. 되뇌면 되뇔수록 노래가 되어 날개를 달아 주는 듯한 말들.

길을 걸을 때 피터슨과 나는 재미난 놀이를 했다. 누가 먼저 단어 하나를 말하면 그에 답하는 것이었다. 예를 들어, 그가 우리말로 '딱정벌레'라고 말하면 나는 그의 언어로 딱정벌레를 말해야 했다. 그것도 가능한한 빨리. 그가 시작한 놀이는 처음엔 나를 어리둥절하게 했지만, 몇 번 하고 난 뒤부터는 그보다 쉬울 수가 없었다. 속도에 있어서도 나는 금방 그를 앞지를 수 있었다.

피터슨의 공책은 번진 잉크와 낙서로 날이 갈수록 지저분해져 갔다. 그리고 내 머릿속은 그가 하나하나 담아 넣어 주는 언어들로 항아리처럼 불룩해졌다.

피터슨은 내가 언젠가는 백인들의 언어를 배울 수 있게 될 거라고 말했다. 말할 수 있고 읽을 수 있고 또 쓸 수도 있게 될 거라고. 그러면서 지난번에 보여 준 그림책을 내게 주었다. 기프트. 그가 말했다. 그에 걸맞은 우리말을 몰랐으므로 피터슨은 내 손에 놓인 책을 들어 내 가슴에 안겨 주었다.

내가 본 최초의 책은 내가 소유하게 된 최초의 책이 되었다.

그러던 어느 날이었다. 피터슨과 나는 샛강을 거슬러 오르며 애벌레들에 대해 공부하고 있었다.

나는 할아버지를 통해 어떤 애벌레가 어떤 나무에 사는지 배운 바가 있었다. 그런데 이곳은 내가 살았던 황야와는 환경이 다를뿐더러 자라는 나무들도 달라 애벌레를 찾기가 쉽지 않았다. 내 지식이 미치지 못한 탓이었다. 그러나 피터슨은 상관하지 않았다. 단 몇 마리라도 좋으니 가르쳐 달라고 졸랐다.

피터슨은 우리가 사용하는 언어에서 애벌레와 애벌레가 발견되는 나무 사이에 밀접한 관계가 있다는 사실에 흥미를 느꼈다. 나무 이름을 안다면 거기에 사는 애벌레의 이름을 알게 되고, 설령 그 나무의 이름을 모른다 할지라도 애벌레의 이름을 안다면 나무 이름을 자동적으로 알게 된다는 것이었다.

우리는 한나절 내내 샛강을 따라 걸으며 세 종류의 나무에서 각기 다른 애벌레들을 발견했는데, 나로선 조금 아리송한 데가 있었다. 나무들의 크기나 잎의 생김새가 비교가 안 될 정도로 달랐기 때문이었다. 황야에서 접했던 나무들을 물가에서 만났으니 그럴 수밖에 없었다. 나는 내 지식이 부정확하고 보잘것없다는 사실에 허탈한 기분이 되었다. 그나마 위안이 되었던 것은, 예전에 보았던 나무들을 다시 만날 수 있어 반가웠다는 점이었다. 또한, 같은 씨앗이라 해도 자라는 환경에 따라 전혀 다른 모습으로 변할 수 있다는 것, 그럼에도 같은 본성과 본질을 유지하며 살아간다는 사실에서 어떤 신비로움을 느낄 수 있었다.

유충과 나무들의 이름을 받아 적고 그것들을 그림으로 옮기고 나자 피터슨은 벌레들을 먹어 보고 싶다고 했다. 물론 그것들은 먹을 수 있는 음식이었다. 날것으로 먹어도 된다고 내가 손으로 집어 주자 그는 쩔레쩔레 고개를 흔들었다. 그러고는 주머니에서 성냥을 꺼냈다.

검불과 나뭇가지들을 모아 불을 지피고 있을 때였다. 강 쪽 덤불숲 어디선가 이상한 소리가 들렸다.

크르륵―뚜루루루. 크르르륵―뚜루루룩.

귀에 익은 소리였다. 틀림없는 브롤가의 소리였다. 믿기지 않았지만 의심할 수 없는 소리.

내가 휘파람을 불자 브롤가의 쭈뼛한 머리가 풀숲 위로 불쑥 솟았다. 피터슨이 깜짝 놀라 허리를 곧추세웠다. 브롤가는 내 곁에 있는 낯선 인물이 탐탁지 않은 모양이었다. 거리를 두고 서성이는 녀석에게로 다가가자 브롤가가 내 어깨와 머리를 부리로 콕콕 찍어 대었다. 태어난 지 육 개월이 넘은 두루미는 키가 나보다 컸고, 부리와 발톱도 단단하고 날카롭게 변해 있었다.

반갑긴 했지만 어찌된 일인지 이해가 되지 않았다. 브롤가는 내가 밭이나 공사 현장에 일하러 가면 항상 내 뒤를 바짝 따라오곤 하였다. 그러다가 사람들 속에 섞여 일을 하노라면 혼자 여기저기 기웃거리며 소일을 했다. 오늘은 먼 길을 가야 했으므로 나는 피터슨과 함께 몰래 사람들 속에서 빠져나와 이곳까지 온 터였다. 그런데 녀석이 어떻게 알고 이 먼 곳까지 온 것일까?

애벌레가 노릇노릇하게 익었으므로 우리는 육즙이 가득한 벌레를 한 마리씩 집어 들었다. 나는 브롤가의 입에 애벌레 한 마리를 넣어 주었다. 피터슨은 의심이 가득한 표정으로 애벌레를 입 안에 넣더니, 생각이 온통 그곳으로 말려 들어간 사람처럼 아주 신중하게 씹기 시작했다. 잠시 후, 엉킨 실타래가 풀리듯 그의 얼굴에서 웃음이 흘러나왔다.

그러나 그가 먹을 수 있는 것은 그것밖에 없었다. 목을 쭉 뽑아 든 브롤가가 사정없이 먹어치웠기 때문이었다.

돌아오는 길, 소나기가 내렸다. 단비였다. 그 무렵 보호구역에선 수로공사가 얼추 마무리되었지만, 밀과 귀리가 자라는 들에는 물이 턱없이 부족했다. 그러니 이 얼마나 고마운 비인가. 바람 한 점 없이 곧게 쏟아지는 빗줄기를 맞으며 피터슨과 나는 한마음이 되어 콧노래를 흥얼거렸다.

그런데 브롤가는 암만 다그쳐도 내 뒤를 따라오려 하지 않았다. 나는 몇 번 멈춰 서서 휘파람을 불며 기다렸지만, 녀석은 강변 곳곳을 배회하며 먹이사냥에 푹 빠져 있었다. 그래, 너도 다 컸으니 마음대로 하려무나. 이렇게 생각하니 마음이 편했지만, 한편으론 내 종아리에 딱 붙어 발에 밟힐 듯 종종거리며 따라다녔던 때가 엊그제인 것 같아 묘한 기분이 되었다. 하긴 내 동생 '덤불숲의 모래기둥'도 벌써 뜀박질을 시작했지 않은가.

빗발이 드세어졌다. 들판엔 앞이 안 보일 정도로 뽀얀 물안개가 덮였다. 흙탕물이 밀려들면서 금세 강이 불었고, 물 밖에 드러난 맨땅은 기름을 바른 듯 미끈거렸다. 곧이어 돌풍이 일기 시작했다. 구름들이 이쪽저쪽으로 몰리면서 물벼락이 쏟아졌다. 어떤 구름은 아주 긴 다리를 가진 사람처럼 땅 위에 발을 딛고 빠른 속도로 강을 가로질러갔다. 죽처럼 걸쭉해진 공기가 드센 힘으로 나를 밀쳤다. 내가 바람에 이리저리 밀리자 피터슨이 내 어깨를 꽉 잡았다.

잠시 후 비가 뚝 그쳤다. 바람과 함께 비구름들은 이상한 순례자들처럼 순식간에 사라졌다. 금세 하늘이 열리더니 햇살이 쏟아지기 시작했다.

피터슨과 나는 우두커니 서서 하늘을 올려다보았다. 흠뻑 젖어 쥐색을 띤 피터슨의 수염에서 물방울이 뚝뚝 떨어져 내 머리를 두드렸다. 동쪽 산자락 위로 무지개가 떠올랐다. 내가 그 쪽을 가리켜 보이자 피터슨이 아! 하고 감탄사를 뱉더니, 그것도 잠깐, 이내 공책을 꺼내 언어 채집에 몰입했다.

"무지개……."

피터슨이 중얼거렸다.

"말해 봐. 다시. 아니, 좀 천천히."

나는 무지개를 보며, 내 귓전에서 여전한 울림으로 메아리치는 할아버지의 목소리를 들었다.

'무지개는 하나의 샘과 또 하나의 샘 사이로 걸어가는 신의 길이란 다…….'

그때 또다시 브롤가의 울음소리가 들렸다. 이번엔 강 쪽 덤불숲이 아니라 하늘에서였다. 나는 번쩍 고개를 들었다.

그러했다. 브롤가는 하늘에 있었다!

브롤가는 하늘을 날고 있었다!

무지개가 뜬 동쪽 하늘에서 내가 있는 곳으로 천천히, 아주 힘찬 날갯짓으로 날아오고 있었다.

활짝 펼친 두 날개. 앞으로 쭉 뻗은 기다란 목. 가지런히 모아 꽁지 쪽으로 접은 두 다리. 희고 날렵한 자태…….

젖은 땅의 열기가 희뿌연 증기가 되어 몽실몽실 피어오르는 하늘 위에서 브롤가가 다시, 크게 울었다.

축제의 끝

브롤가의 비상은 코로보리 축제 기간 내내 사람들의 화제가 되었다. 어떤 사람은 어미의 가르침 없이 스스로 나는 것을 터득한 브롤가의 지혜로움을 높이 샀고, 어떤 사람은 곡물 재배에 성공한 시점에 브롤가의 비상이 이루어졌다는 점에서 축복의 조짐이 보인다고 했다. 코로보리 축제는 두루미의 축제가 아닌가. 춤을 추며 사람들은 '쿠르루우르우르······쿠르루우르우르'하고 되풀이해서 읊조려 대었는데, 그건 다름 아닌 불의 부족이 두루미를 부를 때 쓰는 또 다른 이름이었다.

브롤가는 일주일 동안 이어진 축제의 꽃이었다.

그해의 코로보리 축제는 또 다른 점에서 의미를 가졌다. 물의 부족과 불의 부족이 다 함께 모여 치르는 축제라는 점이었다. 그러한 어우러짐은 연배가 가장 높은 어른들의 기억에서조차 흐릿한 것이었다. 때문에 오랜 시간 축제를 겪어 보지 못한 불의 부족은 춤이나 의식에 있어서 모든 것이 낯설 수밖에 없었다. 그러나 그것은 아주 소소한 문제일 뿐이었다. 음악이 낯설고 몸짓이 어색하다 한들 무슨 상관이겠는가. 우리에겐 더불어 나눌 수 있는 기쁨이 있었고, 그 기쁨은 우리 모두가 함께 힘을 모아 일구어 낸 것이었다.

또 하나, 이번 축제에는 귀한 손님이 있었다. 백인 부부가 귀빈으로 참석했던 것이다. 부인과 함께 온 피터슨은 기타라는 악기를 들고 왔는데, 그는 원주민들과 화톳불 옆에 나란히 앉아, 통나무 북과 나무속을 파낸 기다란 목관악기인 디저리두, 젊은이들이 두들겨대는 신종 악기(깡통, 드럼통, 함석 쪼가리 등등)에 맞추어 열정적으로 연주를 했다.

그렇게 엿새 동안의 꿈같은 시간이 지나갔다.

크게 지펴진 화톳불이 밤낮없이 타올랐고, 밀과 귀리를 빻아 만든 전병이 구운 송어와 함께 축제의 흥을 돋우어 주었다.

아버지와 우루쿤 아저씨는 그 시끌벅적한 잔치판을 곁에 두고, 앞으로 추진할 공공사업들을 구상하느라 여념이 없었다. 내가 들은 바로는, 방앗간과 농장, 종묘장, 학교까지 딸린 완벽한 공동체가 두 사람의 머릿속에서 잉태되고 있었다. 규모는 중요하지 않았다. 짜임새 있고 알뜰한 살림살이가 무엇보다 중요했다. 피터슨을 통해 백인의 제도와 기술을 받아들여 한 뜸 한 뜸 엮어 간다면 자치구의 꿈도 무모하거나 요원한 것이 아니었다. 두 사람의 의견은 다음과 같은 결론에 이르렀다. 천천히, 서둘지 말고. 욕심내지 말고, 하나하나.

이야기가 끝나자 우루쿤은 온몸에 진흙을 바르더니, 띠를 두른 머리에 깃털을 꽂고 춤을 추기 시작했다. 나로 하여금 배꼽을 잡고 웃다 못해 눈물을 쏙 빼게 만들었던 예전의 그 춤이었다.

브롤가는 자기 동족의 몸짓을 흉내 낸 볼썽사나운 사람들의 춤사위를 보며 그르렁대듯이 목구멍만으로 울음을 울었다. 툴리와 나는 브롤가와 함께 불가에 누워, 자다 깨다를 반복하며 날이 밝아 오는 것을 지켜보았다.

축제의 마지막 날 아침이었다.

지프 한 대와 픽업트럭 한 대가 뿌연 먼지를 일으키며 요란스럽게 보호 구역 안으로 들어왔다. 날카로운 호각 소리와 삑삑거리는 확성기 소리가 마을의 정적을 뒤흔들었다. 십여 명의 백인들이 자동차에서 내렸다. 경관 서너 명이 물동이를 부어 화톳불을 껐다. 검은 제복을 입은 원주민 출신의 남자가 간신히 알아들을까 말까 한 부족의 언어로 주민들을 소집했다.

잠시 후 잭이라는 이름의 백인이 트럭 위로 올라갔다. 새로 부임한 원주민 담당국의 국장이라고 스스로를 소개했다. 웃기는 것은, 우리가 알아듣지 못하는 자신의 말은 확성기에다 대고 쩌렁쩌렁하게 떠들어 대는 데 반해, 그 말을 통역해 전달하는 사람은 그냥 자기 목소리에 의존해야 했으므로 암만 귀를 기울여도 잘 들리지 않는다는 점이었다.

말끔하게 수염을 깎은 얼굴에 윤기가 반들반들한 젊은 국장은 명부를 꺼내 들더니, 오늘부터 새로운 인구조사가 있을 것이라고 말했다. 이어서, 이번에 새로 개정된 원주민보호법에 대해 설명했다. 혼혈아, 아동학대, 입양 같은 말들이 반복해서 들려 왔다. 대부분 알아들을 수 없는 내용이었기에 나는 귀담아듣지 않았다. 새로운 인구조사는 호구조사 형식으로 진행될 터이므로 다들 자기 집으로 돌아가 방문 조사에 응하라는 말을 끝으로 잭이 트럭에서 내려왔다.

"할 말이 있소."

그때 우루쿤 아저씨가 크고 묵직한 목소리로 말했다.

"지금은 축제 기간이오. 오늘 하루만 기다렸다가 내일부터 시작하는 게 어떻겠소?"

통역관이 말을 전했다. 대답은 간단했다.

"모든 질문은 생략한다. 실시!"

잭이 소리쳤다.

사람들은 웅성거리기만 할 뿐 자리를 뜨려 하지 않았다. 또다시 호각 소리와 삑삑거리는 확성기 소리가 울려 퍼졌다.

나는 피터슨의 모습이 보이지 않을까 싶어 주위를 두리번거렸다. 오늘 따라 그는 왜 오지 않는 것일까?…… 나는 애가 탔다. 피터슨이 있다면 잭이라는 자가 저처럼 날뛰지는 못할 터인데.

나는 주위가 잠잠해지길 기다려 통역관에게 다가가 피터슨에 대해 물었다. 그러자 통역관이 험상궂은 얼굴로 나를 굽어보며 좀 딱하다는 표정을 지었다.

"그는 잊어라. 백인들은 천사가 아냐."

꿈이 무너지다

호구조사가 끝나고 며칠 뒤 가정복지부 소속의 사람들이 왔다. 대부분이 하얀 옷을 입은 여자들이었는데, 원주민 담당국의 국장과 감독관들, 무장한 경찰관들이 그 뒤를 따랐다. 말을 타고 온 경찰관들의 일부는 보호구역 입구에 모여 경계를 섰다.

선두에 서서 백인들을 안내한 것은 지난번에 보았던 원주민 통역관이었다. 그는 뭔지 모를 글들이 빼곡하게 적힌 종이를 들여다보며 앞장서 갔는데, 그가 멈춰 서는 집마다 벽이나 문에 흰색으로 십자가 표시가 되어 있었다. 그런 곳의 공통된 점은 그 집에 백인의 피가 섞인 원주민 아이가 있다는 것이었다.

처음엔 모든 것이 조용하게 진행되었다. 주민들은 자기에게 무슨 일이 일어나고 있는지 알지 못했다. 백인들은 또 그들대로 한껏 예를 갖추며 정중하게 행동했다. 호구조사를 통해 이미 거주지가 파악된 아이들인지라 어떤 면에서는 독 안에 든 쥐였다. 소란스러워지지 않게 법령대로 해결하면 되는 일이었다.

백인들 사이에 오고간 대화에 의하면, 오늘 '사냥'해야 할 '캥거루'는 '열 마리'도 채 되지 않았다. 백인들은 아무도 알아듣지 못하리라 여기고 큰소리로 떠들어 대었는데, 그 정도의 말은 피터슨에게서 배운 짧은 영어로도 충분히 알아들을 수 있었다.

삐뚤빼뚤하게 지어진 엉성하기 짝이 없는 오두막으로 정장을 하거나 제복을 입은 십여 명의 백인들이 몰려다니는 광경은 흔히 볼 수 있는 것이 아니었기에 그보다 많은 원주민들이 그 뒤를 따랐다. 한 집 한 집 더해 갈수록 꼬리를 잇는 사람들은 점점 더 늘어났다.

형식적인 절차들이 되풀이되었다. 먼저, 부모의 이름을 대고 아이의 이름을 확인했다. 이어서, 새로 발령된 원주민보호법에 대해 설명하고 정부에서 발부한 영장을 보여 주었다. 그런 다음, 이제 귀하의 아이는 국가가 지정한 기관에서 관리하게 되었다, 앞으로 청결하고 안정된 환경에서 교육을 받고 백인 사회에서 당당하게 살아가게 될 것이다, 지금 당장 아이의 소지품을 챙겨 마을 입구에 있는 트럭으로 내려오라는 통보가 전달되었다.

그 말이 끝나면 감독관 한 명을 남기고 백인들은 다른 집으로 이동했다.

이 같은 일이 몇 차례 되풀이되었을 때였다. 부족민 중 한 사람이 이렇게 물었다.

"아이들을 강제로 입양하려는 것이오?"

갑자기 주위가 싸늘해지더니 웅성거리는 소리가 여기저기서 흘러나왔다. 통역관이 매서운 눈으로 뒤를 돌아보았다. 행렬이 멈췄다. 가정복지부 소속의 한 여자가 통역관에게 까닭을 물었다. 통역관이 상황을 설명했다. 여자가 눈을 깜박거리며 귀를 기울이더니, 하얀 이를 드러내며 미소를 지었다.

"아, 그렇군요!"

여자의 눈이 빛났다. 그녀는 닭이 물을 삼킬 때처럼 목을 곧추세우며 또랑또랑한 목소리로 말했다.

"다시 한 번 말씀드립니다. 아이들은 개인 가정에 입양되는 것이 아니라, 정부에서 위탁 관리하는 기관에서 무상으로 먹고 자며 훌륭한 교육을 받게 될 것입니다. 여기처럼 불결하고 열악한 환경에서 여러분의 아이들이 자라기를 바라세요? 읽지도 쓰지도 못하는 채로?"

여자의 말이 끝나기가 무섭게 누군가가 물었다.

"아이들은 어디로 가는 거죠?"

그러자 여기저기서 물음들이 쏟아져 나왔다.

"부모들도 함께 가나요?"

"아이들은 언제 돌아오죠?"

"원한다면 자유롭게 만날 수 있나요?"

이 같은 물음을 던지는 사람들은 하나같이 여자들이었다. 그럴 수밖에 없는 것이, 혼혈아의 아버지는 전부 다 백인이고, 그 아버지들은 단 한 명도 이곳에 존재하지 않았으므로.

복지부 여자의 얼굴에서 웃음이 싹 가셨다. 그녀는 눈꺼풀을 파르르 떨더니 홱 돌아서며 '다음!'이라고 소리쳤다. 그리고는 종종걸음 치며 비탈길을 올라가다가 그만 발을 헛딛고 말았다. 잭이 재빨리 다가가 여자를 부축했지만 때늦은 일이었다. 무릎까지 올려 신은 양말에 구멍이 났고, 눈부시도록 새하얀 옷에 진흙이 묻었다. 여자는 놀란 앵무새처럼 비명을 질렀다.

여자는 자신의 치마를, 그리고 자기 뒤를 따라오고 있는 원주민의 무리를 번갈아 보더니, 잭에게 무슨 말인가를 새된 목소리로 재잘거렸다.

통역관이 소리쳤다.

"집으로 돌아가시오!"

경찰관들이 일제히 몽둥이를 꺼내 들더니 주민들을 향해 돌아섰다.

통역관이 다시 소리쳤다.

"지금은 공무 집행 중이오. 따라오지 말고 다들 집으로 돌아가시오!"

그러나 어느 한 사람도 집으로 돌아갈 기미를 보이지 않았다. 그러는 중에 십자가가 표시된 다음 집에 다다른 관리들이 안에서 빗장을 지른 문 앞에서 실랑이를 벌였다.

나무쪼가리와 함석을 이어붙인 집은 밖에서 당기고 안에서 버티는 힘으로 금방이라도 무너질 지경이었다. 집 안에서는 울음소리와 비명소리가 연신 터져 나왔다. 경관들이 당황해서 어쩔 줄 몰라 하자 잭이 구둣발로 벽을 걷어찼다. 마침내 경관 몇 명이 달려들어서 집을 통째로 뒤집어엎었다. 무너진 벽 사이로 아이가 달아나자 경찰관이 그 뒤를 쫓았다. 쓰러져 있던 아이의 엄마가 경관의 발목을 잡았다.

분위기가 험악해졌다. 사람들이 뿔뿔이 흩어졌다. 아이들을 숨기기 위해서였다. 밖에 나와 있던 몇몇 혼혈아들이 어딘가로 달아나기 시작했다.

나 또한 달리기 시작했다. 툴리가 생각났기 때문이었다. 나는 툴리의 집으로 갔다. 툴리의 집에도 하얀 십자가가 그려져 있었다. 집 안엔 아무도 없었다. 나는 우루쿤을 떠올렸다.

나는 공동 경작지를 향해 달렸다. 도중에 혼혈아로 의심되는 아이를 잡으려는 경찰관들과 달아나는 아이들이 사방팔방으로 뛰는 광경에 나는 정신이 아뜩해졌다. 말을 탄 경관들이 마을 주위를 에워쌌다.

나는 뛰고 또 뛰었다. 그때 지프 한 대가 나를 앞지르더니 굉음을 내며 멈췄다. 남자 두 명이 뛰어내렸다. 두 남자는 귀리 밭을 향해 내달렸다. 바로 그 순간, 나는 군데군데 수확이 끝난 귀리 밭에 여자아이 하나가 줄달음질 치고 있는 것을 보았다. 툴리였다!

툴리와 남자들 사이는 채 십 미터도 떨어져 있지 않았다. 나는 망설였다. 머릿속이 빙글빙글 돌기 시작했다. 툴리를 구하러 갈 것인가, 우루쿤 아저씨를 찾을 것인가. 그때 머리 위에서 브롤가의 울음소리가 들렸다. 브롤가는 경작지 너머 저수지를 향해 날아가고 있었다. 나는 브롤가가 날아가고 있는 방향으로 다시 내닫기 시작했다. 나의 선택은 옳았다. 저수지에 닿기도 전에 그 쪽에서 뛰어오고 있는 우루쿤을 만날 수 있었다.

"아저씨, 툴리가……."

우루쿤의 눈썹이 활처럼 휘었다.

"어디냐?"

"저쪽……."

내가 귀리 밭 쪽을 가리켰다. 우루쿤이 손에 들고 있던 삽을 내동댕이 치더니 뛰기 시작했다. 발뒤꿈치에서 뽀얀 먼지가 일었다. 숨을 헐떡이며 잠시 땅에 엎드린 나는 들뛰는 내 심장 소리와 쿵쿵거리는 아저씨의 뜀박질 소리가 하나로 겹쳐지는 것을 느꼈다.

잠시 후 나는 다시 일어나 뛰기 시작했다. 귀리 밭을 거쳐 마을로 갔다. 마을은 울음소리와 고함소리로 가득했다. 어떤 집들은 무너져 내렸고, 질

화로의 불이 옮겨 붙어 불이 난 곳도 있었다. 흐느껴 우는 아이들의 소리
가 저 아래 자동차들이 멈춰 있는 곳에서 들려 왔다. 내가 그 쪽으로 가려
는데 누가 불렀다.

"울라쿤타, 가면 안 돼!"

아버지였다.

나는 망설였다. 하지만 멈출 수가 없었다.

마을 입구에 가자 노인들과 여자들이 땅바닥에 쓰러져 뒹굴고 있었다.
한 할머니는 슬픔을 이기지 못해 돌을 집어 들고 자신의 머리를 마구 때
리고 있었다. 유리창을 올린 경찰차 한 대가 아이들을 태우고 마을을 빠
져나갔다. 그 아수라장 속에서 나는 우루쿤의 거대한 모습이 사람들의 머
리 위로 우뚝 솟아 있는 것을 보았다.

우루쿤은 이제 막 백인들의 손에서 툴리를 되찾은 듯했다. 툴리는 우루
쿤의 어깨 위에서 땀과 눈물로 범벅이 된 채 가쁜 숨을 몰아쉬고 있었다.
경관들이 총과 방망이를 들고 우루쿤을 에워쌌다. 우루쿤은 그따위 것들
은 우습지도 않다는 듯 침착한 표정으로 그들을 내려다보았다.

"내려놔! 마지막 경고다. 아이를 내려놔!"

잭이 소리쳤다. 우루쿤은 태연했다.

"툴리야, 집으로 가자."

우루쿤이 말했다. 그러고는 툴리를 어깨에서 내려 가슴에 안고서 돌아
섰다.

그때 한 경관이 허공에 대고 총을 한 방 쏘았다. 그러나 우루쿤은 움찔
도 하지 않았다. 그는 천천히 마을을 향해 걷기 시작했다.

씩씩거리며 서 있던 잭이 별안간 지프로 향하더니 채찍을 들고 왔다. 잭은 머리 위로 채찍을 휘휘 돌려 우루쿤을 향해 던졌다. 채찍은 정확하게 우루쿤의 등짝을 후려쳤다. 우루쿤이 걸음을 멈췄다. 찢긴 옷 아래로 살점이 뜯겨 나간 자리가 선명했다. 두 번째의 채찍이 날아갔다. 이번에도 채찍은 정확하게 목표물을 맞혔다. 세 번째 채찍이 날아가자 우루쿤이 돌아섰다. 그는 채찍을 한 손으로 움켜잡더니 힘껏 낚아챘다. 잭이 속수무책으로 딸려갔다. 우루쿤이 주먹을 뻗었다. 잭은 몇 미터쯤 날아가 나둥 그러졌다.

단 한 방이었다. 잭은 깨어나지 못했다. 잭은 피 한 방울 쏟지 못하고 하얗게 질린 얼굴로 숨을 거두었다. 백인들이 달려가 칼집을 내어 피를 쏟게 하고 가슴을 압박하는 등 황급히 조처를 취했지만 소용없었다.

경찰관들이 일제히 총을 겨누고서 우루쿤을 에워쌌다. 우루쿤은 더 이상 저항하지 않았다. 툴리를 내려놓느라 우루쿤이 허리를 구부리자 발길질과 몽둥이질이 시작되었다. 잠시 중심을 잡지 못하고 비틀거렸지만 우루쿤은 쓰러지지 않았다. 그가 몸을 일으키자 경찰들이 물러섰다.

우루쿤은 경찰차에 타기 전에 잠시 멈춰 서서 주위를 돌아보았다. 툴리와 툴리의 엄마가 그의 이름을 소리쳐 불렀지만 누구와도 눈을 마주치지 않았다. 다만, 한쪽 입술이 말려 올라간 그 어리숙하고 서글픈 미소를 띤 채 천천히 보호구역 안을 돌아보았을 따름이었다.

제3부

마이클

내 차례가 되어 나는 일어나 책상 앞으로 갔다.

"이름이 무엇이냐?"

검은 옷에 검정색 쓰개를 한 여자가 물었다.

책상 위에 종이 한 장이 놓여 있었다. 여자는 그 위에 적힌 글자들을 눈으로 훑어 내려갔다.

"울라쿤타요."

여자가 고개를 들어 나를 바라보았다. 여자의 눈은 코끝에 박힌 푸르스름한 점보다 훨씬 짙고 투명한 푸른색이었다.

"영어를 할 줄 아는구나?"

"조금요."

"이름이 뭐라고?"

"울라쿤타요."

여자의 입아귀가 실룩거렸다.

"이제 그런 이름은 쓰지 않는다."

여자가 딱 잘라서 말했다.

"그건 원숭이들을 부를 때나 쓰는 이름이야."

여자는 다시 종이를 들여다보았다. 종이 위에는 백 개쯤 되는 이름들이 적혀 있었다.

"마이클."

여자가 중얼거렸다. 그러더니 연필로 종이 위에 표시를 했다.

"네 이름은 마이클이다. 따라서 해 봐. 마이클."

"마이클."

"잊지 말아라."

여자가 연필을 놓고 두 손으로 깍지를 꼈다.

"영어는 어디서 배웠느냐?"

"피터슨이요."

"피터슨? 사람 이름이냐?"

"네."

"피터슨이 누구냐?"

"백인 아저씨요."

여자가 나직이 한숨을 쉬었다. 그러고는 내가 들고 있는 책으로 주의를 돌렸다.

"그 책은 뭐냐? 이리 줘 봐."

"피터슨이 준 책이에요."

여자가 갈고리 같은 손으로 손짓을 했다.

"이리 줘 봐."

그러더니 팔을 뻗어 빼앗듯이 책을 가져갔다.

"테세우스의 모험……."

피터슨이 읽어 줄 때와는 다른 느낌이었지만, 책 제목을 들으니 기분이 좋았다. 나는 검은 옷의 여자가 그 책에 대해 좀 더 이야기해 주기를 은근히 기대했다.

그러나 여자는 왠지 언짢은 표정이었다. 여자는 성급하게 책장을 넘기더니 이맛살을 찌푸렸다.

"이 글을 다 읽을 수 있느냐?"

"조금요."

"다행이다. 잘 들어라."

여자가 엄지와 집게손가락으로 연필을 잡고 그 뾰족한 끝으로 찌를 듯이 나를 겨누었다. 코끝 한 점에 모인 두 눈이 사팔뜨기처럼 되었다.

"여기선 이런 책을 읽을 수 없다. 왜냐하면……."

여자가 살짝 머리를 외틀었다.

"거짓투성이고, 나쁜 책이기 때문이다."

"피터슨은 좋은 사람이에요."

여자가 말을 이으려다 말고 거칠게 숨을 들이켰다. 여자의 입술이 부리처럼 뾰조록해졌다. 좀 전과 달리 여자가 빠르고 거친 말투로 몇 마디 말을 했지만 나는 알아듣지 못했다.

"잘 들어라."

내가 그 말을 듣는 건 두 번째였다.

"이곳 선교원에선……. 그래, 이곳은 선교원이다. 하나님의 집이다. 알아듣겠니?"

나는 고개를 끄떡였다.

"대답을 해라. '네'라고."

여자의 표정은 무섭게 변해 있었다. 하늘을 향해 번쩍 쳐든 왼손은 어깨 위로 내려온 채 아직도 머리 위를 가리키고 있었다.

"이곳 선교원에선 오직 하나님의 책만을 읽을 수 있다. 알겠느냐?"

"네."

"안젤라 수녀님!"

여자가 문 옆에 서 있는 여자 쪽을 돌아보았다. 흰옷을 입은 여자가 내게로 왔다.

"이쪽으로 오너라."

나는 책에서 눈을 떼지 않았다. 검은 옷의 여자는 손가락으로 다음 아이를 가리키며 오라고 손짓을 했다.

"주세요."

내가 말했다.

"이리로 와라!"

흰옷의 여자가 내 팔을 잡아끌었다.

"주세요, 책을."

내가 다시 말했다.

검은 옷의 여자가 부릅뜬 눈으로 나를 쏘아보았다.

"그 책은 선물이에요. 피터슨이⋯⋯."

여자의 입아귀가 다시 실룩거렸다. 그러더니 내게서 시선을 거두고 흰옷의 여자를 향해 미소를 지었다.

"안젤라 수녀님, 이 작은 악마에겐 주님의 선물이 필요할 것 같군요."

선물

　주님의 선물, 그것은 회초리였다.

　나는 곧바로 마당으로 나와, 지붕도 없이 함석으로 칸막이가 된 곳으로 끌려갔다. 누가 뒤에서 물을 끼얹었다. 시원한 느낌도 잠시, 별안간 등짝이 화끈거렸다. 불에 덴 것 같았다. 다시 한 바가지의 물이 끼얹어졌다. 이어서 어깨, 허리, 종아리 할 것 없이 전신으로 찢기는 듯한 통증이 퍼졌다. 돌아서려 하자 누군가 거칠게 등을 떼밀었다. 질척거리는 바닥에서 나는 비틀거렸다. 회초리 소리가 귓가에서 윙윙거렸다.

　나는 화가 치밀었다. 머릿속이 지글지글 끓는 느낌이었다. 회초리는 아프지 않았다. 나를 화나게 만들 뿐이었다. 아픔은 다른 곳에서 왔다. 나는 그 점을 이해할 수 없었다. 아니, 내가 이해할 수 있는 것은 아무것도 없었다. 그래서였을까. 나는 소리를 지르기 시작했다. 내 목소리가 내 귀에 닿지 않는 소리였다. 물에 흠뻑 젖었으므로 나는 내가 눈물을 흘리고 있는 줄도 몰랐다. 내 안에서 어떤 것들이 북처럼 울리고, 산산조각이 나고, 한데 엉겨 짓이겨지고, 또 그러면서도 지나치게 밀집되어 폭발할 지경이었지만, 나는 그 어떤 것도 나 자신의 느낌으로 받아들일 수가 없었다.

　내가 계속 소리를 지르고 아무 뜻도 없는 말을 되뇌자 매질이 뚝 그쳤다. 귀에 대고 속살거리는 것 같은 소리들이 들려 왔다. 숨을 헐떡이는 그 목소리들은 오직 하나의 낱말을 되풀이하고 있었다.

사탄, 사탄, 사탄……!

꽝하고 문이 닫혔다. 밖에서 문을 거는 소리가 들렸다. 모래 위를 걷는 발소리가 점점이 멀어져 갔다.

그런 채로 얼마나 서 있었는지 알 수 없다. 갑자기 오한이 밀려왔다. 나는 온몸을 부들부들 떨었다. 앙다문 입 안에서 이빨들이 파편들처럼 덜거덕거렸다. 나는 뒤로 쓰러지듯이 바닥에 털썩 주저앉았다. 그리고 두 팔로 무릎을 감싸 안고 얼굴을 묻었다. 가슴 속에서 뜨거운 덩어리들이 솟구쳐 올라왔다. 돌처럼 단단한 그 덩어리들은 목구멍까지 올라와 숨을 틀어막았다. 꺽꺽대며 잠시 어찌할 바를 몰라 머리를 쳐들고 있던 나는 무엇인가를 토할 듯이 앞으로 몸을 숙였다. 그러자 울음이 터져 나왔다.

나는 울었다. 질퍽거리는 바닥에 두 손을 짚고 실컷 울었다. 나중엔 무릎을 감싸 안고 조금 더 울었다. 그리고 나자 가슴이 후련해졌다. 잠시 후엔 머릿속이 차분해져 스스로를 돌아볼 수 있을 정도가 되었다. 나는 마음을 가다듬었다. 그리고 곰곰이 생각하기 시작했다.

그때의 그 기분은 무엇이었을까……?

알 수 없었다. 나는 왜 소리를 질렀을까? 나는 왜 나 자신도 그 뜻을 알지 못하는 말들을 중얼거렸을까? 나는 왜 울었던 것일까? 아니, 나는 왜 그토록 화가 났던 것일까?

생각해 보니, 지금까지 살아오면서 나는 한 번도 화를 내 본 적이 없는 것 같았다. 아니, 나는 화를 내는 사람을 본 적조차 없었다. 부족의 어른들은 큰소리를 내지 않았다. 서로 다투거나 아이들을 때린 적도 없었다. 말하자면, 나는 화가 무엇인지 모르고 살아왔던 것이다. 그러다가 이렇게 처음으로, 그것도 미칠 것 같은 기분으로 내 안에서 내가 알지 못하는 뭔가가 쏟아져 나왔으니 어떻게 그것을 감당할 수 있었겠는가. 아니, 화라는 놈이 나를 사로잡아 노예로 삼아 버린 것을 어떻게 알아차릴 수 있었겠는가.

도무지 모를 일이었다.

화는 내 안의 이상한 생명체와 같았다. 화가 났을 때의 나는 나 자신이 아니었다. 내가 둘이 된 것만 같았다. 홀연히 나타난 그는 내 말을 듣지 않았고, 나와의 싸움을 멈추려고도 하지 않았다. 이제 좀 그만하자고 부탁하고, 또 언젠가는 내가 아그네스 수녀(이것이 검은 옷을 입은 여자의 이름이다)에게 앙갚음을 하고야 말겠다고 약속했지만 막무가내였다. 그는 아예 내 말을 알아듣지도 못하는 것 같았다.

문득 어렸을 때 들은 이야기가 생각났다. 화가 나서 미쳐 버린 사람에 관한 이야기였다. 그 남자는 어느 날 우연히 도깨비와 마주쳤다. 도깨비는 끊임없이 물음을 던져 사람을 돌게 만드는 힘이 있었다. 꼬리에 꼬리를 물고 이어지는 물음은 한도 끝도 없었다. 대답을 하지 않으면 되는데 자꾸 보채며 물어 대니 참을 수 없게 되는 것이다. 화를 내면 도깨비는 더 끈덕지게 달라붙고, 결국은 그 화가 사람을 미치게 만들고야 만다.

아마도 그때의 내 모습이 그와 같지 않았을까. 나는 책을 돌려받지 못한다면 죽어 버리고 싶은 심정이었다. 그런데 그 검은 도깨비는 내 책을 뺏고, 나를 쫓아내고, 내 등짝과 종아리에 회초리질을 하게 만들고, 결국은

이 질척거리는 통 속에 나를 가둬 버린 것이다!

이렇게 생각하자 다시 화가 들끓기 시작했다. 하지만 꾹꾹 눌러 참았다. 더 이상 도깨비에 사로잡힌 허깨비가 되고 싶지 않아서였다.

도깨비와 허깨비…… 그러고 보니 참 그럴싸한 낱말의 나열이었다. 잘 어울리는 한 쌍, 꼭 맞는 짝이라고나 할까. 나는 그 말이 재미있어 몇 번이고 되뇌어 보았다. 웃음이 나왔다. 나는 잠시 낄낄거리며 허탈하게 웃었다.

웃음이 멎자 배가 고팠다.

내 안의 숨은 화를 일깨워 주고 그에 대해 조심해야 할 바를 가르쳐 준 것은 고마운 일이었지만, 배가 고픈 것은 어찌할 도리가 없었다. 배고픔은 모든 것을 잃어 버렸다는 상실감과 함께 몸과 마음을 송두리째 사로잡는 허기가 되었다.

나는 우루쿤을 생각했다. 그리고 툴리를 생각했다. 수많은 소리들이 머릿속에서 울려 퍼졌다. 고함소리. 비명소리. 흐느낌 소리. 눈을 감으면 눈꺼풀 안에서 무수한 영상들이 박쥐 떼처럼 파닥거렸다.

트럭 뒤를 달려오며 울부짖는 엄마. 아버지의 낙심한 얼굴. 우루쿤의 머리에서 흘러내리는 피. 툴리의 절규. 돌을 집어 자기 머리를 때리는 어느 할머니의 비통한 얼굴. 먼지. 자동차의 굉음. 말 울음소리. 말발굽 소리. 쿵쾅거리는 어두운 심장 같은 태양. 눈물에 가려 보이지 않는 마을…….

그리고…… 브롤가!

아, 브롤가!…… 그러했다. 브롤가는 나를 좇아오고 있었다. 내 또래 아이들을 실은 트럭이 마을을 빠져나와 들판을 달리기 시작하자 브롤가가 하늘 위로 모습을 나타내었다. 우리들 모두는 그것을 보았다. 하지만 아무도 그 사실을 입 밖에 내거나 그 모습을 손가락으로 가리키지 않았다. 짐칸에 함께 탄 경찰관이 알아차릴까 두려웠기 때문이었다.

그런데 잠시 트럭을 세우고 모두들 내려 오줌을 눌 때였다.

"저 새는 뭐야?"

한 경관이 하늘을 가리키며 말했다.

"글쎄. 계속 우릴 따라오던걸."

다른 경관이 말했다.

"재수 없어. 쏴 버려."

말이 떨어지기가 무섭게 철커덕 하는 소리와 함께 총구가 하늘로 향했다.

그때만 해도 나는 무슨 일이 일어나고 있는지 상황을 읽지 못하고 있었다. 하늘엔 브롤가가 있고, 경찰관의 총은 그쪽을 향해 있었다. 불현듯 머릿속에서 불꽃이 번뜩였다. 나는 오줌을 누다 말고 재빨리 총을 든 경관에게로 몸을 던졌다. 총알이 발사되었다. 그러나 브롤가를 맞히진 못했다.

"아니, 이 새끼는 뭐야?"

경관이 나를 걷어차며 말했다.

다행히도 경관은 내가 어지러워서 쓰러진 줄로만 알았다. 멀미로 인해 엎드려서 토하는 아이들의 모습을 줄곧 보아 왔기 때문이었다. 경관이 다시 하늘을 올려다보았을 땐 브롤가가 방향을 틀어 멀리 날아간 뒤였다.

그 후로 트럭은 도시로 접어들었고, 밤이 왔고, 새벽이 되어 십자가가

서 있는 선교원에 도착했을 때, 더 이상 브롤가의 모습은 보이지 않았다.

떠나 버린 것이다. 그렇다. 브롤가가 내 곁을 떠나 버린 것이다.

아, 그 가여운 아이는 어디로 갔을까?…… 생각하면 마음이 아팠지만, 차라리 그 편이 나을 것이다. 사람들을 떠나 어디 먼 곳으로 날아가서 사는 편이. 혹시 알겠는가. 그 영리한 아이가 제가 태어난 곳으로 돌아가 짝을 이루고 저처럼 멋진 아이를 키우게 될지…….

어제만 해도 나는 이렇게 생각하며 위안을 삼았다. 그런데 오늘 또 다른 일이 터진 것이다. 이번엔 내가 가진 유일한 물건, 나의 친구이자 소중한 추억이 담긴 책을 앗아가 버린 것이다. 별안간 그 모든 잃어버린 것들이 내 안에서 소용돌이치며 끓어오르기 시작했다. 그것들은 내 안을 가득 채웠고, 그야말로 폭발 직전에 이르렀다. 그러자 무엇인가가, 내가 결코 경험하지 못한 완전히 새로운 것이 터져 나왔다. 사막의 무시무시한 홍수처럼.

화였다. 그것이 화였다.

화는, 말하자면, '주님'의 두 번째 선물이었다.

박제

'원주민 아이들도 백인 아이들과 똑같이 교육받을 권리가 있다.'─원주민보호법에는 이 같은 조항이 있다고 한다. '따라서 아이들에게 교육받을 기회조차 제공하지 않는 원주민 부모들은 아동 학대라는 죄목에서 자유로울 수 없다.'

바로 이것이다. 이것이 나와 같은 아이들이 부모님과 헤어져 선교원을 비롯한 여러 교육기관에 강제로 입소하게 된 이유이다. 또 다른 이유도 있다지만 나는 알지 못한다. 혼혈아들을 원주민과 떼어 놓은 것은 백인으로 동화시키기 위한 정책이라고 들은 바 있지만, 어떻게 해서 그게 가능한지도 알지 못한다.

법의 힘은 강하다. 법은 가족이나 부족의 차원이 아닌 국가의 이름으로 만들어진다. 법을 실행에 옮기는 것은 정부와 공권력이다. 이제 우리는 그러한 사실들을 조금씩 배워 나가게 될 것이다. 그러기 위해서는 공부를 해야 한다. 무엇보다 영어를 알아야 한다. 읽고 쓰고 말할 수 있어야 한다. 조잡하고 제대로 소통도 되지 않는 부족의 언어들은 잊어라. 이제 우리는, 우리가 인간인 이상, 오직 하나의 언어만을 사용한다. 인간의 언어가 아닌 언어를 사용하는 자는 짐승 취급을 받을 것이다.

여기, 스물여섯 개의 기호가 있다. 이 기호들이 모든 말들을 만들어 낸다. 이보다 쉽고 단순하고 창의적인 언어가 있는가. 자, 이것들을 머릿속에 박아 넣어라. 꼭꼭 씹어 삼켜라. 너희들도 머지않아 인간이 될 것이다…….

우리의 교육은 이렇게 시작되었다. 짐승 취급을 받으면서 인간으로 성숙해 가는 교육.

우리는 기도하는 법을 배웠다. 기도문을 외었고, 읽기와 쓰기와 말하기를 익혔다. 청결과 질서를 생활화했으며, 밭에서 일하는 법, 다시 말해 공공 근로의 즐거움을 누렸다. 숟가락과 포크로 식사하고 침대에서 자는 것에 익숙해져 갔다. 우리는 노래도 배웠다. 풍금이라는 악기에 맞춰 부르는 노래.

선교원에 도착한 첫날, 우리는 삭발을 했다. 모든 아이들이 빡빡머리가 되었다. 목욕을 했다. 발가벗은 채 물을 뒤집어쓰고, 비누칠을 하고, 수세미로 온몸을 박박 문질렀다. 옷이 지급되었다. 크기만 다를 뿐, 똑같은 모양의 옷들이었다. 길게 통으로 된 흰옷을 입자 누가 누구인지 구분되지 않았다. 선교원엔 우리보다 먼저 와 있던 선배들이 있었다. 두어 살 많은 선배들이 이 모든 일을 지시하거나 직접 했다.

식사 시간엔 그 중 한 선배가 기도를 이끌었다. 그가 선창을 하면 우리가 큰소리로 되풀이했다. 먹을 것을 앞에 둔 기분 좋은 기도문은 다음과 같았다.

일용할 양식을 주셔서 감사합니다.

아름다운 세상을 주셔서 감사합니다.

노래하는 새들을 주셔서 감사합니다.

하나님, 이 모든 것에 감사드립니다.

하루 세 번 되풀이하는 기도는 아름답고 군침이 도는 것이었다.

영어를 배우는 것은 재미있었다. 읽고 쓰는 일은 뭔가 뿌듯한 느낌을 주었다. 어떤 낱말을 알게 될 때마다 친구가 하나 더 늘어나는 기분이었다. 내가 말을 걸 수 있고 내게 말을 걸어오기도 하는 친구. 덕분에 아그네스 수녀에게 뺏긴 『테세우스의 모험』에 대한 화는 어느 정도 진정되었다.

뿐만 아니었다. 수녀들이 들려주는 성경 이야기는 하나같이 묘한 울림으로 상상력을 자극했다. 이스라엘이라는, 걸어서는 도저히 갈 수 없는 그 먼 나라에도 이곳처럼 사막이 있고, 사막 한가운데에 있는 산 위로 번갯불과 함께 수염이 하얀 신이 나다니고, 그 신이 메마른 땅에서 샘을 솟게 하고, 하늘에서 먹을 것을 비처럼 내리게 하여 자기 부족을 보살펴 준다니, 이 얼마나 놀랍고 신비로운 이야기인가.

재미있는 이야기는 그것 말고도 많았다. 매번 이야기가 끝날 때마다 좀 더 듣고 싶은 마음에 나는 말할 수 없는 아쉬움을 느꼈다.

일주일에 한 번, 수녀들이 주일이라고 부르는 날엔 사제관의 신부가 직접 나와 우리를 지도했다. 일주일 동안 듣고 배운 성경의 내용을 확인하는 시간이었다. 내 또래는 물론이고 먼저 와 있던 선배들도 그 시간이면 골머리를 앓았다. 그러나 나는 별로 걱정하지 않았다. 나는 한 번 들은 이야기는 잊은 적이 없었다. 사람의 이름 같지 않은 그 많은 이름들을 외는 것도 어렵지 않았다. 어린이용으로 나온 성경은 어느 정도 혼자 읽을 수 있었다. 내겐 기도문을 외거나 찬송가를 부르는 것이 즐겁기만 했다.

그렇게 한 달이 갔다.
다시 한 달이 지났다.
그러던 어느 날, 믿기지 않는 일이 벌어졌다. 브롤가가 찾아온 것이다.
브롤가를 잊은 것은 아니었지만 한동안 마음에서 내려놓은 것은 사실이었다. 나는 그 아이가 내 곁을 떠났기를 진정으로 바랐으니 말이다. 그러던 어느 날 하늘에서 울려 퍼지는 귀에 익은 소리를 듣는 순간, 나는 온몸이 얼어붙는 것만 같았다.

그때 우리는 밭일을 하고 있었다. 농장에는 선교원의 모든 아이들과 몇몇 수녀들이 나와 있었는데, 모두들 브롤가의 출현에 입을 떡 벌린 채 한동안 꼼짝 않고 하늘을 올려다보았다. 나와 같은 보호구역에서 온 아이들 말고는 브롤가가 어떤 새인지 아는 사람은 없었다.

브롤가는 좀 처량한 울음소리를 내며 우리 머리 위를 몇 바퀴 선회하다가 떠났지만, 나는 녀석이 내려앉는 지점이 우리로부터 그다지 멀지 않은 곳임을 눈여겨보았다.

브롤가에 관한 소문은 금세 퍼졌다. 지금껏 본 적 없는, 크고 아름다운 새의 출현. 그런데 그 새는 밭일을 나갈 때면 어김없이 나타난다. 언제나 혼자서.

수녀들 사이에는 그 새를 본 것이 그날의 빼놓을 수 없는 화제가 되었다. 누구는 동틀 무렵에 동쪽 하늘에서 날아오는 것을 보았다 했고, 누구는 해질 무렵에 서쪽 하늘로 사라지는 것을 보았다고 했다. 어떤 사람은 머리에 붉은 무늬가 있는 것이 스카프를 두른 빨간 모자 아가씨 같다고 했고, 어떤 사람은 목에 둘린 까만 깃털이 목도리를 한 키 큰 신사 같다고 했다.

소문은 부풀려졌고, 나의 불편함은 커져만 갔다. 며칠 후 소문은 신부의 귀에까지 들어가고 말았다.

어느 날 밭일을 가던 우리는 신부가 밭 가장자리에 나와 어떤 사람과 대화를 나누고 있는 것을 보았다. 추적자였다.

추적자는 선교원 근처에 사는 원주민 남자로, 매일 이곳에 와서 수녀들이 할 수 없는 온갖 허드렛일을 돕고 있었다. 그런데 선배들의 말에 의하면, 그 남자의 진짜 역할은 선교원에서 탈출한 아이들을 추적해서 잡아오는 것이라고 했다. 우리 사이에서는 재수 없는 인간으로 낙인찍힌 남자였다.

그런데 왜 신부가 전에 없이 이곳까지 나와 추적자와 대화를 나누고 있는 것일까?

두 사람은 서로를 향해 비스듬히 서서 대화를 나누고 있었지만, 그들의 시선은 앞쪽 먼 곳에 붙박여 있었다. 나는 아이들의 뒤를 따라 줄을 지어 걸어가며 두 사람의 시선이 향하는 곳으로 눈을 돌렸다.

아직은 오전이었지만 태양이 지면을 달구기 시작한 지평선에선 신기루가 어룽거리며 빛과 물방울로 된 호수 하나를 널따랗게 펼쳐 놓고 있었다. 우리가 향해 가고 있는 밭은 이곳에서 보니 호수 가장자리에 뜬 조그만 섬처럼 보였다. 그런데 그 섬 한가운데에 하얀 깃발 같은 것이 흐릿하게 나붓거리고 있었다.

브롤가였다.

신부와 추적자는 브롤가를 바라보며 이야기를 나누고 있었다. 그 옆을 지나가며 나는 두 사람의 대화에 귀를 쫑긋 세웠다. 얼핏 '개구리'라는 말이 귓가를 스쳤다. '물고기'라는 말도 들렸던 것 같다. 추적자가 손을 들어 브롤가를 가리켰다. 그가 '그건 쉽다'고 하자 신부가 '좋다'고 했다. 이어서 뜻을 알 수 없는 말이 몇 번 되풀이해서 나왔다. 나는 그 단어를 머릿속에 꼭꼭 심어 두었다.

밭일을 하던 중 나는 안젤라 수녀에게 물었다.

"수녀님, 박제라는 말이 무슨 뜻이에요?"

수녀는 감자를 캐던 손을 멈추고 손등으로 이마의 땀을 훔쳤다.

"그런 단어는 몰라도 된다. 성경에 나오지 않으니까."

그러더니 불쑥 물었다.

"그 단어를 어디서 들었느냐?"

아뿔싸! 나는 내 방법이 틀렸다는 것을 알았다. 일을 하며 선배들에게 물어 보았지만 모르긴 마찬가지였다. 나는 다른 방법을 택했다. 시간이 날 때마다 추적자의 행동을 지켜보기로 한 것이다.

밭일이 다 끝나도록 브롤가는 들이 끝나는 구릉지를 떠나지 않고 그 주위를 서성거렸다. 다가갈 수도 다가올 수도 없는 서로의 안타까움이 한낮의 열기만큼이나 잔인하게 이글거렸다.

줄을 지어 교실로 돌아갈 때였다. 나는 버드나무 몇 그루가 에워싼 작은 연못에서 추적자가 뭔가를 하고 있는 것을 보았다. 선교원과 마을 사이에 있는 그 연못에서 추적자는 이따금 말에게 물을 먹이곤 하였는데, 오늘은 말이 눈에 띄지 않았다. 문득 신부와 추적자의 대화에서 개구리와 물고기란 단어가 들렸던 것이 생각났다. 물이 깊진 않았지만 수초가 우거진 그곳엔 개구리와 물고기들이 살았다. 그렇다면 추적자는 연못에서 무슨 일을 꾸미고 있는 것이 분명했다.

다음날 아침, 내 차례가 아닌데도 나는 숙소의 오줌통 비우는 일을 내가 하겠다고 나섰다. 그러고는 밭 가장자리에 있는 똥구덩이로 가서 오줌통을 비우고 연못을 향해 달려갔다.

이른 아침의 연못은 고요했다. 청개구리 몇 마리가 풀잎 위에 올라앉아 이슬을 핥고 있었다. 그런데 그곳에 전에 보지 못했던 양동이 하나가 물위에 떠 있었다. 양동이 속엔 반쯤 물이 차 있었고, 물속엔 개구리 몇 마리와 작은 물고기들이 바글거렸다. 양동이의 손잡이 한쪽 끝은 끈으로 연결되어 버드나무 밑동에 고정되어 있었다. 손잡이 빈대쪽에도 끈이 묶여 있었는데, 그 끈은 낭창낭창하게 휘어진 버드나무 가지에 매여 있었다. 그리고 그 가지 위에는 커다란 그물이 괴물의 아가리처럼 입을 벌린 채 양동이를 굽어보고 있었다.

나는 뒤로 물러서서 작대기 하나를 집어 양동이를 툭 건드려 보았다. 그물은 꼼짝도 하지 않았다. 이번엔 양동이 속에다 작대기를 넣고 쿡 눌러보았다. 그러자 버드나무 가지가 아래로 휘늘어졌다 퉁겨 오르면서 순식간에 그물이 쏟아져 내려왔다. 나는 화들짝 놀라 뒷걸음질을 쳤다. 그물은 양동이는 물론이고 주위의 모든 것을 뒤덮었다.

나는 순간적으로 깨달았다. 그것은 함정이라는 것을. 브롤가를 잡기 위한 덫이자 올가미라는 것을.

추적자

 나는 비가 오기를 기다렸다. 브롤가와 함께 이곳을 떠나기 위해서였다. 비가 오면 내 발자국이 씻겨내려 갈 것이고, 추적자를 따돌리는 것도 어렵지 않으리라는 생각에서였다. 그러나 이틀 사흘이 지나도록 비는 내리지 않았다. 하늘엔 비가 올 기미조차 보이지 않았다.

 나는 아침마다 연못으로 갔다. 양동이엔 늘 그렇듯 개구리와 물고기가 그득했고, 그 위에서 그물은 시커먼 아가리를 벌리고 있었다. 나는 작대기를 이용해 그 혐오스럽기 싹이 없는 장치를 못 쓰게 만들어 놓았다.

 나흘째 되는 날, 나는 추적자에게 덜미가 잡히고 말았다. 내가 양동이를 쿡쿡 눌러 그물을 쏟아져 내리게 하자마자 그가 나무 뒤에서 그림자처럼 나타났다. 달아날 틈도 없이 딱 걸려든 셈이었다.

 추적자는 한동안 아무 말 없이 매서운 눈매로 나를 쳐다보기만 했다. 그러한 침묵은 수녀들의 매질보다 참기 힘든 것이었다. 나는 고개를 푹 숙인 채 추적자의 손에 들린 말채찍만을 바라보았다.

 해가 점점 높이 떠올랐다. 연못에 감돌던 서늘한 기운이 사그라졌다. 수면 위로 보글보글 거품들이 괴어올랐다.

 추적자가 끙 하고 한숨을 뱉더니 연못가에 쭈그리고 앉아 담배에 불을 붙였다. 그는 한동안 담배연기만을 뻐끔뻐끔 뿜어 대었다.

"네가 왜 이런 짓을 하는지 알 수 없구나……."

마침내 추적자가 입을 열었다. 얼굴의 반을 차지한 입술만큼이나 두툼한 목소리였다. 잠시 후 그가 나를 돌아보았다.

"다시는 이런 짓을 하지 말거라."

나는 태양에 반쯤 타 버린, 그러나 아직 반은 타고 있는 것 같은 불그스름한 그의 눈을 바라보았다.

"나는 내가 할 일을 하고 있다. 너도 그러길 바란다."

이렇게 말하면서 그는 언짢은 듯 허리를 비틀었다.

"늦겠다. 돌아가거라."

나는 숙소를 향해 내달렸다. 도중에 오줌통을 두고 왔다는 것을 깨닫고 되돌아가야만 했다. 그물을 손보고 있던 추적자가 내 쪽을 돌아보았다.

나는 하늘을 보았다. 비가 오긴 틀린 날씨였다. 내일도 모레도 그러하리라. 머릿속이 뒤죽박죽이 되었다. 사실 따지고 보면 내일까지 기다릴 수도 없는 일이었다. 추적자가 그물을 손본 뒤 다시 함정을 설치한다면, 오늘이라도 브롤가가 잡히지 않으리라는 보장은 없었다. 그러니 당장, 지금 당장 떠나야 했다. 그 수밖에 없었다. 아무리 좋은 기회를 노린다 해도 내가 벌 수 있는 시간은 한두 시간뿐. 그 시간 안에 어떡해서든 이 지역을 벗어나야만 했다.

나는 숙소로 향하던 발길을 돌렸다. 오줌통을 내팽개치고는, 우리들이 밭일을 갈 때면 늘 다니던 밭 가장자리를 에돌아서 내닫기 시작했다.

밭 너머는 돌밭이었다. 밭을 일구느라 망태기에 담아서 버린 돌들이 사방에 널려 있었다. 돌밭을 지나면서부터는 풀이 무성한 곳을 가려 밟고 뛰었다. 나는 멀리 서쪽에 있는 숲을 염두에 두고 있었다. 그러면서 생각했다. 숲으로 가면, 우루쿤 아저씨와 송어를 잡던 샛강과 같은 개울이 있으리라. 만약 개울이 나타난다면, 그렇다면 흐르는 물을 따라 이동하리라. 이곳만 벗어날 수 있다면 어찌되었든 좋았다. 브롤가를 잡기 위해 함정을 만들고, 브롤가를 잡아 박제(그게 뭔지는 모르겠지만)로 만들려는 사람들로부터 벗어날 수만 있다면.

숨이 턱에까지 찼지만 나는 멈추지 않았다. 선교원에서 어느 정도 멀어졌다고 생각되자 나는 틈틈이 휘파람을 불어 브롤가에게 신호를 보냈다. 그러는 중에도 머릿속에선 이런 생각들이 꼬리를 물고 이어졌다.

선교원에선 지금쯤 식사가 끝나고…… 그래, 아침기도가 시작되었을 거야. 지금은…… 아마도 성경 공부가 시작되었을 테지. 그 전에, 늘 그래왔듯이, 안셀라 수녀가 우리들의 이름을 불러 인원을 확인했을 테고. 그리고…… 그러고 난 뒤 내가 없어졌다는 것을 알았을 거야. 그 즉시 추적자를 불렀을 테지.

문득 추적자의 목소리가 귓전을 울렸다. 나는 내가 할 일을 하고 있다. 너도 그러기를 바란다…….

나는 왠지 마음이 켕겼다. 그의 부탁을 들어 주지 못해 미안하다는 생각이 들었다.

숲이 시작되는 들머리에서 나는 바위틈에 몸을 숨기고 다시 휘파람을 불었다. 연거푸 몇 번을 되풀이하자 브롤가가 나타났다.

브롤가는 나를 확인하자마자 재빨리 내 곁으로 날아와 앉았다. 그러더니 번쩍 두 날개를 펼치고 내 주위를 맴돌며 춤추기 시작했다.

춤은 거칠었다. 커다란 날개를 너울거릴 때마다 흙먼지가 연기처럼 우리를 감쌌다. 때로는 머리를 쳐들고 쩌렁쩌렁하게 울음을 토해 내기도 했다. 기쁨과 원망이 한데 섞인 춤이었다. 나는 브롤가의 목을 끌어안았다.

"미안해, 브롤가. 정말 미안해. 하지만 이러고 있을 수가 없어. 우린 가야 해. 멀리, 멀리 달아나야 한다고."

그런데…… 어디로 간단 말인가? 나는 그 점에 대해 생각한 바가 없었다. 마음 같아선 보호구역으로 돌아가 엄마 아빠를 만나고 싶었다. 내가 떠난 뒤 그곳 상황이 어떻게 변했는지 몹시 궁금했다. 그러나 내가 그곳으로 갔으리라는 것은 누구나 짐작할 수 있는 일이 아닌가. 추적자가 나를 추적할 필요조차 없을 것이다. 그냥 경찰을 보내 그곳에서 기다리기만 하면 되는 일일 테니.

나는 브롤가의 고향을, 물의 부족이 살던 곳을 떠올려 보았다. 아마도 그곳만큼 좋은 곳은 없을 것이다. 그러나 그곳으로 가기 위해 어느 방향을 택해야 하는지 나는 가늠조차 할 수 없었다. 나는 내가 살던 곳으로부터 너무 멀리 떠나와 있었다.

방법은 하나뿐이었다. 깊은 숲 속으로 들어가 브롤가와 단 둘이서 사는 것. 굶어죽는 한이 있더라도 다시는 백인들의 손에 붙잡히지 않고 자유롭게 살아가는 것. 그것이 최선이었다. 따지고 보면 결코 불가능한 일만은 아니었다.

그렇게 생각하니 마음이 가벼웠다. 게다가 숲 속으로 들어서자 맑은 계곡물이 우리를 맞았다. 좋은 징조였다. 우리는 물에 발을 담그고 계곡을 거슬러 오르기 시작했다. 두루미는 물에 익숙한 동물인지라 긴 다리로 성큼성큼 나를 앞질러갔다.

어둠이 내렸다. 해돋이를 본 게 얼마 전 같은데 어느새 날이 저물고 있었다. 밤은 또 다른 문제를 가져왔다. 나는 숲에서 밤을 지내 본 적이 없었다. 다만, 어둠 속이라면 더 이상 추적을 두려워할 필요가 없으리라는 것이 위안이 되었다.

달도 없는 밤이었다. 나는 계곡에서 조금 떨어진 숲 속에 나뭇가지를 깔고 작은 둥지를 마련했다. 그런데 브롤가가 한사코 그 자리를 마다하고 계곡으로 가려 했다. 나로서는 추적자의 기척을 들을 수 있는 조용한 장소를 원한 것인 데 반해, 브롤가는 제 본능이 이끄는 대로 물 위에 머물고 싶었던 것이다. 하는 수 없이 나는 계곡 옆 움팬 바위틈에 풀을 깔고 자리를 잡았다. 브롤가는 그러한 내 모습을 지켜보다가 물속으로 들어가 이리저리 노닐기 시작했다.

나는 자리에 누워 팔베개를 하고 하늘을 보았다. 숯덩이처럼 까만 숲 사이로 열린 작은 하늘이 별들로 가득했다. 나는 나도 모르게 탄성을 질렀다.

얼마 만에 보는 별들인지 알 수 없었다. 선교원에서의 밤은 그야말로 옥살이와 같았다. 어두워지면 숙소로 들어가 침대에 누워야 했다. 등불을 든 수녀가 나가면 밖에서 문이 잠겼다. 칠흑 같은 밤. 할 수 있는 일은 오직 잠자는 것과 꿈꾸는 것뿐이었다. 그런데 이곳엔……

나는 쫓기는 몸이라는 것도 잊고 콧노래를 흥얼거리기 시작했다. 마음 같아선 선교원에서 배운 찬송가라도 소리 내어 부르고 싶었다.

눈을 감으면 내 안으로 스며들 듯 바짝 다가들다가도 눈을 뜨면 빨아들일 듯 멀어져 가는 별들 아래서, 바위를 감아 흐르는 물소리와 풀벌레 소리, 브롤가의 발아래서 달그락거리는 조약돌 소리에 귀를 기울이다 나는 어느 순간 잠이 들고 말았다.

지그시 가슴을 누르는 포근한 느낌에 눈을 떴을 때, 나는 밤하늘을 등진 그림자 하나가 나를 내려다보고 있는 것을 보았다.

그림자가 미끄러지듯이 옆으로 비켜나자 별이 총총한 하늘이 드러났다.

잠의 달콤함과 내 몸에 와 닿던 손길의 부드러움이 돌연 쓰디쓴 현실감으로 바뀌었다. 실패했다는 느낌, 나와 브롤가를 기다리고 있을 미래에 대한 두려운 예감이 별들처럼 또렷하게 살아났다.

나는 부스스 몸을 일으켰다.

"새 이름이 뭐냐?"

몇 걸음 떨어진 곳에서 그림자가 말했다. 초롱초롱하던 별 하나가 돌연 돌의 무게로 내려앉는 것 같은 목소리였다.

"브롤가요."

나는 고개를 돌려 브롤가를 찾았다. 브롤가는 개울 위쪽, 여울이 휘돌다 멈춘 작은 웅덩이에 발을 담그고 우두커니 서 있었다.

"브롤가……."

추적자가 콧바람 섞인 목소리로 중얼거렸다. 그가 내 곁에 앉자, 익숙지 않은 짐승 냄새가 확 끼쳐 왔다. 나는 그것이 말 냄새라는 것을 알았다.

"오래전의 일이다."

추적자가 몇 번 성냥을 그어 담배에 불을 붙였다.

"북동쪽 어딘가의 바다에 갔을 때였다. 한 소년이 두루미와 함께 다니는 것을 보았다. 물고기를 잡으러 갈 때나 열매를 따러 갈 때도 늘 함께하였지."

추적자는 입 안에 든 무엇인가를 우물거리듯이 잠시 말을 더듬거렸다.

"나는…… 두루미가 너의 친구인 줄 몰랐다."

그는 담배연기를 후우 하고 뱉고는 다시 말했다.

"정말 몰랐다."

문득 그가 어깨에 멘 가방에서 무엇인가를 꺼냈다.

"이걸 먹어라."

빵과 고구마였다.

"이건 두루미에게 줘라. 그리고…… 동이 트기 전에 돌아가도록 하자."

추적자가 조그맣게 모닥불을 피웠다.

"너희 부족에 대해 들은 바가 있다. 사막을 떠돌며 살아온 부족. 이 땅전체를 터전으로 여기며 어디에도 머물지 않았던……."

그는 담배꽁초를 불 속에 던져 넣고 나뭇가지 몇 개를 넣어 불땀을 돋우었다.

"그런데 너는 왜 전에 살던 보호구역으로 달아나지 않았느냐?"

나는 내 나름대로 생각했던 바를 이야기했다.

"어쨌든…… 그곳으로 가지 않은 건 잘한 일이다. 보호구역은 폐쇄되었다. 백인들의 소유가 되었지. 그곳엔 병든 사람과 노인들만이 남아 있다."

"아저씨……."

내가 말했다.

"선교원으로 가지 않으면 안 되나요?"

추적자는 한동안 말이 없었다. 그는 무언가를 저울질하는 사람처럼 신중하게 고개를 갸웃거렸다.

"네가 갈 수 있는 곳은 없다. 그리고…… 네가 갈 수 있는 곳이 있다면 내가 먼저 가지 않았겠느냐?"

잠시 후 추적자가 불을 밟아 껐다.

"그만 돌아가자. 네 친구를 박제로 만드는 일은 일어나지 않을 거야."

벌

나의 탈출극은 그것으로 끝났다. 그리고 나에겐 벌이 기다리고 있었다.

마당에 서서 한참을 기다리고 있던 나는 교실로 불려 갔다. 아그네스 수녀가 교탁에 앉아 있었다. 수녀는 말없이 창 옆에 놓인 책상을 가리켰다. 나는 책상 앞으로 갔다. 책상 위엔 책 한 권이 펼쳐져 있었다. 그 옆엔 공책 한 권과 연필 한 자루, 지우개와 연필 깎는 칼이 놓여 있었다.

아침햇살이 흠집투성이인 책상을 발갛게 물들였다.

아그네스 수녀가 왔다.

"앉아라."

나는 의자에 앉았다.

"여기서부터 여기까지다."

수녀가 책을 넘겨 책갈피가 꽂힌 두 곳을 가리켰다.

"여기에 나오는 글들을 한 글자도 빼먹지 말고 옮겨 쓰도록 해라. 이 공책에다가. 그리고—!"

수녀는 손에 들고 있던 막대기로 내리칠 듯한 몸짓을 취했다.

"이걸 다 쓸 때까진 교실에서 나와선 안 된다. 먹을 수도, 마실 수도, 다른 누구와 말을 할 수도 없다."

나는 공책을 펼쳤다.

"또 한 가지!"

나는 연필을 집으려다가 멈췄다.

"너는 주님이 금하신 일곱 가지 큰 죄 중에서 교만의 죄를 범했다. 교만이란 자기 생각이 옳고 가장 중요하다고 믿는 죄다. 이 글을 쓰면서 그 점에 대해 곰곰이 생각해 보아라."

수녀가 홱 돌아서서 나가려다 말고 고개를 돌렸다.

"주기도문부터 외우고 시작해라!"

수녀는 그런 자세로 내가 기도문을 다 외울 때까지 꼼짝 않고 나를 지켜보았다.

성경은 갈색 가죽으로 장정이 되어 있었다. 조금 젖은 듯한, 무겁고 누릿한 냄새가 났다. 손때 묻은 책장들은 군데군데 해진 곳이 있었다. 그런 곳에서는 깊숙하고도 은근한 느낌이 묻어났다. 얼마나 많은 사람들, 얼마나 많은 손들이 이 책을 거쳐 갔을까. 이렇게 생각하자 조심스러워졌다. 내가 들여다보는 그곳에서 누군가 또 한 사람이 나를 들여다보는 느낌.

한 권의 책과 나.

그것은 참으로 경이로운 시간이었다. 나는 내가 대등한 존재는 아닐지라도 그래도 책을 마주할 수 있는, 그것도 혼자서 책과 함께할 수 있는 어떤 특별한 자격이 주어진 것 같았다. 우쭐해지다 못해 적잖이 흥분되었다. 이런 게 벌이라니. 그렇다면 이 벌은 주님의 세 번째 선물인 것일까?

경이로움은 그게 다였다.

책상 위에 펼쳐진 책은 두꺼웠다. 아주 두꺼웠다. 베고 자도 될 만한 두께였다. 그런데 그 두꺼운 책이 그림 한 점 없이 오직 글자들로만 꽉 차 있었다. 처음부터 끝까지 글자뿐이었다. 대부분 그 뜻을 알 수 없을뿐더러 어떻게 읽어야 할지도 모르는 단어들. 단어들은 개미떼처럼 행렬을 이루며 끝도 없이 이어졌다.

숨이 막혔다. 간밤의 잠이 부족했던 탓인지 머릿속이 어찔어찔해졌다. 그나마 다행스러운 것은 주어진 분량이 많지 않다는 점이었다. 천여 장에 걸쳐 펼쳐지는 개미들의 지옥에서 넉 장 정도라면 자비에 가까운 수준이었다.

엄살을 부리고 있을 시간이 없었다. 내게 주어진 이 선물에는 벌이라는 특별한 의미가 있는 만큼 되도록 빨리 대가를 치르고 빠져나가는 것이 상책이었다.

나는 공책을 펴고 연필을 집어 들었다. 몽당연필의 심은 부러져 있었다. 연필을 깎는 일부터 시작해야 했다. 나는 공책의 첫 줄에 제목을 썼다.

베드로의 첫 번째 편지.

첫 구절은 다음과 같았다.

'예수 그리스도의 사도인 나 베드로는 본도와 갈라디아와 가파도기아와 아시아와 비티니아에 흩어져서 나그네 생활을 하고 있는 여러분에게 이 편지를 씁니다……'

나는 꾸벅꾸벅 졸기 시작했다.

아침식사를 끝낸 친구들이 교실로 들어왔다. 그들은 내게 눈길만 줄 뿐

고개를 돌리지도, 알은체를 하지도 않았다. 해는 이미 중천에 떠 있었다. 교실 안은 찜통 같았다. 입 안이 바싹바싹 탔다.

나는 벌써 몇 시간째 몽당연필을 쥐고 씨름을 하고 있었다. 손이 곱았다. 손가락 마디마디 쥐가 날 지경이었다. 연필심은 자주 부러졌고, 그때마다 연필을 깎는 일도 만만치 않았다. 잘못 쓴 글자는 지우개로 지운 다음 바로잡아야 했다. 행을 건너뛰어 엉뚱한 문장을 붙여 놓았음을 뒤늦게 깨닫고 고쳐 쓰기도 했다. 시간이 갈수록 벌이란 이런 것이구나, 하는 깨달음이 손목에서 어깻죽지까지 찌르르한 통증으로 새록새록 다가왔다. 책이란 것이, 읽기와 쓰기와 같은 공부라는 것이 벌이 될 수도 있다는 놀라운 발견의 시간이었다.

나는 친구들이 부러웠다. 마룻바닥에 편안하게 앉아 칠판에 적힌 글자들을 받아쓰고, 앵무새처럼 받아 읽고, 풍금에 맞춰 노래를 부르고, 성경 시간엔 꾸벅꾸벅 졸기도 하는 그들은 행복해 보였다. 수업이 끝나고 밭일을 하러 줄줄이 빠져나갈 땐 친구들과 함께 잠깐이라도 나가서 일을 하고 오면 온몸이 개운해질 것 같아 좀이 쑤셨다.

그러나 꾹꾹 참았다. 나는 테세우스의 모험을 떠올렸다. 괴물이 살고 있는 지하 동굴. 한 번 들어가면 빠져나올 수 없는 미궁. 테세우스는 실타래를 던져 넣고 그 실을 따라 길을 더듬어 간다. 전부 다섯 개의 터널로 이루어진 베드로 할아버지의 미궁에서 그는 이제 막 두 번째 터널 안으로 발을 들여 놓는다. 이곳에서 구원의 실은 개미 같은 까만 문자들이다. 한눈 팔지 말고 문자를, 오직 문자의 행렬만을 따라가라.

모험은 계속되었다.

'…… 그러므로 여러분은 모든 악의와 기만과 위선과 시기와 온갖 비방을 버리십시오. 그리고 갓난아기처럼 순수하고 신령한 젖을 구하십시오. 그러면 그것으로 자라나서 구원을 얻게 될 것입니다. 여러분은 이미 주님의 인자하심을 맛보지 않았습니까? 주님께로 가까이 오십시오. 그분은 살아 있는 돌입니다. 사람들에게는 버림을 받았지만 하나님께는 선택을 받은 귀한 돌입니다. 여러분도 신령한 집을 짓는 데 쓰일 살아 있는 돌이…….'

이 대목에서 딱 하고 연필심이 부러졌다.

나는 한동안 가만히 있었다.

사실을 말하자면, 나는 조금 전부터 들려오는 온갖 소리에 정신을 놓고 있었다. '살아 있는 돌'이라는 말을 옮겨 쓰는 순간, 너무나 많은 것들이 내게 말을 걸어오기 시작했기 때문이었다. 베드로 할아버지는 조금 뒤에, 그 돌에 대한 믿음을 가진 자와 갖지 못한 자를 나누었는데, 나는 갑자기 내 품안에 있던 돌 하나가 구름처럼 가벼워져 몽실몽실 떠오르는 것을 보았다. 그러자 수많은 목소리들이 내 이름을 부르기 시작했다. 베드로 할아버지는 아주 오래전부터 나를 알고 있었던 양 그지없이 다정한 목소리로 말을 건네 왔다.

울라쿤타야. 네, 할아버지…….

울라쿤타야. 네, 할아버지…….

(근데 할아버지는 내 이름을 어떻게 알았을까? 선교원에선 그런 이름을 쓰면 안 된다는 것을 베드로 할아버지는 모르는 것일까?)

할아버지는 웃음을 머금고서 고개를 끄떡였고, 나 또한 반가움에 미소를 지으며 고개를 끄떡였다. 그때 별안간 커다란 별 하나가 눈부신 빛을 뿜으며 머리통을 꿰뚫고 들어왔다. 나는 번쩍 고개를 들었다. 책상 위엔 여전히 개미떼들이 우글거렸고, 내 이마엔 혹이 하나 더 붙었다.

나는 자세를 가다듬고 다시 연필을 깎았다. 돌에 관한 이야기는 계속되었다.

'……그러나 믿지 않는 자들에게 그 돌은 집 짓는 자들에게 버림을 받았다가 모퉁이의 머릿돌이 된 돌이며, 그들을 걸려 넘어지게 하는 돌이요 장애물이 된 바위입니다……'

그때 나는 달의 궁전을 생각하고 있었던 것 같다. 달빛을 받아 살아나기 시작하는 돌의 궁전. 살아 있는 궁전. 그리고…… 빵의 궁전. 물의 궁전. 구름의…….

기억은 여기서 끊겼다.

눈을 떴을 때, 나는 침대에 누워 있었다. 사방이 캄캄했다. 아이들의 숨소리, 잠꼬대하며 몸을 뒤척이는 소리들이 여기저기서 들렸다. 기적이라도 일어난 것일까?……

문득 별이 찬란했던 어제의 밤하늘이 생각났다. 추적자와 함께 말을 타고 선교원으로 돌아오던 새벽길도 생각났다. 말 냄새, 풀 냄새, 이슬에 젖은 흙냄새…….

아마 그때쯤이었으리라. 추적자가 말했다. 브롤가를 잘 돌봐 주겠노라고.

"걱정하지 말거라. 가까운 곳에 계곡과 연못이 있으니, 브롤가가 머물기엔 적당한 곳일 게다."

그래, 이젠 되었다. 비록 탈출엔 실패했지만 브롤가가 박제가 되는 일은 막았으니. 내가 없더라도 추적자가 브롤가를 보살펴 주기로 약속했으니. 더는 걱정하거나 애를 끓이지 않아도 되리라.

나는 스스로를 다독거렸다. 그러고는 이불로 온몸을 감고 돌아누워 잠에 빠져들었다.

파더

신부의 얼굴은 불그레했다. 언제 봐도 그랬다. 그에게선 농익은 열매에
서 나는 들척지근한 냄새가 풍겼다. 선배들에 의하면, 그건 신부가 마시
는 포도주 때문이었다. 신부의 모습이 자주 눈에 띄지 않는 것은 그가 하
나님 대신 포도주통을 껴안고 뒹굴기 때문이라고 했다.

그 말이 틀린 것 같진 않았다. 내가 사제관 안으로 들어갔을 때, 신부는
한 잔 가득히 포도주를 따르고 있었다. 얼굴은 가죽을 벗겨 놓은 왈라비
처럼 불그레했고, 움팬 눈두덩에서 번득거리는 눈알엔 핏발이 서 있었다.
나는 그처럼 불행한 얼굴을 가진 사람을 처음 보았던 것 같다. 얼굴 전체
를 나이테처럼 감싼 주름살에서 느껴지는 부끄러움과 선량함조차 그의
불행을 더욱 깊게 아로새기는 것만 같았다.

사제관은 크고 천장이 높았다. 그 널찍한 공간에 놓인 것이라곤 책상 하
나와 탁자 하나, 너덧 개의 의자가 전부였다. 신부는 책상을 앞에 두고 앉
아 있었다. 나는 신부에게 인사를 한 뒤 탁자 옆에 놓인 의자로 이끌려갔
다. 나를 앉힌 뒤 내 어깨를 짚는 아그네스 수녀의 손아귀에 힘이 뻗쳤다.
수녀는 입을 앙다문 채 매서운 눈으로 신부를 쏘아보았다.

수녀가 나간 뒤로 나는 십여 분가량 말없이 의자에 앉아 있었다. 검은색

의 두툼한 커튼이 쳐진 창문으로 한낮의 햇살이 악착스레 파고들고 있었다. 햇살은 검은색과 맞닿아 실내 전체에 검붉은 빛을 퍼뜨렸다.

하릴없이 여기저기 두리번거리던 나는 신부 뒤편에 있는 붙박이장으로 시선이 갔다. 몇 권의 책과 사진이 담긴 액자와 기념품 따위가 어수선하게 놓인 책장 위에 뭔가 이상한 물건들이 빼곡하게 자리 잡고 있었다. 나는 초점을 모았다. 그것들이 모두 새라는 사실을 알아차리는 데에는 시간뿐만 아니라 상상력이 필요했다.

나는 눈을 의심하지 않을 수 없었다. 그곳만이 아니었다. 새들은 책장 안에도 있었고, 십자가가 걸린 벽면에도 있었다. 심지어는 천장에서 늘어뜨린 수십 개의 횃대 위에도 새들이 앉아 있었다. 나는 목이 빠지도록 이리저리 휘돌아보다가 나도 모르게 의자에서 일어나 가장 가까운 곳에 있는 새를 향해 다가갔다.

그때였다. 별안간 신부가 껄껄대며 웃기 시작했다.

숨이 넘어갈 듯 한바탕 웃어젖힌 뒤에도 신부는 웃음을 참지 못했다. 목구멍에서 가래가 그렁그렁한 웃음소리는 듣기에 거북스러웠다. 포도주를 넘기던 목이 사레를 일으켜 웃음을 끊어 준 것이 고맙게 여겨질 정도였다.

신부가 포도주 병과 잔을 들고 탁자로 왔다.

"저것이다. 저것이 박제다!"

신부가 조금 쉰 듯한 목소리로 말했다. 그러고는 의자를 당겨 내 앞에 앉았다.

"나는 너의 친구를 갖고 싶어 했지. 박제로 만들어 놓고 두고두고 보고 싶었던 거야. 나는 이곳 오스트레일리아 땅에 두루미가 있는 줄은 몰랐거든."

신부는 술잔을 들고 마치 인사를 건네듯 박제들 하나하나에게로 애정 어린 시선을 던졌다.

"아름답지 않으냐? 모두 이 나라에서 잡은 새들이다. 내가 직접 잡았지."

신부는 이어서 박제를 만드는 방법에 대해 설명하기 시작했다. 그러다가 문득 몸을 뒤로 젖히더니 실망스러운 표정으로 나를 흘겨보았다.

"내가 너무 어려운 이야기를 했구나."

사실이었다. 나는 그가 하는 말의 절반도 알아듣지 못했다. 더욱이, 새를 잡아 살과 내장을 빼내고 그 안에 쓰레기 같은 것들을 잔뜩 집어넣어, 벌레도 먹지 않는 죽은 새를 만드는 일에 대해 나는 눈곱만큼의 관심도 가질 수 없었다.

"어쨌든…… 박제란 일종의 예술이야. 순간을 영원으로 만드는 기술이지. 새들은 우리 곁에 오래 머물지 못하지만, 박제는 그렇지 않거든."

나는 책장 위 높은 곳에 달린 십자고상 위의 예수를 바라보았다. 그렇다면 저것도 박제인가?

"네가 쓴 글을 읽었다. 이름이……?"

"마이클이요."

"그래, 마이클. 글씨를 아주 잘 썼더구나. 반듯하게. 깨끗하게. 게다가 빼먹은 곳도 없고."

신부가 책상으로 가서 내 공책을 가져 왔다.

"어떤 백인 아이도 이렇게 긴 글을 이처럼 열심히 써 낸 것을 난 아직 한 번도 보지 못했다."

신부는 줄 간격도 못 맞추고 삐뚤빼뚤 엉망으로 써 놓은 공책을 넘겨보고는 흡족한 얼굴로 나를 바라보았다.

"그런데…… 이 글을 옮겨 쓰면서 특별히 마음에 드는 구절이 있더냐?"

나는 기억을 더듬어 보았지만 선뜻 떠오르는 구절이 없었다. 마음에 들기엔 너무 어려운 글들이었다. 옮겨 쓰는 내내 모든 것이 의문투성이일 뿐이었다. 그래도 꼭 하나 알고 싶은 게 있었다.

"신부님…… 살아 있는 돌이 뭐예요?"

내가 물었다.

신부는 포도주를 붓던 손을 멈추고 눈을 창 쪽으로 돌렸다. 창밖에서 누가 부르기라도 한 듯. 그러나 커튼이 쳐진 창밖엔 쉴 새 없이 창문을 두드려 대는 태양의 아우성이 있을 뿐이었다.

신부는 입술을 나달거리며 뭔가 알아들을 수 없는 말을 중얼거렸다. 숨이 거칠어지면서 술 냄새가 확 풍겨 왔다. 잠시 후 내게로 얼굴을 돌렸을 때, 그의 눈동자는 흐리멍덩하게 풀어져 있었다. 바닥에 무엇이 가라앉았는지 들여다볼 수 없는 물웅덩이 같았다.

"그 돌은 집 짓는 자들에게 버림을 받았다가 모퉁이의 머릿돌이 된 돌이며, 그들을 걸려 넘어지게 하는 돌이요 장애물이 된……."

신부가 성호를 그었다. 그러고는 잔을 그득 채운 다음 단숨에 포도주를 들이켰다.

"그래, 그 구절이 너의 마음을 움직였구나."

신부가 소맷부리로 입을 쓱 닦더니 손목에서 묵주를 풀어 나에게 주었다.

"이걸 받아라."

내가 냉큼 손을 내밀어 받지 못하자, 신부가 턱석 내 손을 잡고 손목에 채워 주었다.

"이제 이건 너의 것이다. 그만 가 보아라."

내가 의자에서 일어나 문 쪽으로 가는데 신부가 불렀다.

"마이클!"

"네, 신부님."

내가 돌아섰다.

"너의 물음이 곧 살아 있는 돌이란다."

"……"

신부가 벌떡 자리에서 일어났다. 워낙 거친 몸짓이었기에 의자가 뒤로 나자빠졌다. 신부는 사제복을 너풀거리며 큰 걸음으로 마루를 가로지르더니, 사제관 쪽문을 열고 예배당으로 들어갔다. 쾅하고 문이 닫혔다.

나는 문고리를 잡은 채 잠시 제자리에 서 있었다. 나는 내 손을 잡던 신부의 뜨거운 손과, 묵주를 채워 줄 때의 부드러운 손길을 생각했다. 그리고 내 왼쪽 손목을 동그마니 감싸고 있는, 하늘빛 구슬로 엮인 묵주를 어루만져 보았다.

그때 예배당 안에서 괴이쩍은 소리가 흘러나왔다. 짝짓기 철이면 캥거루나 왈라비가 질러 대는 괴성과 흡사한 소리였다.

나는 예배당 쪽문을 향해 몇 걸음 다가갔다.

신부의 목소리였다. 누가 입을 틀어막기라도 한 듯 목소리는 잔뜩 일그러져 있었다. 높아졌다가 잦아들고 아주 끊겼다가 느적는적 되살아나며 목소리는 주문을 외듯 음울하게 이어졌다.

"주여, 주여……."

신부는 침묵에서 빠져나올 때면 마치 우물에서 두레박을 건져 올리듯이 말을 되풀이했다.

"우리는 저 딩고나 캥거루 같은 자들에게 주님의 말씀을 전하려 하였습니다. 그런데……."

이 대목에서 신부는 목이 멘 듯 울먹거리기 시작했다. 한동안 나는 그의 코맹맹이소리에서 어떤 단어도 분명하게 알아들을 수가 없었다. 신부가 휑하고 두 차례 코를 풀었다. 그러고 나자 목소리가 한결 또렷해졌다.

"진정 그들은 당신의 자손이 아니란 말입니까? 말씀해 주십시오. 그들은 저 검둥이들을 가리켜 악마의 자식이라고 손가락질합니다. 하지만, 주님, 말씀해 주십시오. 도대체 누가 악마의 자식입니까? 죽어 가는 저들입니까? 아니면, 총알이 아깝다 하여 칼로 몽둥이로 인정사정없이 죽이려 드는 우리의 형제들입니까?"

신부는 또다시 '주여, 주여'를 되풀이하며 침묵의 바닥을 뒹굴었다.

나는 슬그머니 뒷걸음질을 쳤다. 무섭기도 했고, 더 이상 엿듣는다는 건 몹쓸 짓으로 여겨졌다.

불현듯 목소리가 커졌다.

"말리지 마십시오. 이제는 그만둘 것입니다. 주님의 신세계는 인간의 악취로 가득 찼습니다. 우리는…… (한참 알아들을 수 없는 말이 계속되었다). 황금이 믿음을 이겼습니다. 권력이 영혼을 무너뜨렸습니다. 거짓과 죄악이 황금의 교회를 세웠습니다. 도대체 무엇이 살아 있는 돌입니까? 우리는 무엇을 심고 무엇을 거둬들이는 것입니까?…… (목소리가 더욱 커졌고, 바닥을 치는 거센 소리가 여러 번 들렸다) 이곳은 힘을 가진 자들에겐 천국이지만, 뿌리 뽑힌 채 갈 곳을 잃은 이들에겐 지옥이 되었습니다. 주님의 말씀을 듣기도 전에 주님의 적이 된 저 가엾은 영혼들을 버려둘 것입니까?……"

갑자기 예배당 반대편에서 문이 벌컥 열리는 소리가 들렸다. 잠시 후, 문이 닫히는 충격에 사제관 쪽문이 삐걱거리며 열렸다. 누군가 뒤꿈치를 들고 빠른 걸음으로 예배당을 가로질러왔다. 나는 화들짝 놀라 문으로 달려갔다. 그때 사제관 쪽문을 닫으려던 아그네스 수녀가 나를 발견했다. 우리는 눈이 마주쳤다. 수녀는 흠칫 놀라며 위협적으로 눈을 흡떴지만, 그녀의 입에선 단 한 마디의 말도 흘러나오지 않았다.

배달

그날 새벽의 놀빛은 유난히 붉었다.

기숙사 밭벽을 쇠막대기로 두드리는 소리에 우리는 여느 때처럼 잠을 깼다. 숙소 문이 열렸다.

나는 이불을 갠 뒤 오줌통을 들고 밭으로 향했다(오줌통을 비우는 일은 한 달 동안 내가 치러야 하는 또 다른 벌이었다). 새벽 기온은 귀가 시릴 정도로 차가웠다. 그저 몸을 부지런히 움직이는 수밖에 없었다. 사제관 앞을 지나는데 그날따라 등불이 환히 밝혀져 있었다. 반쯤 열린 문으로 웅성거리는 소리와 숨죽여 흐느끼는 소리가 흘러나왔다. 나는 오줌통을 내려놓았다.

땅은 이슬에 흠뻑 젖어 있었다. 그 위로 놀빛이 비치며 대지 전체가 붉고 흰 빛의 비늘로 파닥거렸다. 그래서였을까. 동쪽 하늘을 등지고 우뚝 선 사제관은 검게 타 버린 한 척의 배처럼 보였다. 그림에서 본 노아의 방주가 항해를 시작하기도 전에 침몰해 버린 느낌.

별안간 문이 활짝 열리면서 수녀 한 명이 뛰어나왔다. 수녀는 내가 앞에 있는 것도 알아차리지 못하고, 이를 부딪듯 기도문을 중얼거리면서 숙소를 향해 달려갔다. 나는 사제관 안을 좀 더 자세하게 볼 수 있었다.

등불을 든 수녀들의 모습이 보였다. 길게 늘어지거나 토막토막 잘린 그림자들 사이로 낮게 숙인 얼굴들이 스쳐갔다. 그 중에는 추적자의 얼굴도 있었다. 그는 흰 천을 펼쳐 들고서 마루 위에 놓인 무엇인가를 향해 몸을 숙이고 있었다. 나는 수녀들의 발 사이로 반듯하게 누운 사람의 형체를 어렴풋이 알아볼 수 있었다. 갑자기 수녀들의 울음소리가 커졌다.

그때 지평선 위로 불끈 솟아오른 태양이 내 눈을 찔렀다. 나는 오줌통을 비우고 숙소로 돌아갔다. 옷을 갈아입고 예배당으로 갈 준비를 하고 있을 때였다. 안젤라 수녀가 오더니 오늘은 아침 미사가 없다고 했다. 수녀는 무슨 말인가를 덧붙일 듯 멈칫거렸지만 더 이상의 설명은 없었다. 수녀가 나가자 밖에서 문이 잠겼다.

한낮이 될 때까지 우리는 숙소에 갇혀 있었다. 밖은 한시도 잠잠할 겨를이 없었다. 약간의 간격을 두고 자동차 몇 대가 왔다 갔고, 그때마다 차 문 여닫는 소리, 한껏 낮춘 낮은 말소리, 마당을 가로질러가는 발소리가 끊이지 않았다. 울음소리도 계속되었는데, 번갈아 우는 두어 명의 목소리 속으로 한 여자의 울음소리가 줄곧 이어졌다.

내가 비우고 온 오줌통은 금방 가득 찼지만 문은 열리지 않았다. 모두들 우리의 존재를 잊은 것 같았다. 우리는 제각각 자기 침대에 엎드려 누운 채 말없이 바깥 소리에 귀를 기울였다. 집안이나 부족 내에 궂은 일이 생기면 구석진 곳에 조용히 머물러 있는 것은 어려서부터 우리가 배워 온 범절이었다. 때문에 배고픔이나 목마름도 그런대로 참을 만했다.

누구도 입 밖에 내어 말하진 않았지만, 우리는 알고 있었다. 누군가가 죽었다는 것. 그 누군가는 신부일 거라는 것.

우리는, 항상 머물러 있는 하늘에 항상 떠돌기 마련인 구름이 서서히 모양을 바꾸며 우리 머리 위를 뒤덮기 시작하는 것을 그저 체념한 심정으로 묵묵히 받아들일 따름이었다.

사흘 뒤, 우리는 고아원으로 배달되었다.

'배달'이라는 말은, 우리를 트럭에 태워 고아원으로 싣고 간 경찰과 고아원 담당자 사이에 오고간 대화를 통해 내가 배운 새로운 단어였다.

이쪽에서 '물건 도착'이라고 말하자, 저쪽에서 우리 머릿수를 세어 보곤 '수량 확인'이라고 말했고, 그러자 이쪽에서 다시 '배달 완료'라고 말했던 것이다.

그렇다. 배달이 완료되었다. 배달은 이틀에 걸쳐 지루하게 이루어졌고, 우리는 고아원이라는 새로운 울타리 속에 던져졌다. 왜 우리가 고아인지는 아무도, 우리 자신도 묻지 않았다.

고아원은 남쪽으로 수백 킬로미터 떨어진 또 다른 보호구역 안에 있었다.

우리가 도착했을 때는 어두워질 무렵이었다. 그런데도 고아원 주변은 우리를 맞으러 나온 사람들로 발 디딜 틈이 없었다. 트럭에서 내린 우리는 영문도 모르는 채 사람들에 겹겹이 에워싸였다. 나중에 알고 보니, 그들은 백인에게 아이들을 빼앗긴 부모들이거나 그 친척들이었다. 한데 이상한 일은, 고아원으로 배달된 스물한 명의 아이들 중 부모는 말할 나위 없고 친지나마 만난 아이가 단 한 명도 없다는 것이었다.

"다 헛일이야."

사람들 속에서 한 노인이 풀 죽은 소리로 말했다.

"저 사람들은 우리한테 아이들을 돌려 줄 생각이 없는 거야. 아예 마주 치지도 못하게 멀리 떼어 놓은 거지. 아주 멀리……."

기대감에 가득 찼던 얼굴들이 땅거미와 더불어 어둠침침하게 돌아서는 모습을 우리는 우리 탓인 양 안타깝게 바라보았다.

고아원은 밤인데도 대낮같이 밝았다. 우리는 큰 강당으로 줄을 지어서 갔다. 입구에서 담요가 한 장씩 주어졌다. 강당의 바닥에는 가로세로로 반듯반듯하게 줄이 그어져 있었다. 우리보다 앞서 와 있던 아이들이 일어나 앉아 우리를 바라보았다. 그들 옆으로 빈 공간들이 보였다. 우리는 순서대로 그 속으로 들어가 자리를 잡았다. 문이 닫혔다. 불이 꺼졌다. 강당 밖에서 앞뒷문이 잠겼다.

이튿날, 고아원 원장이 말했다.

잘 들어라. 이곳에 머물러 있든 이곳을 떠나든 모든 것이 너희들의 자유다. 이곳을 떠나면 너희들에겐 두 가지 삶이 기다리고 있다. 여기저기 떠돌며 잡역부로 사는 것. 너희들의 형들과 삼촌들이 즐겨 택하는 삶이다. 물론 그러기 위해선 나이가 좀 더 들어야 할 테고, 힘깨나 쓸 체력부터 갖춰야 할 것이다. 또 다른 삶은 도시로 나가 거지나 부랑자로 사는 것이다. 이 또한 너희들의 형들과 삼촌들이 즐겨 택하는 삶이다. 술과 약에 절어 철창에서 종치는 삶. 무얼 택하든 너희들의 자유다. 하지만 이것 한 가지만은 기억해 두어라. 21세 이하(그는 특히 이 말을 강조했다)의 아동은 법적 권한이 없다. 따라서 자동적으로 정부가 후견인이 된다. 이 말은, 달리 말해서, 너희들의 자유는 전적으로 너희들이 위탁된 기관에 위임되어 있다는 뜻이다. 알겠느냐?

원장은 우리의 대답을 기다리지 않았다. 그는 우리가 알아듣거나 말거나 개의치 않고 저 혼자 실컷 떠들고는 사라졌다.

고아원의 하루하루는 아무것도 하지 않는 것으로 채워졌다. 빵, 고구마, 옥수수가 번갈아 나오는 하루 두 끼의 식사를 때맞춰 먹는 것이 일과의 전부였다. 저녁을 먹고 나면 강당으로 갔다. 날이 밝으면 강당에서 나와 아침을 먹었다. 대부분의 아이들은 보호구역으로 가서 놀았다. 고아원과 보호구역 사이에는 울타리도 경계도 없었다. 노인과 아이의 경계가 있을 뿐이었다. 젊은 사람은 눈을 씻고 봐도 찾을 수 없었다.

며칠이 지나자 나는 우리들이 미지의 어떤 기다림에 내맡겨져 있다는 인상을 받았다. 이곳에서의 머묾은 일시적인 것이고, 뭔가 보다 확실하고 결정적인 일이 우리를 기다리고 있다는 느낌. 모든 것은 시작도 되기 전에 끝나기 마련이고, 그 어떤 끝도 또 다른 변화 속에 내던져져 있는 느낌.

그러나 무슨 상관인가. 나는 괘념치 않기로 했다. 나는 내가 할 수 있는 것이 아무것도 없다는 사실에서 편안함을 느꼈다.

트럭을 타고 선교원을 떠날 때 마지막으로 돌아본 풍경이 끊임없이 눈앞에 어른거렸다.

풀들조차 누렇게 타 버린, 돌과 모래투성이인 붉은 벌판.

하늘과 땅이 위에서 아래로, 아래에서 위로 서로를 밀어붙이며 납작하게 밀착된 공간에 짓눌린 듯이 자리 잡은 몇 채의 건물들.

예배당. 사제관. 수녀들의 숙소. 교실에 딸린 우리들의 기숙사. 헛간과 창고.

널빤지로 벽과 칸을 나누고, 그 위에다 양철지붕을 씌우고, 더러는 콜타르를 바른 종이로 군데군데 땜질을 한 건물들.

황야에 사는 우리가 '월리월리'라고 부르는, 모래와 돌로 된 회리바람이 한 차례 덮치기만 해도 흔적도 없이 사라지고 말 그 허약하기 짝이 없는 터전은, 광대한 대지와 끝없이 펼쳐진 창공 사이에 뿌려진 모래알과 같았다.

그런데 바로 그곳에서 누군가는 희망을 심었고, 누군가는 슬픔과 절망을 맛보았고, 또 누군가는 죽음을 남겼다.

나는 이 모든 것이 참으로 어처구니없다는 생각이 들었다. 내 어린 생각으로는 도무지 납득이 되지 않아 가슴이 미어지는 것 같았다.

선교원은 순식간에 시야에서 사라졌다. 잠시 후엔 지평선 어느 쪽인지도 가늠할 수 없었다.

브롤가와의 이별은 쉬웠다. 아주 쉬웠다.

나는 사람들이 저지르는 이 어처구니없는 일에 브롤가가 더 이상 얽혀들길 원치 않았다. 나는 내 삶의 한 부분이 끝났음을 알았고, 그 점에 대해선 돌이켜보고 싶지도 않았다.

나는 스스로에게 물었다. 그래야만 하는가? 그래야만 하는가? 대답은 금세 주어졌다. 그렇다. 그래야만 한다. 나는 결심했다. 브롤가와 도마뱀 꼬리와 울라쿤타와도 작별을 고하기로.

나를 위로하려는 생각에서였는지 추적자가 헤어지기 전날 말했다. 사람은 서로를 보지 못하면 그리워하고 애를 태우다가 결국 잊고 말지만, 동물에겐 그러한 시간이 큰 의미를 갖지 않는다고. 동물은 보지 못하더라도 공기나 바람을 통해 존재를 느낄 수 있기 때문에 사람보다 훨씬 잘 이별을 견딘다고.

그러면서, 늙고 병들어 이십 년 만에 돌아온 주인을, 가족들도 알아보지 못하는데, 이미 죽을 때가 다 된 눈먼 개가 알아보았다는 이야기를 들려주었다.

아니다. 싫었다. 그 이야기가 싫었다. 그 이야기는 위안이 되지 않았다. 끔찍스러울 따름이었다. 나는 그러지 않기를 원했다. 브롤가가 그러지 않기를 원했다. 나는 브롤가가 나를 잊어버리길 원했다.

아주. 영영.

벌레

보호구역 안의 사람들은 그 여자를 '벌레'라고 불렀다. 영어를 한 마디도 할 줄 모르는 노인들도 '벌레'라는 단어만큼은 알고 있었다.

벌레라는 말은 여자가 원주민들에게 가르쳐 준 단어였다. 여자는 원주민과 마주칠 때면 얼굴을 찡그리면서 말했다.

"벌레 같은 것들!"

또는,

"버러지만도 못 한 것들!"

그럴 때 여자의 얼굴은 정말이지 벌레 씹은, 아니 똥 집어 먹은 얼굴이었다.

벌레라는 말에서 우리 원주민들이 떠올리는 것은 징그럽거나 혐오스러운 것이 아니다. 그보다는 긍정적인 요소가 한결 많다. 때론 조금 성가시긴 해도 그들은 우리 곁에서 우리와 함께 살아가는 경이로운 형제들이다. 내가 아는 딱정벌레, 거미, 개미, 나비 들은 사람으로선 꿈도 꿀 수 없는 능력을 가진 작은 거인들이다. 게다가 어떤 벌레들은 입맛을 다시게 하는 아주 탐스러운 먹을거리가 된다.

따라서 여자가 우리를 벌레라고 부르며 오만상을 찌푸릴 때, 우리는 그 말을 칭찬이나 칭송으로 받아들일 수 없다는 사실에 잠시 어리둥절해지지 않을 수 없었다.

어쨌든 그 여자와 마주치는 것은 몹시 불쾌한 경험이었다. 우리를 보고 똥 집어 먹은 표정을 짓는 사람과 마주치길 누가 원하겠는가.

그녀는 보호구역에 거주하는 유일한 백인 여자였다. 여자의 남편은 보호구역 안에 있는 원주민 담당국의 국장이었다. 기름을 발라 납작하게 빗어 넘긴 머리에 흰색 양복을 입은, 작고 조용한 남자.

사방 어디를 돌아보아도 지평선뿐인 보호구역에서 원주민 담당국은 오아시스 같은 역할을 했다. 일주일에 한 번 배급품을 타기 위해 사람들이 줄을 서는 곳도 그곳이었고, 아무 도움도 되지 않는 새로운 소식들이 흘러나오는 곳도 그곳이었다. 하지만 우리가 그곳을 즐겨 찾는 데에는 달리 이유가 있었다.

창고와 차고와 마구간과 살림집이 딸린, 목조 이층으로 크고 높직하게 지어진 원주민 담당국의 건물은 보호구역 어디서도 찾을 수 없는 시원한 그늘을 우리에게 제공했다. 건물 뒤편에서 떠오른 태양이 한나절 내내 하늘 한복판에서 작열하다가 담당국 앞마당을 붉게 물들일 때까지, 사람들은 그 건물의 그림자를 따라 한 몸인 듯 움직이며 하루를 보냈다.

아침의 앞마당은 만남의 광장이 되었다. 드넓은 보호구역 안 여기저기 흩어져 밤을 난 사람들이 모여 인사를 나누었다. 마당 한쪽에 심긴 나무 아래선 모닥불을 피우고 차를 끓이는 사람들도 있었다. 오후가 되면 사람들은 그늘을 따라 서서히 뒤뜰로 이동했다. 뒤뜰에서는 드물게나마 물건의 판매와 물물교환이 이루어졌다. 원주민들이 가진 돌이나 쇳덩이 따위를 사러 백인 장사꾼들이 오기도 했다.

그렇게 온종일 담당국 건물을 중심에 두고 원을 그리며 생활하다 보니, 우리가 담당국 국장의 부인과 마주치지 않기란 쉽지 않은 일이었다.

벌레 부인은 집 안에 틀어박혀 옴짝달싹하지 않는 것으로 유명했지만, 그래도 한 달에 두어 번은 자동차를 타고 가까운 도시로 외출을 했다. 그런 날이면 담당국의 직원이 나와 건물 주위의 사람들을 쫓아냈다. 아니, 직원이 나와 신호를 하면 알아서들 자리를 피해 주었다.

외출이 있는 날의 그녀는 나비처럼 팔랑거렸다. 무게감이 느껴지지 않았다. 하얀 이를 드러낸 환한 미소, 빛이 뿜어 나오는 듯 크고 인상적인 눈, 자기가 원한다면 누구라도 포용해 줄 수 있을 것 같은 몽환적인 표정. 굼지럭거리며 기어 다니던 벌레에게 어느 날 갑자기 날개가 돋쳤다고나 할까.

그런 날이면 이른 아침부터 문이 활짝 열린 이층 발코니를 통해 음악이 흘러나왔다. 원주민 하녀 두 명이 아래위 층을 오가며 집 안 구석구석의 먼지를 닦았다. 개가 짖었고, 고무줄처럼 탱탱한 여자의 목소리가 앞마당으로 메아리쳤다. 온종일 그렇게 수선을 떨었지만, 정작 외출이 이루어지는 것은 해가 지평선 너머로 뉘엿뉘엿 넘어갈 즈음이었다.

그 광경은, 지금 생각하면, 영화의 한 장면 같다.

지는 햇살을 받아 오렌지 빛을 띤 회색 목조 건물의 현관문이 열린다. 날개돋이를 성공적으로 끝낸 나비처럼 정성껏 치장을 하고 현관문을 나서는 벌레 부인. 양쪽엔 하녀 두 명이 여닫이문 손잡이를 잡고 머리를 조아린다. 까만 양복에 나비넥타이를 맨 운전기사가 흰 장갑을 들고서, 행여 여왕의 옷자락이라도 밟을까 조심스러운 걸음으로 그 뒤를 따른다. 이어서 개가 나타난다. 투견의 일종이라고 하는, 다리가 짧고 덩치가 큰 개는 마음이 급하다. 개는 계단을 뛰어 내려가고, 목사리에 연결된 줄을 거머쥔 기사는 개에게 끌려 내려간다. 자칫 앞선 마나님을 밀쳐 넘어뜨릴 기세다. 여왕이 비명을 지른다.

"어머, 해피! 해피!"

해피는 개의 이름이다. 보호구역 안의 원주민들이 아는 몇 개의 영어 단어 속에 반드시 포함되는 이름(그러나 사실 해피는 이름과는 달리 조금 우울하고 슬퍼 보인다).

운전기사는 자동차 뒷문을 열고 해피를 태운다. 뒷문을 닫는다. 기사는 빠른 동작으로, 그렇지만 결코 서두는 법 없이 장중한 걸음으로 자동차 반대편으로 가서 또 다른 뒷문을 연다. 여왕이 탈 차례다. 여왕은 잠시 머뭇거린다. 그 순간을 그녀가 얼마나 즐기는지는 여왕의 두 볼이 입술만큼이나 발그레해지는 것만으로도 알 수 있다.

여왕은 자동차에 오르기 전 몇 초 동안, 마당 여기저기 흩어져 되도록 눈에 띄지 않게 몸피를 줄이고서 자기를 응시하고 있는 관중들에게 자애로운 시선을 던지는 것을 잊지 않는다. 그럴 때의 그녀는 너무나 아름다워 천상의 여인 같다.

놀빛이 번지는 황야에 한 줄기 불기둥 같은 먼지를 일으키며 그녀가 탄 자동차가 지평선 너머로 사라지면, 우리는 갑자기 우리가 살고 있는 보호구역이 텅 빈 것 같은 느낌을 갖는다. 성충이 된 벌레가 빠져나간 뒤의 쭈 글쭈글해진 고치.

그러나 나비는 밤이 되면 어김없이 돌아온다. 돌아올 땐 남편이 함께한 다. 꽤 늦은 시간이지만, 별들이 찬란한 황야에 짧고 뭉툭한 빛의 더듬이 를 이리저리 내쏘며 자동차가 달려오면, 우리는 모두 앞마당으로 모여든 다.

담당국 건물의 전등들이 일제히 불을 밝힌다. 앞뒤 뜨락까지 환해진 그 곳은, 멀리서 보면 하늘에서 내려와 앉은 원형의 무대처럼 보인다. 상상 할 수 없는 꿈이 펼쳐지는 새로운 세계가 그곳에 있다. 그 빛들은 얼마나 밝고 아름다웠는지! 별빛 아래 파르스름하게 빛나는 황야의 저 끝에서부 터 반짝반짝 반딧불 같은 빛을 던지며 달려오는 자동차의 모습은 또 얼마 나 신비로웠는지! 무언가 기적 같은 일이 일어날 것만 같은 광경.

그랬다. 그것은 거의 기적에 가까운 일이었다. 백인들은 하늘에도 여러 구역이 있어 사람이 죽어서 가는 곳이 저마다 다르다고 하는데, 벌레 부 인의 경우, 담당국을 떠날 때와 담당국으로 돌아올 때의 하늘은 분명히 다르다고 할 수밖에 없었다. 은하수에 흠뻑 젖은 채 흐느적거리는 몰골을 제외한다면, 그녀는 여전히 천상의 여인이었다.

자동차가 멈춘다. 운전사가 나와 문을 열어 주기도 전에 자동차 문이 열 린다. 여자가 밖으로 튀어나온다. 동시에 해피가 나온다. 여자의 금발이 은빛으로 빛난다. 그녀는 기분 좋게 취해서 노래를 흥얼거린다. 그러다가 앞마당이 좁다 싶을 정도로 이리저리 비틀거린다. 구두가 벗겨지고 치맛 자락이 펄렁거린다.

남편이 달려온다. 기름을 발라 단정하게 빗질된 머리가 수수깡처럼 곤두서 있다. 남편이 부축하면 여자가 뿌리친다. 알아들을 수 없는 말로 고래고래 고함을 지른다. 하녀 두 명이 달려 나온다. 여자는 힘이 장사 같다. 하녀 두 명쯤 패대기치는 것은 일도 아니다. 왜소한 덩치의 남편은 아내의 두 팔에 매달리다시피 하여 끌려 다닌다. 해피가 짖는다. 해피는 신이 나서 뒤뚱거리며 뛰어다닌다. 결국은 운전사와 담당국 직원들까지 가세해 그녀의 사지를 꼼짝 못 하게 붙들어 집 안으로 번쩍 들어서 날라야만 한다. 그러는 와중에도 그녀의 고함소리는 계속된다. 귀에 익은 말들이 부싯돌처럼 불똥을 튀긴다.

"놔! 이 벌레 같은 놈들아!"

"놓으라고! 이 버러지만도 못한 인간들아!"

여자가 웃는다. 동시에 운다. 개가 짖는다. 개는 껑충껑충 뛰며 여자의 얼굴을 핥는다. 문들이 닫힌다. 앞뒤 미당의 불이 꺼진다. 아래서부터 위로 약속이라도 한 듯이 차례차례 집 안의 불이 꺼진다. 어둠 속에서 무엇인가 깨지는 소리, 울부짖는 소리, 기분 나쁜 신음소리가 흘러나온다. 하지만 그것은 한 집안의 사적인 소리다. 우리는 그곳을 떠난다. 공연이 끝난 것이다.

초콜릿

보호구역에서 북서쪽으로 시야를 넓히며 실눈을 뜨고 찬찬히 살펴보면, 지평선 위에 연필로 한 줄 덧대어 그어 놓은 것 같은 기다란 선이 나타난다. 선은 끊일 듯 아른거리며 서쪽으로 점점이 사라져 가는데, 때로는 아침에 보이던 것이 저녁엔 보이지 않기도 하고, 한낮엔 아지랑이와 뒤섞여 아예 가늠할 수 없게 되곤 한다.

사람들은 그것을 도그펜스라고 불렀다. 양과 소를 키우는 목축업자들이 딩고의 침입을 막기 위해 설치한 울타리라고 했다. 그 길이가 얼마나 되는지는 아무도 몰랐다. 누군가는 말했다. '이쪽 끝에서 저쪽 끝까지'라고. 그러나 그 끝이 무엇을 의미하는지 누가 알겠는가. 아무튼, 그 울타리를 따라 동쪽으로 계속 가면 바다에 다다르게 된다고 했다. 만약 지금 이곳에서 보는 지평선까지의 거리를 하루거리라고 한다면, 그러한 지평선이 백 번쯤 바뀔 때에서야 지평선이 수평선으로 바뀐다는 것이었다.

그러나 보호구역에 있는 사람들 중 도그펜스가 있는 곳까지 가 본 사람은 많지 않았다. 도그펜스를 넘어가는 일은 보호구역의 규칙상 금지된 일이었지만, 막상 넘어가 본들 어디로도 갈 곳이 없다고 했다. 때문에 어느 누구도 막는 사람이 없었다. 아주 이따금 사냥을 하러 그곳에 다녀오는

사람들이 있었다. 딩고뿐만 아니라 캥거루와 왈라비, 도마뱀, 야생 토끼
는 모두 도그펜스 너머에 있었다. 다음과 같은 넋두리가 흘러나오는 것은
그 때문이었다.

"딩고하고 살 때가 좋았지."

"아무렴. 지금이라도 그 편이 훨씬 나을 거야. 백인들하고 여기서 사느
니, 저 너머에서 딩고하고 사는 것이."

그러나 그들은 너무 늙었다. 그 너머까지 갈 기력도 없다.

사냥은 며칠씩 걸렸다. 서너 명 짝을 지어 나간 사냥꾼들이 돌아오는 날
은 잔칫날 같은 분위기가 되었다. 담당국 뒤뜰에 화톳불이 지펴졌고, 우
묵하게 팬 웅덩이에 뜨겁게 달구어진 돌들이 깔렸다. 캥거루나 왈라비 같
은 큰 동물은 털을 그슨 다음 재와 함께 웅덩이에 묻었다. 도마뱀과 토끼
는 잿불에 구웠다. 많은 양은 아니지만, 그래도 주위에 모인 사람들이 골
고루 고기 한 섬쯤은 맛볼 수 있었다. 잊혀 가는, 그렇지만 결코 잊을 수
없는 그 맛은 가슴 뭉클한 추억이었다.

그날도 그런 날이었다.

우리는 불가에 모여, 흙과 재를 뒤집어쓰고서 지글지글 향기로운 기름
을 흘리며 익어 가는 왕도마뱀을 눈 한 번 깜빡이지 않고 응시하고 있었
다. 발톱이 녹으면서 발가락에 옮겨 붙는 불이며, 검게 탄 주둥이와 나무
토막처럼 빳빳해지는 꼬리. 코끝을 까슬까슬하게 간질이는 불과 고기 냄
새…….

그때 어디선가 호루라기 소리가 들렸다. 순간 아이들의 눈빛이 달라졌

다. 그들은 자리에서 벌떡 일어나더니 일제히 앞마당 쪽으로 달려갔다.
영문을 몰라 내가 두리번거리자 옆에 있던 할머니가 물었다.

"넌 초콜릿을 싫어하냐?"

"초콜릿이요?"

내가 되물었다.

"으응. 새로 온 아이로구나. 가 보렴. 쟤들을 따라가 보면 알아."

아이들은 앞마당에 모여 있었다. 그리고 그 옆에는 벌레 부인과 해피가
있었다. 벌레 부인은 목줄을 푼 해피의 목을 그러안고 있었고, 하녀 한 명
이 바구니를 들고 그 뒤에 서 있었다. 아이들은 흰색 돌가루를 뿌려 놓은
줄 위에 나란히 발을 올려놓고 있었는데, 금방이라도 달려 나갈 기세로
입을 앙다물고 있었다. 아이들의 시선이 향한 곳을 보니, 오십 미터쯤 떨
어진 곳에 담당국 직원 한 명이 깃발을 높이 들고 서 있었다.

긴장된 몇 초간의 침묵.

깃발이 내려갔다. 아이들이 내달았다. 벌레 부인이 소리쳤다.

"뛰어, 해피!"

해피가 뛰기 시작했다.

아이들의 뜀박질은 느렸다. 그럴 수밖에 없는 것이, 다들 깃발을 향해
일직선으로 가려 했기에 뒤엉킨 꼴이 되고 말았다. 한 아이가 넘어지자
동시에 몇 명이 나동그라졌다.

해피는 그 몸집에 걸맞게 어기적거리며 뛰었는데, 짤막한 다리는 의외
로 근육질로 이루어져 있어 뛸수록 힘이 붙는 듯했다. 게다가 녀석은 지
혜롭게도 아이들 뒤를 따라가지 않고 그 주위로 포물선을 그리며 혼자 자

유롭게 달렸다. 처음엔 뒤늦은 출발에다 안짱걸음으로 인해 한참 뒤처졌
지만, 반환점에 이르러서는 거의 같은 속도가 되었다.

"너는 왜 안 뛰니?"

그때 벌레 부인이 물었다.

"초콜릿이 먹고 싶지 않아?"

그녀가 하녀의 바구니를 눈으로 가리켰다. 거기에는 번쩍거리는 종이
에 싸인 네모난 물건들이 담겨 있었다.

"처음이로구나?"

그러더니 경기에 대해 설명해 주었다.

"저기 깃발이 있는 곳까지 갔다 오는 거야. 우리 해피를 이기면 이 초콜
릿 전부를 가질 수 있어. 해피에게 지더라도 먼저 온 다섯 명에겐 하나씩
상품으로 준단다."

그녀는 숱신 눈썹 아래로 나를 흘겨보며 미소를 지었다.

먼지 구름을 일으키며 아이들이 돌아오고 있었다. 아이들은 메뚜기 떼
처럼 한 덩어리로 뭉쳐져 있었다. 누가 누구인지 분간이 되지 않았다. 개
는 아이들에 가려 보이지 않았는데, 잠시 후엔 어느새 아이들을 따돌리고
혼자 이쪽으로 달려오기 시작했다. 당연히 일등은 해피였다.

개가 오자 벌레 부인은 개의 목을 끌어안더니 하녀의 바구니에서 큼지
막한 고깃덩이를 꺼내 입에 물려주었다.

아이들이 헉헉대며 하나둘 들어왔다. 선두 다섯 명에 들지 못한 아이들
은 아예 맥을 놓고 걸어서 왔다.

며칠 후 호루라기 소리가 다시 한 번 울렸을 때, 나는 아이들 틈에 끼어 석회가루가 뿌려진 줄 위에 발을 올려놓았다.

나는 주먹을 꽉 쥐고 심호흡을 했다. 어렸을 적 황야에서 내 또래나 형들하고 함께했던 구름과의 달리기 시합을 생각했다. 왠지 그때만큼이나 들뜨는 기분이었다. 사방 어디를 보아도 구름은커녕 구름의 그림자조차 없고, 다가올 우기에 대한 가슴 뿌듯한 기대도 없었지만.

어쨌든 별다른 이유는 없었다. 무엇보다 나는 달리고 싶었다. 내 안에서 '달려라! 달려라!' 하는 외침이 심장의 박동처럼 메아리치고 있었다. 그뿐이었다.

깃발이 내려갔다. 아이들이 일제히 내닫기 시작했다. 나는 잠시 기다렸다.

"뛰어, 해피!"

벌레 부인이 소리쳤다.

해피가 뛰기 시작했다. 그와 동시에 나도 뛰기 시작했다.

나는 아이들의 뒤를 쫓아가다가 오른쪽으로 방향을 틀어 포물선을 그리면서 달렸다. 조금이라도 빨리, 조금이라도 짧게 반환점을 돌기 위해 뒤엉킨 아이들을 옆에 두고, 나는 반환점 주위를 크게 원을 그리면서 돌았다. 남은 것은 직선 코스였다.

해피의 뒷모습이 보였다. 얼마나 힘차게 달리는지 늘 앞으로 접혀 있던 녀석의 귀가 뒤로 번쩍 들려 있었다. 나는 제 똥을 깔고 앉은 듯 궁둥이에 납작하게 들러붙은 해피의 꼬리를 보았다. 웃음이 터져 나오는 것을 간신히 참아야 했다. 단 몇 발자국에 녀석을 앞지르자 해피가 이상한 신음소리를 내었다. 내 앞에는 이제 박수를 치다 말고 눈이 휘둥그레진 벌레 부인이 있을 뿐이었다.

　나는 결승점을 통과한 뒤에도 뜀박질을 멈추지 않았다. 나는 담당국을 지나 고아원을 향해, 그리고 돌투성이 황무지를 가로질러 도그펜스를 향해 달렸다.

　귓속이 윙윙거렸다. 뜨거운 바람이 살갗을 벗겨 내는 것 같았다. 더 이상 숨을 쉴 수 없는 지경에 이르러서야 나는 속도를 줄였다. 그리고 얼마 후, 뜀박질을 멈췄다. 나는 무릎에 두 손을 얹고 헉헉거리다가 땅바닥에 등을 대고 누웠다. 하얀 하늘에 수천 개의 태양이 휘휘 맴을 그리며 돌았다.

로라

이튿날 아침, 고아원의 한 아이가 나를 부르러 왔다. 나는 담당국으로 갔다. 직원이 나를 이층으로 데려갔다. 우리가 현관으로 들어섰을 때였다. 어디선가 호되게 꾸짖는 소리가 들렸다.

"벌레 같은 것!"

나는 깜짝 놀라 주위를 돌아보았다. 실내엔 아무도 없었다. 어두컴컴한 거실 안을 자세히 보니, 발코니로 나가는 문간에 새장이 하나 걸려 있었다. 그리고 그 새장 속에서 앵무새 한 쌍이 횃대 위에 나란히 앉아 우리 쪽을 노려보고 있었다.

"버러지만도 못 한 것!"

또 다른 앵무새가 소리쳤다. 그러자 연이어 다른 새가 '벌레 같은 것!' 하고 소리를 질렀고, 두 녀석은 동시에 날개를 푸덕거리며 야단법석을 떨었다. 망나니들처럼 기분 좋게 낄낄거리는 모습이었다.

"망할 놈의 새들. 인사 한 번 잘하는군."

직원이 투덜거렸다. 그러자 그 말을 들은 앵무새들이 이구동성으로 소리쳤다.

"빌! 빌! 빌! 빌!"

"벌레 같은 것! 버러지만도 못 한 것!"

"여기서 기다려라."

빌이 말했다.

빌이 가자 하녀가 왔다. 하녀는 아래위로 나를 훑어보며 푹 한숨을 쉬었다. 잠시 멈칫거리더니 안으로 가서 닫힌 문에 대고 말했다.

"부인, 아이가 왔는데, 씻겨서 들여보낼까요?"

문 뒤의 소리는 들리지 않았다. 하녀가 내게 손짓을 했다. 방문이 열리고 나는 안으로 들어갔다.

방 안은 캄캄했다. 나는 제자리에 우뚝 멈춰 섰다. 빛이 들지 않는 방엔 창마다 커튼이 드리워져 있었다.

"꼬마 치타가 왔구나."

어둠 속에서 여자의 목소리가 들렸다. 회전의자가 빙그르르 돌더니 흰 가운을 입은 벌레 부인이 나타났다.

"가까이 오너라."

나는 한 발짝 다가갔다.

"좀 더."

나는 반걸음을 더 내디뎠다.

"너무 어두운가?"

여자가 혼잣말처럼 물었다. 그녀에게서 뭔가 익숙한, 몹시 불쾌한 냄새가 났다. 여자가 일어나 거울이 달린 가구로 가서 등을 켰다. 불빛이 여기저기 부딪치며 날을 세웠다. 나는 탁자 위에 놓인 포도주 병과 유리잔을 보았다. 나를 불쾌하게 했던 것이 지난날 내가 신부에게서 맡았던 바로 그 냄새였음을 알 수 있었다.

"거기 앉아라."

내가 맞은편 의자에 앉자 하녀가 왔다. 탁자 위에 먹음직스러워 보이는 빵과 과자가 담긴 접시들이 놓였다.

"해피, 넌 나가 있어!"

그러고 보니 하녀를 따라 들어온 해피가 탁자 아래에 자리 잡고 있었다. 해피가 낑하고 볼멘소리를 내고는 볼때기가 축 늘어진 얼굴로 나를 올려다보았다.

"목마를 테니 주스부터 마시렴. 이것도 먹어 보고."

여자가 포장지를 벗긴 다음 과자 하나를 건네주었다. 혀끝을 알싸하게 달구면서 말할 수 없이 부드러운 느낌으로 녹아드는 과자였다. 마치 내가 그 속으로 스며드는 듯한 느낌.

"맛이 어떠니?"

"조…… 좋아요."

나는 목이 메는 기분이었다. 뜨겁고 쓰고 달콤한 맛.

"어제 네가 가져가지 않은 것이야. 초콜릿."

초콜릿. 그 맛만큼이나 독특한 어감의 말이었다.

"이 케이크도 먹어라. 망고 주스도 마시고."

여자가 담배에 불을 붙였다. 여자의 손톱은 밝은 초록색이었다.

여자가 의자에서 일어나 벽 쪽으로 가더니 뭔가를 만지작거렸다. 음악이 울려 퍼졌다. 뭉게구름 하나가 쑥 고개를 들이미는 것 같은 소리. 나는 흠칫 어깨를 떨었다.

"마이클."

여자가 내 이름을 불렀다. 나는 어리둥절했다.

"넌 달리기를 아주 잘하더구나. 이제 열한 살인데……."

여자는 내 나이도 알고 있었다.

"우리 앤서니도 그 나이였지. 열한 살……. 그 아이도 달리는 걸 무척 좋아했어. 럭비…… 아, 네가 잘 모르겠구나. 럭비라고, 공을 들고 달리는 경기가 있어. 사내아이들이 좋아하지."

나는 케이크 한 조각을 입 안에 넣었다. 우기가 끝난 뒤면 열리는 딸기 맛이 났다. 왈라비도 그 맛에 빠져, 딸기를 먹을 때면 눈자위가 풀리곤 했지.

"참! 우리 내일 복싱 보러 갈까?"

문득 그녀가 뜰 듯이 즐거워하며 내 앞으로 와 앉았다. 펄럭거리는 옷자락에서 진한 꽃향기가 퍼져 나왔다.

"복싱이…… 뭐예요?"

내가 물었다.

"치고 박고 싸우는 거야. 왜 있잖아, 캥거루들이 짝짓기 때면 이렇게 뻗대고 서서 주먹질해 대는 거?"

그녀의 시늉은 아주 흡사했다.

"알아요. 발길질도 해 대죠."

"맞아. 그런데 복싱은 손으로만 해. 이렇게."

여자가 두 손을 말아 쥐고 어깨를 실룩거리면서 앞으로 뻗었다.

"어디서 해요…… 부인?"

갑자기 여자가 주먹을 뻗다 말고 몸이 굳은 채로 나를 보았다. 그러더니 별안간 까르륵 웃음을 터뜨렸다. 한참을 웃고 나서야 숨을 가누며 포도주를 들이켰다.

"여기서 해. 담당국 뒤뜰에서. 내일 저녁이면 큰 천막이 세워질 거야. 도시에서 부자들이 몰려오지. 번쩍거리는 자동차를 타고서. 남자들, 여자들, 군인들, 아가씨들. 도박을 하는 거야. 두 명의 선수 중 누가 이길지 선택해서 돈을 거는 거지. 이기면 자기가 건 돈의 두 배를 가져가."

"지면요?"

"그럼 꽝이지!"

여자가 벌떡 일어나더니 문을 열고 나가 하녀를 불렀다. 잠시 후, 멜빵이 달린 옷 하나를 들고 와서 내 몸에 대고 요리조리 살펴보았다.

"꼭 맞네. 됐어!"

그러고는 내 눈높이로 무릎을 굽혀 앉으며 말했다.

"다음부턴 말이지…… 부인이라고 부르지 마."

여자의 목소리가 조금 떨렸다. 나는 그렇게 가까이서 빨아들일 듯이 들여다보는 눈길이 견딜 수 없었다. 나는 시선을 떨구었다.

"내 이름은 로라야. 이제부턴 로라라고 부르렴."

복싱

오후가 되자 대형 트럭 석 대가 왔다. 화물칸에서 어마어마한 크기의 천과 널빤지, 매트리스, 나무기둥 들이 부려졌다. 인부 십여 명이 계단식 관람석을 설치하고, 벽과 나무기둥들을 세우고, 그 위를 천으로 덮고, 수없이 많은 말뚝들을 박았다. 천장에는 전깃줄을 거미집처럼 엮어 색색의 전구들을 달았다. 엄청난 수의 접의자들이 천막 안에 놓였다.

잠시 후엔 또 다른 트럭들이 왔다. 거기엔 각종 음료와 술, 간이탁자들, 의자, 즉석 바비큐 시설, 아이스박스 따위가 실려 있었다.

고막을 찢을 듯 쿵쾅거리는 음악. 꼬챙이에 꿰여 빙글빙글 돌아가는 고깃덩어리들. 흰 꽃으로 피어나는 황금빛 옥수수 알갱이들. 트럼펫과 드럼과 기타에 맞춰 남녀 가수가 노래를 불렀고, 온갖 날벌레들이 떼를 지어 몰려들었고, 박쥐들이 달무리 같은 원을 그렸다.

그런데 그 시간, 나는 목욕을 하고 있었다. 비누거품이 풀어진 뜨거운 물속에 온몸을 담근 채 늙은 하녀의 손에 털이 뽑히는 오리처럼 내맡겨져 있었다. 하녀는 아무 말도 하지 않았고, 나 또한 아무 말도 하지 않았다.

목욕이 끝나고 나는 캐비닛과 옷으로 가득한 방으로 갔다. 잠시 후 로라가 왔다. 로라는 외출 준비를 끝낸 상태였다.

"자, 이 옷을 입어 볼까?"

크기만 작았지 백인 어른들이 입는 양복과 똑같은 모양의 옷을 입힌 다음 로라는 거울 쪽으로 나를 돌려 세웠다.

"어머, 거울 속에 꼬마 신사가 있네!"

나는 넥타이가 목에 끼어 불편했다.

"어쩜 이렇게 잘 맞을까!"

로라가 멜빵의 길이를 조절하며 흐뭇해했지만, 나는 왠지 그녀의 시선이 어디론가 자꾸 미끄러지는 것 같은 인상을 받았다.

"잠깐. 이 모자를 써 보자."

로라가 옷장에서 챙이 긴 모자를 꺼내 내 머리에 씌우고는 다시 요모조모 살펴보았다.

"자, 턱을 들고. 어깨를 펴고. 그렇지. 완벽해!"

로라가 자기 방으로 들어가 소지품을 챙기는 동안 나는 거실에 있었다. 주방의 커튼 사이로 엿보고 있던 하녀들 중 한 명이 종종걸음으로 다가왔다. 늘 시큰둥한 표정으로 굽어보길 좋아하는 혼혈 하녀였다. 그녀는 말없이 내 손을 잡더니 벽에 걸린 사진 액자들 앞으로 나를 데려갔다. 그녀가 손가락으로 가리킨 곳에는 나와 똑같은 옷차림을 한 백인 소년이 있었다. 원주민 담당국 국장과 로라 사이에서 함박웃음을 짓고 있는.

앤서니. 저 아이도 나와 같은 열한 살이라고 했었지.

로라가 나왔다. 사무실로 내려가자 남자 직원이 기다리고 있었다.

"티켓은 준비됐나요, 빌?"

"여부가 있겠습니까, 사모님."

"몇 시죠? 지금 가야 하나요?"

로라가 담배를 꺼내 물자 빌이 재빨리 불을 붙였다. 그러고는 입아귀가 눈초리에 닿을 정도로 얼굴을 일그러뜨리며 나를 향해 웃음을 던졌다.

"맞아! 깜박 잊을 뻔했네."

로라가 소리쳤다.

"기념 촬영을 해야지. 마이클, 이리로 와. 빌, 카메라 좀 준비해 줘요."

로라와 내가 앞마당에 나가 서자 빌이 카메라를 들고 왔다. 우리 등 뒤에는 한나절 내내 쇳덩이처럼 달아올랐다 급속 냉각되고 있는 황야가 펼쳐져 있었다. 하늘은 선홍빛, 땅은 보랏빛. 담금질된 돌과 모래 냄새.

"웃어, 마이클. 치—즈!"

플래시가 터졌다.

천막 안은 몹시 혼란스러웠다. 경기가 시작되지도 않았는데 수많은 사람들이 자리에서 일어나 소리를 질러 대고 있었다. 한 장소에 그렇게 많은 사람들이 그처럼 소란스럽게 모여 있는 것을 처음 보는 나로서는 어안이 벙벙해졌다. 아마도 빌이 아니었으면 로라와 나는 자리를 찾아 앉기도 힘들었을 것이다.

나는 빌과 로라 사이에 앉아 팝콘과 소시지를 먹었다. 우리 셋은 링에서 비교적 가까운 곳에 앉아 있었다. 로라는 쾌활했다. 그녀는 내 어깨에 손을 얹고 천막 안에 설치된 것들의 이름이나 경기 규칙에 관해 설명해 주었다.

링 위로 아나운서가 올라왔다. 천장에 달린 스포트라이트가 강렬한 빛을 쏘았다. 관중들이 박수를 쳤다. 아나운서는 스팽글이 달린 옷을 입고 있었는데, 움직일 때마다 빛깔이 바뀌며 뱀의 비늘처럼 번쩍거렸다. 그의 말투에서도 뱀의 움직임 같은 것이 느껴졌다. 그는 유연하면서도 구불텅하고 시럽처럼 끈적끈적한 말투로 몇 분간 줄곧 떠들어 대었다. 갑자기 우레와 같은 박수소리가 터져 나왔다. 천막 양쪽으로 스포트라이트가 비치자 휘장이 걷혔다. 선수들이 입장했다.

복서들은 둘 다 모자가 달린 길고 화려한 가운을 입고 있었다. 그들은 자기 앞에 아무도 없는데도 쉴 새 없이 주먹을 뻗으며 들어왔다. 선수가 지나가자 관중들이 자리에서 일어나 더러는 환호를, 더러는 욕설이 섞인 야유를 퍼부었다. 우리 세 명도 자리에서 일어났는데, 로라가 나를 의자 위에 올려 주었음에도 나는 아무것도 볼 수 없었다.

링 위에 올라선 선수들은 동시에 가운을 벗어던졌다. 나는 비로소 그들의 모습을 볼 수 있었다. 한 선수는 키가 크고 날렵한 몸매에 말총머리를 하고 있었다. 다른 선수는 빛이 튕겨 나올 정도로 반들반들하게 밀어붙인 머리에 키가 작고 단단한 맷집을 가지고 있었다. 둘은 링에 오르자마자 심판을 사이에 두고 주먹질을 해 대며 신경전을 벌였다. 그러나 막상 공이 울리자 멀찍이 거리를 두고 서로의 주위를 맴돌기만 했다.

몇 초도 안 돼 관중들이 휘파람을 불며 야유를 퍼부었다. 로라도 덩달아 휘파람을 불었다. 심판이 두 선수를 불러 주의를 준 다음 다시 글러브를 맞대게 했다. 그러자 이번엔 정반대로, 누가 먼저랄 것도 없이 주먹이 불꽃 튀듯 쏟아져 나왔다. 누가 때리고 맞았는지 알 수 없는 가운데 빡빡머리가 뒤로 벌렁 나자빠졌다. 순식간에 벌어진 일이었다. 심판이 달려가

카운트를 하는 동안, 말총머리는 경기가 끝나기라도 한 듯 껑충껑충 뛰며 관중석을 향해 손을 흔들었다. 다섯이나 세었을까. 빡빡머리가 부스스 일어나더니 머리를 흔들며 투레질을 했다.

경기가 계속되었다. 기회를 놓칠세라 말총머리가 무섭게 달려들며 주먹을 날렸다. 동작이 느린 빡빡머리는 달아날 생각도 못 하고 제자리에 선 채 주먹을 막는 데 혼신의 힘을 다했다. 그러나 그에게도 그만의 장점이 있었다. 완벽한 방어 자세가 그것이었다. 허리를 숙인 채 두 팔로 얼굴과 상체를 감싸자 빈틈이 거의 드러나지 않았다. 시간이 흐르면서 빡빡머리도 조금씩 기운을 회복하였는지 몇 차례 올려치기로 말총머리의 턱을 가격했다. 상대의 가드가 올라가는 것을 틈타 복부와 옆구리를 노리기도 했다.

공이 울렸다. 관중들이 워낙 흥분한 터라 그 소리가 들리지 않을 정도였다.

2회전에서도 말총머리의 스피드가 우위를 차지했다. 그러나 그의 펀치는 근육으로 다져진 상대의 어깨와 반질반질한 머리통만 두들겨 댈 뿐이었다. 빡빡머리는 상대가 수십 개쯤 펀치를 날리면 한두 번 주먹을 뻗어 턱과 옆구리를 노렸다.

3회전이 되자 말총머리의 움직임이 눈에 띄게 둔해졌다. 경쾌하던 발놀림이 무거워졌고, 내뻗는 주먹에도 리듬감이 없었다. 그는 누가 떠밀기라도 하듯 상대를 향해 돌진했지만 괜스레 체력만 소모하고 있다는 인상을 주었다. 그에 반해, 1,2회전에서도 물러서는 법이 없었던 빡빡머리는 한 발짝 한 발짝 천천히 밀고 나오며 상대를 코너로 밀어붙이기 시작했다.

"아, 저걸 어째!"

로라가 탄식했다. 로라는 말총머리가 마음에 든 모양이었다.

"저 친군 폼만 좋을 뿐이에요. 뚝심이 없어요."

빌이 말했다.

"아냐. 그래도 말총머리가 이길 거야!"

로라가 고집을 부리자 둘은 옥신각신하더니 내기를 걸었다. 빌이 로라의 귀에 대고 뭐라고 속삭이자 로라가 그의 등짝을 후려쳤다.

그나저나 말총머리가 큰 대자로 뻗는 데에는 그로부터 단 일 분도 걸리지 않았다. 그는 바닥에 등을 대고 누운 채 곤히 잠든 사람처럼 꼼짝도 하지 않았다. 들것이 들어와 그를 실어가야만 했다.

두 번째 경기가 이어졌다.

여전한 함성. 여전한 주먹질.

복싱이라는 것을 난생처음 보는 탓인지 나는 이내 피곤해졌다. 여기저기서 쏟아지는 조명들은 지나치게 밝아서 눈을 뜨고 있기 힘들었다. 무엇보다 견디기 어려운 것은 사람들의 고함소리였다. 시끄러운 것은 둘째 치고, 목소리에 담긴 칼끝들이 연신 나를 찔러 대는 것 같았다. 그런데 그 칼들은 사방에서, 내 앞과 뒤에서, 내 옆에 앉은 로라와 빌에게서도 날아왔고, 그 날카로운 무기들은 허공을 가득 채운 채 언제 내리꽂힐지 모르게 우리를 내려다보았다.

문득 모닥불 속에 던져진 도마뱀이 생각났다. 몸속 수분이 말라붙고 기름기마저 빠져나가 나무토막처럼 뻣뻣해져 가는 도마뱀. 나는 그 도마뱀처럼 몸속에서 피가 서서히 빠져나가며 온몸이 오그라드는 느낌이었다.

　시간이 갈수록 천막 안은 숨 쉬기 힘든 곳이 되었다. 담배연기. 느글느글한 팝콘 냄새. 입 안에서 혓바닥처럼 굴러다니는 소시지들. 충혈된 눈과 허옇게 드러난 이빨들……. 마치 천막 전체가 지글지글 끓는 열기와 냄새와 소리로 터질 듯이 부풀어 오르는 것만 같았다.

　두 번째 경기가 끝났을 때였다. 내 어깨에 손을 올려놓던 로라가 별안간 소리쳤다.

　"마이클! 무슨 일이니?"

　눈앞이 희뜩희뜩해지는 느낌에 몸을 움츠리다 한순간 경련이 일어난 모양이었다. 로라가 돌아앉아 내 얼굴을 어루만졌다.

　"어디 아프니?"

　"아뇨. 괜찮아요."

　"가만히 있어 봐. 이마에 열이 있는데? 게다가 땀이…….."

　"조금 더워서요."

　"그만 나갈까?"

　"아뇨. 괜찮아요."

　"이러면 좀 나을 게다."

　그녀가 내 웃옷을 벗기고 넥타이를 풀어 주었다.

　"어때?"

　"네. 좋아요."

　"마지막 경기가 남았는데, 마저 볼까, 그냥 갈까? 너 좋을 대로 하렴."

로라와 빌이 기다려 온 진짜 게임이 이제 곧 시작되려 하고 있었다. 두 사람의 대화를 통해 짐작컨대, 그들이 내기에 건 판돈 또한 적지 않은 액수인 듯했다.

"괜찮아요. 보고 가요."

"그래?…… 이번 경기는 재미있을 거야."

그때 장내 아나운서가 링 위로 올라와 큰소리로 떠드는 통에 로라는 내 귀에 대고 말해야만 했다.

"이번에 나오는 선수는 원주민 출신이야. 돌주먹의 사나이로 알려져 있지. 백인들 중 아무도 그를 이긴 사람이 없어. 지금까지 단 한 명도."

"그래요?"

"믿기지 않지? 들어 봐, 아나운서의 말을."

"설명이 필요하십니까, 여러분?"

아나운서가 포효하듯이 소리쳤다. 짧게 끊어 뱉는 구절마다 느낌표가 몇 개씩 붙어 육중해진 말투로 그는 한껏 분위기를 띄웠다.

"테라 눌리우스, 즉 예로부터 '아무도 살지 않는 땅'으로 알려진 이 오스트레일리아의 오지에서, 원시의 삶을 그대로 유지하며 살아온 야생마. 오직 주먹 하나만을 믿고 문명사회로 나온, 킹콩 같은 사나이. 스무 번 싸워 단 한 번도 패배한 적 없는, 불굴의 복서. 스무 번의 승리를 모두 KO승으로 장식한, 일명 돌주먹의 사나이. 조! 조! 조!—"

아나운서의 말이 끝나자 박수 대신 우—하고 야유가 쏟아졌다.

"그에 맞서 싸우게 될 선수. 우리의 조국 잉글랜드에서, 백인의 자존심을 회복하기 위해, 비행기를 타고 수만 킬로미터를 날아온 구원의 투사.

저 아득한 중세의, 위대한 기사도 정신을 계승한, 전설적인 복서. 킹 아서!—"

드럼이 울렸다. 스포트라이트가 입장하는 선수들을 비추었다.

먼저 킹 아서가 링 위로 올랐다. 사람들이 일제히 일어나 킹 아서를 연호했다. 쿵쿵 발을 구르고 손뼉을 치면서. 이어서 조가 올라오자 먹구름 같은 야유와 비난이 쏟아졌다. 때맞춰 누군가가 소리쳤다.

"깜둥이를 죽여라!"

이 한 마디는 관중 전체의 구호가 되었다.

"깜둥이를 죽여라! 깜둥이를 죽여라! 깜둥이를 죽여라!"

그것은 거스를 수 없는 거대한 물결 같았다. 바로 그때였다. 로라가 벌떡 자리에서 일어나더니 악을 쓰며 소리쳤다.

"흰둥이를 죽여라!"

빌과 내가 깜짝 놀라 쳐다보자 로라가 우리를 향해 찡긋 눈을 감아 보였다. 그러고는 주먹을 꽉 쥔 손을 머리 위로 쳐들며 계속해서 소리쳤다.

"흰둥이를 죽여라! 흰둥이를 죽여라! 흰둥이를 죽여라!"

조

다음 경기는 이 주 후에 열렸다.

나는 천막이 설치될 때부터 그 구조를 유심히 관찰해 두었다. 그리고 경기가 시작되기 전에 시합장 옆에 즐비하게 늘어선 자동차들 뒤로 몸을 숨기고 출입문들을 지켜보았다.

천막 권투장은 세 개의 문을 가지고 있었다. 앞쪽 출입문은 관중들이 매표소를 거쳐 입장하는 곳. 뒤쪽 첫 번째 문으로는 경기를 진행하는 사람들과 관계자들, 선수와 매니저들이 드나들었다. 그 반대편에 두 번째 문이 있었는데, 그 문을 이용하는 사람들은 주로 거물급 고객인 듯싶었다. 별도로 마련된 주차장으로 자동차가 도착하면 사람들이 나가서 영접을 했고, 털옷을 입은 타조 같은 여자들이 남자들의 팔짱을 끼고 깔깔거렸다.

두 개의 뒷문엔 각각 문지기들이 지키고 서 있었다. 그러나 경기가 시작되고 조금 시간이 지나자 천막 주위는 사람의 그림자조차 얼씬거리지 않았다. 다만, 빛이 닿지 않는 어스레한 곳에서 원주민들이 그 이상야릇한 밤의 향연을 지켜보고 있을 따름이었다. 출입은커녕 근처를 배회하는 것도 허용되지 않았으므로 원주민들은 문지기들의 관심 밖에 있었다.

지난날 나를 그토록 고통스럽게 했던 함성이 천막 안에서 터져 나왔다. 추운 밤공기 속에 몸을 움츠리고 듣노라니 그 소리가 묘한 향수를 불러 일으켰다. 발을 잘못 디뎌 남의 삶 속으로 미끄러져 들어간 것 같은 아득함도 느껴졌다. 어쨌든 그곳은 내 삶과는 무관한 곳이었다.

그런데 나는 왜 이곳을 다시 찾은 것일까?…… 물음은 자연스러웠고, 대답은 곧바로 주어졌다.

조를 만나기 위하여.

그러했다. 나는 조를 만나야 했다. 링이라는 낯선 공간, 복싱 선수라는 너무나 이질적인 모습, 눈을 멀게 할 것 같은 조명들이 그의 얼굴을 완전히 딴판으로 바꾸어 놓았지만, 나는 한눈에 알아볼 수 있었다. 돌주먹 사나이 조는 다름 아닌 우루쿤이라는 것을.

처음엔 내 눈을 의심하지 않을 수 없었다. 보다 정확하게 말해서, 나는 믿고 싶지 않았다. 그토록 유순하고 초식동물처럼 느긋했던 사람, 또한 늘 입가에 얼빠진 미소를 띠고서 보는 둥 마는 둥 먼 곳을 응시하던 그 사람을, 이처럼 너저분하고 번잡한 장소에서 보게 되리라고 상상이나 할 수 있었겠는가.

게다가 우루쿤은 살인자가 아니었던가. 폭행치사. 그것도 백인을, 법을 집행 중인 경찰관을 죽였으니 십중팔구 교수형을 면치 못할 거라고 사람들이 이구동성으로 말하지 않았던가. 그런데 바로 그 사람을 보호구역 안에서, 천막 권투장 안에서 보게 될 줄이야.

빌에 의하면, 조는 이 판에서 엄청난 판돈을 몰고 다니는 스타급 선수였다. 백인들의 관심은 모두 그에게 쏠려 있었다. 조의 KO 행진은 어디까지 이어질 것인가? 누가 저 난공불락의 미개인을 박살낼 것인가? 바닥까지 떨어진 백인의 자존심을 회복시켜 줄 자는 과연 누구인가?

조는 어떤 사람에겐 찬양의 대상이었고 어떤 사람에겐 증오의 대상이었다. 신문기자들은 그의 과거와, 혹여 숨겨져 있을지 모를 비리를 캐기 위해 혈안이 되어 있었다. 하지만 그의 개인사는 철저하게 베일에 가려졌다. 심지어 그가 어디에서 누구와 살고 있는지조차 알려진 바가 없었다.

그런데 과연 그 신비가 조 스스로 만들어 낸 것일까? 어찌 보면, 뒷돈을 주물럭거리는 자들의 농간이 아닐까? 조는 오히려 그 신비의 희생양이 되고 있는 것은 아닐까?…… 기자들은 바로 이 물음까지 갔지만 더 이상 한 발짝도 나아갈 수 없는 상태라고 빌이 말했다.

"더 다가간다면 백주대낮에 칼침을 맞고 말걸."

어쨌든 나는 그를 만나야 했다. 만약 오늘도 지난번처럼 사람들에 에워싸인 채 자동차에 실려 사라지는 그의 모습을 먼발치에서 보고 만다면, 다시는 기회가 주어지지 않을지도 몰랐다. 이대로 영영 이별이 될지도 몰랐다.

우루쿤은 지금 나에게 남아 있는 과거의 모든 것이 아닌가?

자, 두 개의 문 중 어느 곳을 택할 것인가?

문지기들은 링 언저리에서 경기에 흠뻑 빠져 있을 터이므로 어느 쪽을 택하든 상관없을 것 같았다. 나는 선수들이 드나드는 첫 번째 문으로 향했다. 문고리를 당겨 보니 안으로 잠겨 있었다. 두 번째 문. 다행히 그 문은 잠겨 있지 않았다.

조명이 켜 있지 않은 천막 안은 어두웠다. 널빤지가 세워진 이중벽을 따라 양쪽으로 휘움하게 굽은 통로가 있었다. 나는 오른쪽으로 방향을 잡고 살금살금 나아갔다. 천막을 뒤흔드는 함성 속에서 그러한 조심성은 불필요하다는 사실을 깨달은 것은 얼마 후였다. 단순하게 보았던 천막 안은 의외로 복잡했다. 여기저기 걸리적거리는 물건들이 놓여 있었고, 문이 달려 있지 않은 작은 방들도 여러 개 있었다.

저만치서 남자 둘이서 싸우는 소리가 들렸다. 나무 벽이 흔들리더니 앞쪽에서 한 사람이 불쑥 나타났다. 내가 벽에 바짝 붙어 서자 그는 알아차리지 못하고 지나갔다.

나는 걸음을 서둘렀다. 경기장으로 통하는 듯싶은 문을 마주하고 불빛이 환히 밝혀진 방이 나왔다. 나는 문 옆으로 다가가 조심스럽게 안을 엿보았다. 사람들이 보였다. 옷을 벗고 글러브를 낀 남자들. 좀 더 깊숙이 고개를 들이미는 순간, 나는 허리춤을 움켜쥐는 힘에 의해 공중으로 끄떡 쳐들리고 말았다.

머리털과 수염이 온통 불그레한 사내가 커다란 시가를 물고서 이글거리는 눈으로 나를 노려보았다.

"이건 어디서 기어 들어온 쥐새끼인고?"

나는 불빛 속으로 끌려갔다.

"어라, 깜둥이 녀석이 아닌가?"

순식간에 여러 명의 남자들이 나를 에워쌌다.

"뭐야, 이놈은? 좀도둑이야, 짭새 끄나풀이야?"

다른 목소리가 이기죽거렸다.

"배도 허출한데, 이놈을 바비큐로 구워 버릴까?"

"구울 필요도 없겠는데."

누군가 한 마디를 거들었다.

"이미 먹기 좋게 잘 구워졌는걸."

그러자 뱃구레가 요동치는 듯한 웃음소리가 동시에 터져 나왔다.

바로 그때였다. 대기실 안쪽에서 낮고 묵직한 목소리가 들렸다.

"그 아이를 내버려두시오."

사람들의 시선이 그쪽을 향해 하나둘 돌아갔다.

"내가 아는 아이요. 나를 만나러 왔으니, 내버려두시오."

마치 목소리가 길을 튼 듯 나를 에워쌌던 사람들이 군말 없이 양옆으로 비켜났다. 그러자 그 끝에 우루쿤의 모습이 보였다.

우루쿤은 등을 곧게 편 자세로 의자 위에 앉아 있었다. 한 남자가 그의 손에 흰 천을 감고 있었다.

"울라쿤타."

우루쿤이 내 이름을 불렀다.

이 얼마나 정겨운 목소리인가. 그리고 얼마 만에 듣는 내 이름인가.

우루쿤이 나를 향해 미소를 지었지만, 그의 얼굴은 딱딱하게 굳어 있었다. 그는 눈을 내리뜬 채 양쪽 손에 천이 다 감길 때까지 한 마디도 하지 않았다.

경기장에서 공이 울리는 소리와 함께 함성이 들려 왔다.

우루쿤이 의자에서 일어났다.

"잠시 나갔다 오겠소."

우루쿤이 말했다.

"이봐, 곧 시합이야."

곁을 지키고 있던 사람들이 한꺼번에 일어났다.

"잠깐이면 돼요. 가자, 울라쿤타."

우루쿤이 내 손을 잡았다. 한 남자가 뒤를 따라오려 하자 우루쿤이 홱 돌아보았다.

"잠깐이오. 아무 일 없을 것이오."

여전히 낮고 침착한 어조였지만, 나는 그의 목소리에서 노여움을 느꼈다.

천막 밖으로 나오자 우루쿤이 한숨을 몰아쉬었다. 그는 내게 등을 돌린 채 우두커니 서서 하늘을 올려다보았다.

"울라쿤타, 시간이 없구나……."

우루쿤이 말했다. 그리고는 돌아서서 나를 내려다보다가 갑자기 번쩍 안아 올렸다.

"많이 컸구나. 이젠 제법 사내 티가 나는걸!"

그의 눈이 반짝거렸다.

"잘 들어라."

우루쿤의 목소리가 싸늘해졌다.

"이 주 후에 또 한 번 경기가 있다. 그날 이곳으로 와라. 이 시간쯤에. 누군가 너를 기다리고 있을 거야. 그의 이름은 조지다. 멜버른으로 가라. 그가 데려다 줄 거야. 잘 기억해라. 이 주 후다. 그날 너는 이곳을 떠나는 거야."

"우루쿤······ 우루쿤 아저씨는요?"

내가 간신히 입을 열고 물었다.

"나······? 난 아직 자유롭지 못해. 하지만 네가 있는 곳을 알고 있다. 곧 만나게 될 거야. 약속하마."

그가 나를 내려놓더니 허리를 굽히고 다시 한 번 내 얼굴을 찬찬히 들여다보았다.

"너를 기다리고 있었단다."

작별

어느 날, 이런 일이 일어난다.

고아원으로 백인들이 온다. 부부들이다. 나이가 지긋한 부부 너덧 쌍. 그런 날이면 우리는 한 명도 빠짐없이 강당에 모인다. 그런 날이면 깨끗이 씻고 깨끗한 옷으로 갈아입는다. 백인들은 미소를 지으며 더없이 평화롭고 온화한 표정으로 우리를 본다. 한 명 한 명 유심히. 꼼꼼하게. 마치 우리에게 번호를 매기고, 그 번호에 맞는 얼굴들을 다 기억하겠다는 듯. 눈들이 빛난다. 집요한 시선들. 평화롭고 온화하지만, 집요한 시선들. 그들이 떠난다. 우리는 흩어진다. 우리는 다시 자유롭다. 그리고 며칠이 지난다. 어느 날 저녁, 가로세로로 반듯하게 줄이 그어진 침상에 빈칸들이 생긴다. 며칠 후, 빈칸들은 다른 아이들로 채워진다. 전에 있던 아이들은 다시는 볼 수 없게 된다.

권투 시합을 보고 난 뒤로 나는 로라를 만나지 않았다. 빌을 시켜 나를 데리러 보냈지만 가지 않았다.

권투 시합을 본 날 밤, 나는 로라의 집에서 잤다. 늦은 시간이었고, 고아원의 문은 잠긴 뒤였다. 하얀 시트가 깔린 침대는 너무 깨끗해 눈이 부실 지경이었다. 로라는 꽃향기 나는 잠옷을 내게 주었다.

그날 밤, 로라는 남편과 싸웠다. 까닭은 잘 모르겠지만, 아이 문제인 것 같았다. 앤서니. 동갑내기 백인 소년. 아무도 내게 말해 주지 않았지만, 나는 그가 이 세상 사람이 아니라는 것을 짐작하고 있었다. 두 사람의 언성이 높아지자 아이 이름이 나왔다. 거듭 나왔다. 죽은 사람의 이름을 입에 담지 않는 우리 부족의 관습에 비추어 보면 괴이쩍은 일이었다.

나는 천막 권투장에서의 충격으로 몸과 마음이 완전히 지친 상태였다. 그래도 우루쿤을 생각하면 기분이 좋았다. 다시는 만날 수 없으리라 여겼던 그를 만나다니. 내가 꿈을 꾼 건 아닐까 생각될 정도였다. 게다가 그의 강력한 펀치! 오직 상대를 쓰러뜨리는 데에 혈안이 된 자의 주먹을 이리저리 피하다가 한 번 내지른 주먹에 나가떨어지는 백인 선수.

밤이 깊도록 잠을 이룰 수 없었다. 두 사람의 말다툼도 밤이 깊도록 잠잠해질 기미가 없었다. 엿들으려 했던 건 아니지만, 그들의 목소리는 밤의 고요를 가로질러 내게로 왔다. 이따금 내 이름이 들렸다.

도대체 무슨 말을 하는 거야? 여보, 그 아인 안 돼! 당신이 몰라서 그래요. 마이클이 뛰는 모습을 보았어야 해요. 마이클이 웃는 모습을 보았어야 한다고요. 그 아인 앤서니의……. 앤서니 이야기는 그만해. 이러지 않기로 했잖아? 우리가 런던을 떠난 건…….

나는 그들이 무슨 이야기를 하는지 짐작이 갔다. 아니, 로라가 친절이라고 하기엔 지나친 관심을 표현했을 때 이미 눈치 챘어야 했다. 그런데도 알은체하지 않은 것은 분명 나의 잘못이었다. 마음이 흔들렸던 것이다.

나는 침대에서 일어나 옷을 벗었다. 어쩌면 앤서니의 것일지도 모를 잠

옷과 속옷을. 밖은 추울 터인데, 내가 입고 온 옷을 찾을 수 없었다. 하는 수 없이 침대 시트로 몸을 둘둘 말았다. 그러고는 삐걱거리는 마루와 계단을, 꼬리를 치지 않고 뭉툭한 코로 밤 인사를 건네는 해피를 살살 달래며 집을 나왔다.

다음날 로라가 고아원으로 왔다. 나는 자리를 피했다. 이튿날도 그랬다. 며칠이 지나자 고아원 원장이 나를 불러 호되게 나무랐다. 원장이 말했다. 너는 주님의 은총을 개밥그릇처럼 차 버리는 놈이로구나. 그의 시선은 말하고 있었다. 벌레만도 못한 놈!

진저리나도록 긴 기다림이었다. 나는 몸을 배배꼬며 이 주간을 참았다. 마침내 트럭들이 왔다. 천막이 세워졌다. 나는 로라에게 편지를 썼다. '로라 아줌마, 미안해요. 하지만……' 더 이상 쓸 수 없었다.

그날은 온종일 고아원을 떠나서 지냈다. 밥도 먹지 않았다. 되도록 사람들과 마주치지 않는 장소를 골라 베돌다가 어두워져서야 권부장 근처로 갔다. 어둠 속에 쪼그리고 앉아 주차장을 살폈다. 홍청대는 분위기는 여전했다. 군용트럭 가득히 실려 온 군인들도 보였다. 군인들은 경기장 안으로 들어가기 전에 일렬로 늘어서서 노래를 불렀다. 술병을 든 손을 머리 위로 치켜 올리며 소리쳤다. 깜둥이를 죽여라! 그러고는 술병을 바닥까지 비우고 일제히 어둠 속으로 던졌다.

경기가 시작되자 지난번처럼 천막 주위는 고요해졌다. 담배를 피우던 문지기들도 어깨를 움츠리고 안으로 사라졌다. 나는 다시 한 번 주위를 살핀 뒤 주차장으로 향했다. 멀리 등을 끄지 않은 자동차 한 대가 보였다.

우루쿤이 말한 것이 저 차일까? 나는 서둘지 않았다. 멀찌감치 거리를 두고 한 바퀴 돌아 볼 생각이었다. 이쯤이면 내 모습이 불빛에 드러났을지도 모른다는 생각이 드는 순간, 별안간 어둠 속에서 그림자 하나가 불쑥 나타났다. 나는 흠칫 놀라 뒷걸음질을 쳤다.

"마이클……, 나야."

로라의 목소리였다.

나는 당황했다. 내가 여기 있다는 것을 로라가 어떻게 알았을까? 그렇다면 내가 이곳을 떠나려 한다는 것을 그녀가 알고 있지 않을까? 나는 주위를 두리번거렸다. 누군가 나를 잡으러 온 사람이 있지 않을까 해서였다.

"걱정하지 마. 나 혼자야."

로라가 나를 안심시켰다.

"내 이야기를 듣고 가렴. 잠깐이면 돼. 괜찮겠지?"

나는 고개를 끄떡였다.

"빌을 통해 네가 조의 친구라는 것을 알았다. 그리고…… 머잖아 이곳을 떠나리라는 것을. 멜버른에는 언제 가니?"

대답을 해야 하나? 하지만 이미 모든 것을 알고 있지 않을까?

"오늘요."

"그렇구나……."

로라가 그 말을 되풀이했다. 더 무겁게. 더 공허하게.

나는 잉걸불에서 장작개비가 부스러지는 소리를 떠올렸다. 더 가벼워져 가라앉는 소리.

"이걸 가져가렴."

로라가 가방 하나를 내밀었다. 가방 속에 무엇이 들었는지 묵직했다.

"배고프고 힘들 때 필요할 거야."

나는 고개를 흔들었다. 어두워서 로라가 미처 보지 못한 듯했다.

"그리고…… 이것도."

나는 가방을 내려놓고 한 걸음 뒤로 물러섰다. 로라가 손을 내민 채 나를 바라보았다.

"마이클, 제발!"

"아녜요. 이건 아녜요."

"그렇지 않아."

로라가 단호하게 말했다.

"안 되는 일은 없어. 마음이 참으로 원한다면."

"내가 원하지 않는다면요?"

"그렇다면……."

로라가 입술을 꼭 다문 채 웃음을 지었다. 늘 자신 있고 자기중심적이지만, 어딘지 허약한 발판에 발을 딛고 있는 듯한 웃음.

"그렇다면 네가 원하는 한 가지 일을 하고 내가 원하는 한 가지 일을 들어 주면 되지 않겠니?"

내가 대답을 하지 못하자 로라가 말을 이었다.

"나는 너의…… 솔직하게 말하마. 나는 너의 엄마가 되고 싶었어. 하지만 너는 원치 않았지. 그래서 너를 보내 주는 거야. 네가 그것을 원하니까. 그러니 내가 원하는 한 가지 소망을 들어 주렴."

"그게 뭔데요?"

"이것뿐이야. 이 가방을 받고, 또 이 쪽지를 간직해 주렴. 이 종이엔 멜버른에 있는 내 집 주소가 적혀 있어. 나도 곧 이곳을 떠날 거야. 네가 그 도시에 머물다가 힘들거나 갈 곳이 없을 땐 나를 찾아오렴. 그냥…… 뭐, 친구도 좋고, 서로 말벗이라도 하면 되지 않겠니?"

나는 망설였다. 잠시 시선을 돌려 어둠 속을 바라보는데, 별똥별 하나가 눈부신 꼬리를 끌고 지평선 너머로 사라졌다. 로라도 그것을 본 듯했다.

나는 다시 가방을 들어 어깨에 메고 로라의 손에서 쪽지를 받았다.

"그럴게요."

"고맙구나."

그 말을 듣는 순간, 무슨 까닭에서인지 나는 온몸이 마비되는 것을 느꼈다. 이어서, 감당할 수 없을 정도로 거친 돌풍 같은 것이 가슴을 쥐어뜯었다. 나는 주먹을 불끈 쥐고 어금니를 꽉 깨물었지만, 온몸이 덜덜 떨리는 것을 참을 수 없었다. 로라가 다가와 안아 주는데도 나는 어쩌지 못하고 떨고 있을 뿐이었다.

"바보! 그럴 땐 우는 거야."

로라가 내 등을 토닥거리며 말했다.

"너는 한 번도 울어 본 적이 없구나……. 맘 놓고 울 수가 없었구나……."

나는 숨을 쉬었다. 한 번, 두 번, 세 번…… 그리고 다섯 번.

돌풍이 지나갔다.

"그런데 얘야, 너의 진짜 이름이 뭐니? 마이클 말고."

나는 숨을 가다듬었다.

"울라쿤타요."

"울라쿤타……? 독특한 이름이네. 그게 뭐야? 무슨 뜻이 있을 것 같은데."

"사막쥐캥거루예요."

"사막, 쥐, 캥거루?"

로라가 발음하기 힘든 듯 낱말들을 낱낱이 떼어 읊조렸다.

"네. 사막에 사는 아주 작은 캥거루예요."

로라의 입가에 보일 듯 말 듯 미소가 감돌았다. 앉은걸음으로 한 걸음 뒤로 물러서며, 아주 먼 거리를 두고 보듯이 로라가 나를 보았다.

"그래. 그렇구나. 그 큰 사막에…… 황량한 사막에…… 아주 작은 캥거루가…… 쥐보다 조금 큰 캥거루가 살고 있었구나. 그리고…… 그곳에서 온 아이가 있었구나. 울라쿤타…… 울라쿤타라는 이름의 아이가…….""

로라의 목소리는 자장가를 부르는 듯했다.

밤의 사막에 피운 모닥불에서, 바람 한 점 없는데, 가볍게, 아주 가볍게, 마치 무엇에 끌린 듯 불티가 솟으며, 밤하늘 속으로 점점이 사라져 가듯이.

멜버른

멜버른에서 나는 여행자들이 머물렀다 간다는 여인숙에서 지냈다.

도시는 낯설었다. 나는 혼자서는 단 한 발자국도 밖으로 나갈 수가 없었다. 소음은 사방에서 나를 후려쳤고, 사람들이 하는 말은 알아듣기 힘들었다. 벽들은 끝도 없이 이어지며 미로와 같은 길들을 만들었고, 사방 어느 쪽을 보아도 거리의 모든 것이 비슷하게만 보였다. 그것은 시작도 끝도 없는 웅성거림으로 이루어진 거대한 달팽이집 같았다.

나를 멜버른으로 데려다 준 조지라는 아저씨는 흑인이었다. 미국에서 왔다고 했다. 그는 운전도 잘했고 요리도 잘했다. 그와 함께 있을 때면 모든 것이 수월했다. 그가 떠나면 나는 팔이나 다리 하나가 없는 사람이 되었다. 덫에 걸린 쥐캥거루만도 못 한 존재.

조지가 멜버른에 온 것은 조를 미국으로 데려가기 위해서였다. 미국에 있는 대형 기획사의 매니저가 우연히 조의 시합을 보았고, 조지는 그 스카우트 팀의 '마부'로서 이곳까지 '행차하셨다'는 것이다. 그래서인지 그가 나와 함께할 수 있는 시간은 많지 않았다. 가까운 호텔에 보스가 머물고 있었는데, 그가 부르면 모든 것을 제처 놓고 달려가야 했다. 여인숙에 와서도 전화통에 매달려 살았다. 자동차를 몰고 며칠씩 장거리 여행을 다녀오기도 했다.

　도시에 머물며 내가 갖게 되는 답답증, 모든 궁금증은 조지를 통해서만 풀 수 있었다. 그것들은 죄다 물음으로 이루어진 것이었다. 나는 끊임없는 물음으로 사람을 돌게 만든다는 도깨비가 어떤 것인지 나 자신을 통해 실감하게 되었다.

　—조는 언제 미국에 가나요?

　—조는 지금 어디에 있나요?

　—언제 조를 만날 수 있나요?

　심지어는 이런 물음도 던졌다.

　—도시에는 사람만 사나요?

　—땅에 흙이나 모래는 없고, 왜 전부 돌로 덮여 있나요?

　—사람들은 디들 이디로 가고 있나요?

　—왜 먹을 수도 없는 돈을 벌어서 먹을거리를 사야 하나요?

　조지는 낙천적이고 명랑한 사람이었다. 그는 맥고모자에 앵무새가 그려진 화려한 셔츠와 흰색 바지를 입고 흰 구두를 신고 다녔다. 운전을 하거나 걸어 다닐 땐 휘파람을 불면서 오른쪽 손가락으로 있지도 않은 피아노 건반을 두드려 대었다.

　"난 너의 물음에 대답을 해 줄 만큼 아는 게 많지 않아. 나는 눈에 보이는 것이면 무엇이든 받아들이고, 또한 눈에 보이는 것만 생각해. 그러니 너도 나와 함께 있을 땐 내 철학을 배우는 게 좋을 거야."

　그러더니 한 번은 나를 데리고 나가, 멜버른에서 최고로 큰 시장이라면서 '퀸 빅토리아 마켓'을 구경시켜 주었다.

"어때? 멋지지 않아? 도시란 이런 것이야."

그는 반은 현기증에, 반은 구토감에 어찔어찔해져 눈자위가 풀린 나를 보며 껄껄 웃었다.

조지는 미국에서 한때 피아니스트로 밥 벌어먹고 산 적이 있다고 했다.

"피아노를 친다고 해서 모든 건반을 다 두들겨 대는 건 아냐. 마찬가지야. 우리가 어디에 산다고 해서 그곳의 모든 걸 다 알고 사는 건 아냐. 눈여겨보거나 스친 적도 없이 흘러가 버리는 게 대부분이지. 한 번도 누르지 않은 건반처럼 말이야."

조지의 말이 옳았다.

도시는 이름이 없는 곳이었다. 이름이 사라지는 곳이었다. 우리는 반드시 우리가 될 필요가 없었다. 나는 네가 될 수 있고, 그러지 않아도 상관없었다. 내가 꼭 내가 되라고 요구하는 사람도 없었다. 내가 없는데, 나는 곧 우리이기도 하고, 우리는 이름이 없는데 무엇이 걸림돌이 될 것인가. 자동차와 마차와 사람 들로 북적거리는 거리, 시장, 역의 모든 것이 저기에 있고, 그 있는 것을 내가 받아들이고, 그것들이 내게 그러하듯 내가 그것들을 스쳐간다면 문제될 게 없었다.

용기가 생겼다. 멜버른에 온 지 한 달쯤 되자 나는 혼자서도 산책을 갈 수 있게 되었다. 문제는 내가 너무 멀리 간다는 것이었다. 길을 잃은 적은 없었지만, 사막과 황야를 쏘다니던 나의 두 다리는 너무 튼튼해서, 융단을 깔아 놓은 듯 부드럽고 가로수들로 그늘진 길에 지치는 법이 없었다. 오히려 조지가 걱정할 정도였다.

"마이클, 이 도시는 흑인에게 너그러운 곳이 아냐. 내겐 미국 시민권이라도 있지만, 넌 원주민이야. 조를 통해서 겪어 봤는데, 원주민은 이 나라 인구 통계에도 잡혀 있지 않더구나. 시민으로 등록되어 있지 않은 건 말할 것도 없고. 심지어는 백인들이 키우는 소나 양의 머릿수 속에 원주민들을 포함시키고 있다는 말까지 들은 적이 있어."

조지의 말은 충분히 예상했던 것이었다. 하지만 막상 듣고 나니 기분이 좋지 않았다.

조지는 현재 조가 처한 상황을 간단하게 정리해서 들려주었다.

조가 미국에 가는 데에는 조건이 있다. 멜버른에서 마지막 경기를 치러야 한다. 이른바, 빅 매치. 그 경기에서는 반드시 져야만 한다. 끝까지 싸우다가 막판에 실컷 얻어맞고 뻗어야 한다. 조의 패배는 이 나라에 새로운 영웅이 탄생하게 해 줄 것이다. 불세출의 백인 복서를. 또한, 그 경기에는 어미어마한 돈이 오고간다. 승부조작과 큰손들. 아주 위험한 일이다.

"조가 그 조건을 받아들였나요?"

내가 물었다.

"어렵긴 했지만 우리가 설득했지. 그 조건을 채워 주지 않는다면, 조의 목을 움켜잡은 자들이 놓아 줄 리 만무하거든. 게다가 우린 스카우트 비용으로 엄청난 돈을 지불했어. 물론 현물거래이므로 지불은 물건이 도착한 뒤에 이루어질 테지만."

나는 갑자기 조지가 싫어졌다. 그가 쓰는 말들은 백인들이 우리를 취급할 때 쓰는 말과 똑같았기 때문이었다. 나는 선교원에서 고아원으로 옮겨졌을 때의 일을 떠올렸다. 도착, 확인, 완료라는 과정을 거쳐 배달되었던 스물한 명의 아이들. 그렇다면 조 역시 멜버른에서 미국으로 배달되는 것일까? 그의 자유라는 것이 고작…….

며칠 후, 조지가 말했다.

"마이클, 오늘이야!"

우리는 자동차에 올랐고, 조지는 핸들 위에 올린 손으로 피아노를 치면서 신나게 액셀을 밟았다.

자동차는 시내를 빠져나와 집채만 한 화물들이 벽돌처럼 쌓여 있는 부두를 달렸다.

부두는 사람의 그림자를 찾아보기 힘든 화물의 도시였다. 페인트칠이 벗겨지고 녹슨 컨테이너들 사이로 언뜻언뜻 바다가 스쳐갔다. 부두에서 보는 바다는 움직임이 없는 흐릿한 물웅덩이에 지나지 않았다. 부두의 공장들과 선박들이 뿜는 시커먼 연기 속을 갈매기들만 오락가락했다. 열린 차창으로 기름 냄새와, 시장의 쓰레기에서 나는 것 같은 고리탑탑한 냄새가 들어왔다.

항만 시설들이 끝나고 부두의 막다른 곳에 다다르자, 오로지 철골과 강판만으로 지은 커다란 창고가 나왔다. 그 앞에 멈춰서 조지가 경적을 울렸다. 몇 번 더 경적을 울려서야 철조 건물에서 인기척이 났다. 문이 열렸다. 아니, 그 큰 건물의 앞면 전체가 문이었으므로 건물이 열렸다고 하는 편이 옳을 것이다. 양쪽으로 문이 열리고 나서야 그 뒤에서 사람들이 나타났다. 조지가 자동차를 몰고 안으로 들어갔다. 자동차 뒤에서 육중한 철문이 닫혔다.

창고 안은 텅 비어 있었다. 한낮인데도 어둡고 싸늘했다. 건물 속에 또 다른 건물이 창고 안쪽에 자리하고 있었다. 우리는 그곳으로 갔다. 문이 잠겨 있었다. 우리 뒤를 따라온 한 남자가 열쇠로 자물통을 열었다.

"여기가 감옥인가요?"

내가 묻자 조지가 손가락을 입술에 올렸다.

건물 안에는 사각 링을 갖춘 체육관이 있었다. 링에서는 두 사람이 복싱을 하고 있었고, 그 주변에는 샌드백을 치는 사람과 땀을 뻘뻘 흘리며 줄넘기를 하는 사람들이 있었다. 모두가 원주민들이었다. 조는 보이지 않았다. 체육관 안쪽에 벽을 따라 일렬로 늘어선 방들이 있었다. 조지가 그 중 한 곳으로 가더니 노크를 했다. 그러고는 나를 돌아보며 말했다.

"들어가. 십 분이다, 마이클."

조지는 여전히 조심스럽고 긴장된 모습이었다.

우루쿤은 침대에 누워 있었다. 그 큰 키에 발을 뻗기에도 좁은 듯 한쪽 다리를 꼬아 다른 쪽 무릎에 올린 채 깍지 낀 두 손을 베고 있었다. 창고 어디서나 진동하는 금속과 페인트 냄새가 방 안에서도 아릿하게 콧속을 찔렀다.

우루쿤은 내가 오는 줄 모르고 있었던 것 같았다. 그는 건듯 내 쪽을 보는 듯했지만, 시선은 여전히 벽에 고정되어 있었다.

나는 잠시 우두커니 서서 우루쿤을 바라보았다. 왠지 그를 부를 자신이 없었다.

이상한 낌새를 느낀 우루쿤이 고개를 돌렸다.

"울라쿤타!"

그가 벌떡 일어나며 소리쳤다.

"조지가 온 줄 알았는데……. 이리 와."

그가 팔을 뻗어 침대 앞에 의자를 끌어다 놓았다.

"그래, 어떠하던, 처음 보는 도시가?"

내가 의자에 앉자 우루쿤이 물었다.

"멜버른은 크고 아름다운 도시라고 들었는데."

"글쎄요……. 너무 많아요."

"뭐가?"

"소리, 냄새, 사람들……. 뒤죽박죽이에요."

"오라, 실망스러운 게로군?"

우루쿤이 갈퀴질하듯 내 머리를 헝클어뜨리며 말했다. 그의 얼굴 여기 저기에 찢긴 상처와 멍든 자국이 보였다.

"시합이 있었어요?"

"그래."

우루쿤이 손바닥으로 자기 얼굴을 스윽 문질렀다.

"근데…… 여기가 아저씨 사는 곳이에요?"

우루쿤이 겸연쩍게 방 안을 돌아보았다.

나는 할 말이 많았지만 무슨 말부터 해야 할지 몰라 입술만 옴찔거렸다.

"조지한테 들었어요."

마침내 용기를 내서 내가 말했다.

"마지막 경기가 있다면서요? 그런 다음엔 미국으로 간다면서요?"

우루쿤은 대답이 없었다. 그는 깍지 낀 두 손으로 무릎을 감싼 채 꼼짝 않고 정면을 응시했다.

"툴리가 이곳에 있다."

나는 선뜻 그 말뜻을 이해하지 못했다.

툴리?…… 기억이 몇 바퀴 헛돌았다. 우루쿤이 침대 앞 탁자 위에서 종이 한 장을 집어 나에게 주었다. 나는 주소를 읽었다.

"조지가 데려다 줄 거야."

툴리, 브롤가, 송어……. 내 머리는 데고 싶지 않은 불꽃을 스치듯 건성으로 그 이름들을 주워 담았다.

우루쿤이 몸을 돌려 벽에 등을 기댔다. 링에서 뛸 때 입는 반바지만 입고 있었는데도 그의 몸에서는 점액 같은 땀이 끈적끈적 배어 나오고 있었다.

"그런데……."

나는 망설였다.

"미국에 같이 갈 순 없나요?"

우루쿤이 지그시 눈을 감으며 미소를 지었다.

"그러고 싶지만…… 알 수가 없다. 아직은. 기다려야 해. 그날이 지나기를."

"그날이 언제예요?"

"나도 몰라. 아마도 곧. 날짜는 조지가 가르쳐 줄 거야."

밖에서 조지가 문을 두드리며 나지막하게 내 이름을 불렀다. 벌써 십 분이 흐른 것일까?

"가야 해요."

"그래."

갑자기 우루쿤이 빙그레 웃음을 지었다. 내가 좋아하는, 내가 보고 싶었던 그런 웃음이었다.

"왜요? 왜 웃어요, 아저씨?"

내가 반가워서 소리치듯이 물었다.

"울라쿤타!"

우루쿤의 입이 찢어질 듯이 벌어졌다.

"그런데 너는 송어가 무서웠니?"

"네에?"

무슨 뚱딴지같은 물음인가?

"너는 송어를 손에 들자마자 기절해 버렸잖아? 생각 안 나?"

"생각나요. 하지만…… 잘 모르겠어요. 왜 그랬는지."

"아주 큰놈이었지……."

우루쿤의 시선이 아득해졌다.

"그래, 그런 거란다."

내가 일어서자 그가 내 손을 잡았다.

"생명이란 참 무서운 것이다. 탐이 날 정도로."

피오나

툴리. 열한 살의 혼혈 소녀. 그녀가 멜버른에 있다.

툴리를 만나야 할까?

나는 두려웠다. 과거의 뒤틀린 모습으로만 존재하는 현재. 미래는 또 어떠할까?

두려움은 악착같은 힘으로 내 뒤를 밟아 오고 있었다. 내 발자국에 자기 발을 포개면서. 어쩌면 그놈이 나를 앞서가고 내가 그 발자국에 내 발을 포개게 될 날이 올지도.

며칠 후, 나는 우루쿤이 준 주소의 집 앞에 서 있었다. 하늘이 우르릉거리더니 비가 내렸다. 어떻게 할 것인가? 비에 젖은 저 거리를 가로질러 문 앞으로 가서 노크를 할 것인가? 오렌지색과 청색이 혼합된 밝은 색조의 목조 주택. 테라스가 딸린 이층엔 화분들이 주렁주렁 매달려 있었고, 분에 넘칠 듯이 꽃들이 흐드러지게 피어 있었다. 노크를 하면 툴리가 문을 열까? 아니면, 낯선 백인이?

툴리는 산울타리에 에워싸인 저택에서 하녀로 일하고 있었다.

며칠 후, 나는 다시 그곳으로 갔다. 나뭇잎들이 노랑 빨강 이끼 빛깔로 반짝거렸다. 걸어서 세 시간. 그리고 세 시간의 기다림.

문이 열렸다. 인기척이라곤 없던 집에 사람이 살고 있었구나 하는 생각이 들었다. 개가 한 마리 튀어나왔다. 흰색의, 털이 복슬복슬한 작은 개. 이어서 여자가 나왔다. 연보라색의 단정한 원피스. 하얀 앞치마. 머리를 묶은 연두색 리본.

툴리였다. 그녀는 키가 많이 자랐다. 거리에서 스치면 알아보지 못할 정도로. 게다가 멀리서 봐도 툴리는 눈에 띌 정도로 예뻤다.

아니, 저 소녀가 툴리란 말인가. 헝겊 쪼가리에 지나지 않은 옷으로 부끄러운 곳만 가리고 나와 함께 호수와 늪 주위를 헤집고 다녔던 말괄량이 소녀. 그땐 저 아이가 여자인지도 몰랐지 않은가.

나는 갑자기 화한 기운의 바람을 들이마시며 가슴이 활짝 열렸다가 나도 모르게 앙당그러지는 기분이었다. 혹시 그녀가 알아볼까 두려워 가로수 뒤로 몸을 숨겨야 했다.

툴리는 장바구니를 들고 있었고, 아주 익숙한 걸음으로 어딘가로 향했다. 개는 여기저기 코를 들이대며 냄새를 맡고 오줌을 질기면서 그 또한 아주 익숙한 걸음으로 툴리 뒤를 따랐다. 나는 길 건너편에서 한참 거리를 두고 그녀를 따라갔다.

구름 사이로 비치는 햇살이 길 위에 작은 웅덩이들을 욱여 파며 차곡차곡 빛을 쟁여 담았다.

용기를 내야 했다. 멜버른에서 내가 배운 한 가지 교훈은, 두려움과 용기는 함께 움직인다는 것이 아니던가.

툴리가 식품점에 들어가 있는 사이, 나는 길을 건너가 가게 쇼윈도로 그녀의 모습을 지켜보았다. 물건을 고르고, 고른 물건을 장바구니에 담고, 돈을 치르고 하는 그녀의 행동이 몹시 자연스러웠다. 계산대의 주인이 무슨 말인가를 건네자 툴리가 미소를 지으며 대꾸를 했다. 그때 구름이 걷히면서 내 뒤에서 햇발이 쏟아져 쇼윈도에 부서졌다. 그러자 내 모습이 그 위에서 환한 그림자로 떠올랐다. 눈이 부셨다. 나는 눈을 감았다. 내가 알아차리지 못한 사이, 툴리가 나를 보았다. 실눈을 뜨고 쇼윈도를 향해 있던 나는 창에 얼굴을 붙이고 나를 응시하고 있는 한 소녀를 보았다.

놀람. 이지러지는 미간. 발그레해진 볼. 이마의 경직. 감처무는 입술. 초췌해진 입매. 그녀는 순식간에 무지개의 두 배쯤 되는 색조로 얼굴을 바꾸었다.

툴리가 나왔다. 그녀는 나와 서너 발짝쯤 거리를 두고 비스듬히 선 채 걸음을 멈췄다.

식품점 안에서 주인이 고개를 내밀고 문 밖을 보았다.

하나, 둘, 셋…… 열 번의 심장 박동.

툴리가 멈춰 선 방향 그대로 앞을 향해 걸음을 내디뎠다.

"툴리!"

내가 다가서며 말했다.

개가 짖었다. 개는 생김새나 덩치에 비해 포악스럽고 앙칼지게 짖었다.

"툴리!"

내가 다시 한 번 그녀의 이름을 불렀다.

개가 맞장구치듯이 다시 짖었다.

툴리가 걸음을 멈췄다. 그리고 말했다.

"내 이름은 툴리가 아냐."

툴리가 또랑또랑한 영어 발음으로 말했다.

"툴리라고 부르지 마. 내 이름은 피오나야."

툴리는 좀 전에 걸어왔을 때와 똑같은 보폭으로 침착하게, 또박또박, 자기가 문을 열고 나온 집을 향해 걷기 시작했다.

노랑 빨강 이끼 빛깔의 빛 웅덩이들이 거리를 환하게 물들였다.

제4부

바다

내 심장은 두 가지 소리를 내면서 뛴다.

툴리의 침묵이 내 가슴에 박아 넣은 얼음 알갱이들의 소리. 그날 밤 쿵쿵거리며 여인숙 나무 계단을 밟고 뛰어 올라오던 조지의 발소리.

얼마나 더 이럴까?

*

바다는 덤벙댄다. 철없는 짐승 같다. 막 세상에 눈떠 마구 내닫기 시작하는 어린 짐승. 그런데 덩치가 무지 크다. 말이 많다. 입을 다물 줄 모른다. 처음엔 시끄러워 견딜 수 없었다. 시간이 지나자 조금 무심해졌다. 하루의 대부분을 자기 숨소리를 듣지 않고 지내는 것과 비슷해졌다. 파도소리는 조금씩, 조금씩 가라앉았다. 내 안의 소리도 가라앉았다. 나는 알았다. 바다의 소란은 내 안의 것이었음을.

이젠 그 소리가 좋다. 거칠지만 가지런한 숨결. 편안하다. 분노나 슬픔이 가라앉았을 때와 흡사하다. 억누를 수 없는 분노와 슬픔 안에 고요가 자리 잡고 있었음을 깨닫게 될 때의 허탈함. 또는, 충만함.

이젠 무엇이든 잘 먹는다. 잠도 푹 잔다. 바다 덕분이다.

*

나를 바다로 데려다 준 것은 조지였다. 내게 뭔가 위안거리를 주고 싶어서 그랬던 것 같다. 조지는 따듯한 사람이다.

"깜둥이! 살인자! 협잡꾼!"

백인 청년은 총을 쏘기 전에 이 세 단어를 외쳤다고 한다. 마치 어떤 사람들의 이름을 차례대로 부르듯이.

"순식간이었어. 대기실엔 몇 사람이 함께 있었지만 달아나기 급급했지. 그런데 조는 꼼짝도 하지 않았어. 청년을 바라보기만 했지. 세 번의 총성이 울렸어. 탕, 탕, 탕! 조는 단 한 발의 총알도 맞지 않은 것처럼 의자에 앉아 있었어. 우리는 달아나는 청년과 조를 번갈아 보았어. 잠시 후 의자가 뒤로 넘어가면서 조가 쓰러졌지. 의사가 왔지만 소용없었어. 총알이 심장을 관통했거든."

조지는 이 점이 궁금하다. 청년이 조를 죽인 것은 어떤 이유에서인가? 보호구역에서 일어난 살인에 대한 복수? 아니면, 판돈을 잃은 데 대한 화풀이? 그도 아니면, 조의 입을 영원히 막음으로써 후환을 없애려는 조직 폭력배들의 소행?

청년은 검거되지 않았다.

조지는 신문을 넘기며 기사들을 읽어 준다. 확실한 것은 없다. 물음과 추리로 꿰맞춘 기사들 속엔 이야깃거리를 쫓는 사람들의 호기심만이 담겨 있다.

신문엔 두 장의 사진이 실렸다. 피투성이가 되어 쓰러진 조의 알아보기 힘든 모습. 글러브를 낀 선수 시절의 얼굴.

조지는 그날의 시합에 대해서도 이런저런 이야기를 들려준다.

결과적으로 말해서, 조는 약속을 지키지 않았다. 5라운드엔 강한 어퍼컷을 날려 하마터면 경기가 끝날 뻔했다. 다행히 상대 선수가 일어났고, 조지는 라운드가 끝날 때마다 조에게 이 경기가 어떻게 마무리되어야 하는지 일깨워 주어야 했다. 10라운드부터 조는 약속대로 상대의 주먹을 허용하기 시작했다. 조가 비틀거리자 경기장은 열광의 도가니가 되었다. 마침내 마지막 라운드. 난투전 끝에 조가 쓰러져야 하는 시간. 그런데 웬일인지 조는 큰 걸음으로 링 가장자리를 따라 돌며 상대를 따돌리기만 했다. 관중들의 야유가 쏟아져 나왔다.

"그때였어. 조가 별안간 우뚝 멈춰 서더니 관중석을 돌아보았어. 그냥 한 번 쓱 보는 게 아니라, 마치 누군가를 찾듯 찬찬히. 구석구석 빠짐없이. 조의 일그러진 얼굴은 찢긴 가면 같았어. 사람들은 몰랐겠지만 나는 알 수 있었어. 조가 웃고 있다는 것을. 이때다 싶어 백인 선수가 마구잡이로 펀치를 날리고, 수천 관중이 욕설과 야유를 퍼붓는 가운데 조는 그렇게 웃고 있었던 거야. 링 위로 깡통이며 오물 따위가 날아들기 시작했어. 아마 그때쯤이었을 거야. 조가 한 걸음 비켜서는가 싶더니 전광석화와 같은 펀치를 날린 것은……. 그걸로 끝이었어."

조지가 한숨을 내쉰다. 조지는 조의 웃음과 분노 사이에서 미궁에 빠진 것 같은 표정이다.

"그래, 그걸로 끝이었어. 모든 게……."

나는 샌드위치를 먹다가 토한다. 조지가 등짝을 두드려 준다.

"콜라를 마셔."

콜라를 마신 뒤 나는 또 토한다.

눈물로 얼룩진 시야에서 바다는 물방울 지나지 않는다.

내 손엔 조가 남겼다는 지폐 뭉치가 있다. 나는 이 돈으로 종이배를 만들어 바다에 띄우면 어떨까 생각한다. 유리병에 담아 파도 속에 던지면 어디로 가서 누구에게 발견될까 상상해 보기도 한다.

"죽기 전에 조가 이 돈을 남겼다면……."

더는 참지 못하고 나는 물음을 던지고야 만다.

"조는 자기가 죽으리란 걸 알고 있었던 게 아닌가요?"

조지는 대답을 하지 못한다. 나는 잇달아 묻는다.

"나더러 경기장에 오지 못하게 한 것도 그 때문이 아니었나요?"

나는 화가 난다. 그래서 별로 대답을 듣고 싶지도 않은 물음을 또 던진다.

"조의 시신은 어떻게 되나요?"

"글쎄다. 아마도 화장을……."

"백인 중에는 원주민의 해골을 수집하는 사람들이 있다던데요?"

"설마! 그걸 어디다 쓰게?"

"사람들이 하는 얘길 들었어요. 박물관 같은 곳에선 원숭이 뼈와 원주민 뼈를 나란히 전시해 놓기도 한다고."

"그건……."

그렇다. 조지는 아는 게 없다. 나처럼. 조지는 친절하고 자상한 사람이다. 그리고 무력하다. 그 점도 나와 같다. 여기, 한낮의 바닷가에 무력한 사람 둘이 앉아 있다. 하나면 충분할 것이다. 어차피 조지는 떠나야 한다. 스카우트는 실패했고, 이곳에서의 마부 일도 끝났다.

나는 그와 헤어진다.

그나저나 이 돈을 어떻게 해야 하나?

거리

　나는 바다를 본다. 아침에서 한낮까지. 한낮에서 저녁까지. 그리고 한밤
중에도. 아침이면 해변을 따라 걸으며, 파도가 실어 온 멀고 깊은 바다의
자취들을 더듬어 본다. 조개껍데기, 말미잘, 불가사리, 해파리, 죽은 물고
기 들. 더러는 유리병이나 나무토막, 장갑이나 신발도 있다. 너덜너덜해
진 옷과 담요도 있다. 나는 그것들을 살펴보고 쓸 만한 것들을 모아 둔다.
예쁜 것들도 모아 둔다. 그것들을 보며 이런저런 궁리를 하다가 집을 지
어야겠다는 생각이 든다. 나는 모래 깊숙이 막대기를 박아 기둥을 세우고
담요로 지붕을 씌운다. 한 사람 들어가 누울 수 있는 오두막이 생겼다. 비
가 올 때 오두막은 유용하다. 조개껍데기와 불가사리, 유리병 같은 것들
로 오두막 주위에 작은 정원을 만든다. 꽤 만족스럽다. 로라가 준 가방에
는 먹을 것이 많다. 며칠 동안 그것만 먹으며 지낸다. 초콜릿, 사탕, 치즈,
비스킷, 과일 통조림, 생선 통조림. 일주일이 지나자 먹을 것이 동난다. 이
틀을 굶는다. 나는 로라의 가방 밑바닥에서 옷 한 벌을 찾아낸다. 시내로
간다.

　시장에 갔지만 뭘 먹어야 할지 알 수가 없다. 돈을 어떻게 쓰는지도 알

지 못한다. 이리저리 돌아다니다 보니 같은 곳에 또 온 게 분명하다. 아까부터 유난히 군침을 돌게 하는 냄새가 있었는데, 나는 그 앞에 서 있다.

"이게 먹고 싶으냐?"

볼록하게 튀어나온 등이 거미를 연상케 하는 할머니. 살점 없는 피부는 주름투성이고, 주먹만 한 얼굴은 말라비틀어진 코코넛 같다.

"네."

내가 대답한다.

"그럼 그걸 주렴."

할머니가 내 손목에 있는 묵주를 가리킨다.

"이건 선물로 받은 건데요."

"배가 고프잖니?"

"네."

"며칠은 굶은 것 같은데?"

"이틀이요."

"너의 몸도 선물로 받은 거란다. 어느 것이 더 귀할까?"

물으나 마나다.

죄송해요, 신부님. 나는 속으로 되뇐다.

할머니가 묵주를 받아 손목에 차면서 말한다.

"일요일에 성당에 가서 자랑 좀 해야겠구나."

더 퍼질 것도, 더 쭈그러들 것도 없는 얼굴로 할머니가 웃는다.

"또 와라. 빵은 얼마든지 줄 테니. 나는 그날 구운 호밀 빵만 판단다."

*

시내에는 떠도는 사람들이 많다. 거지도 많다. 길가에 쭈그리고 앉아 진기한 돌멩이나 조가비를 파는 사람도 있다. 대부분이 원주민이다. 황갈색 피부를 가진 사람들도 있다. 우리보다는 덜 검으면서 잿빛을 띤 피부의 사람들도 있다. 그들은 우리보다 더 먼 곳에서 온 사람들이다.

오두막을 떠나면 하천을 끼고 한참을 걷다가 다리를 하나 건넌 다음, 꽃과 열매들이 주렁주렁 달린 주택가의 담장을 따라 걷는다. 그 집들은 툴리를 생각게 하지만 개의치 않는다. 꽃들은 향기롭고 보기만 해도 흐뭇하다. 그 길은 꽤 길어서, 바다가 내려다보이는 언덕까지 이어진다. 언덕을 내려와 도로를 하나 건너면 시장이 나온다. 조지와 함께 갔던 시장만큼 크진 않지만 번잡하지 않아서 좋다. 그곳엔 물고기들이 많다. 눈을 동그랗게 뜨고 좌판 위에서 갖은 빛깔의 비늘을 번뜩이며 누워 있는 물고기들. 그것들이 모두 내가 살고 있는 바다에서 잡혀 왔다는 게 믿기지 않는다.

걷다 보면, 예전에 조지와 함께 머물렀던 여인숙이 나온다. 빨간 우체통과 아래층의 담배 가게. 앙상한 가로수들. 그 앞에 서면 늘 같은 생각을 하게 된다.

나는 왜 이 도시에 있는 것일까?

우루쿤은 정말로 죽은 것일까?

우루쿤이 남긴 돈을 툴리에게 주면 어떨까?

생각은 거기서 멈추고, 걸음도 더는 나아가지 않는다. 나는 어두워져서야 오두막으로 돌아온다.

*

  동틀 무렵 바닷가는 새들로 가득하다. 흰 새들. 검은 새들. 알록달록한 새들. 어떤 새들은 무리 지어 움직이고, 어떤 새들은 뿔뿔이 흩어져 움직인다. 수백 마리씩 떼 지어 왔던 새들이 이튿날이면 눈에 띄지 않기도 한다. 새들을 보면 맘이 상한다. 반갑다가도 울적해진다. 때론 브롤가 소리를 들은 듯해 하늘을 두리번거린다. 브롤가가 보고 싶다. 나에게 그럴 자격이 있을까? 툴리의 말이 생각난다. 브롤가는 한 번 우정을 맺으면 절대로 잊거나 떠나지 않는다는 말. 평생을 함께한다는 말. 그런데 정작 내가 떠나왔으니. 내가 그를 버렸으니. 툴리의 말은 차라리 꾸짖음이다. 바다는 온갖 소리를 낸다. 곁에 없는 것들을 곁에 있는 것처럼 느끼게 한다. 나는 하루에도 몇 번씩 환청에 시달린다. 하루에도 몇 번씩 하늘을 올려다본다. 부끄러움에 머리를 들기 어려워진다.

*

  로라의 가방에서 꼬깃꼬깃해진 채 처박혀 있는 쪽지를 발견한다. 까맣게 잊고 있었던 로라의 주소. 알고 보니, 로라의 집은 오두막에서 멀지 않은 곳에 있다. 시장에 갈 때면 거쳐 가기 마련인 언덕배기의 주택가. 만약 로라가 장을 보러 시장에 온다면, 바닷가에 산책을 하러 온다면 마주칠 수도 있으리라.

로라의 집은 주변의 다른 집들과 비교해서 손색이 없다. 이층엔 전망이 썩 좋을 것 같은 널찍한 발코니가 있고, 정원엔 큰 나무들이 많다. 담장엔 내가 좋아하는 부겐빌레아(도시에서 내가 알게 된 유일한 꽃 이름이다)가 꽃을 활짝 피우고 있다.

나는 그 집에서 로라와 함께 사는 내 모습을 상상해 본다. 내가 로라의 집에 입양된다면 툴리가 나를 어떻게 대할지 생각해 보기도 한다. 그나저나 로라는 나의 어떤 점을 좋아한 것일까? 돌이켜보면, 가슴 떨리는 일이 아닐 수 없다. 나는 로라의 애정이 부담스러웠지만, 그래도 누군가가 나를 사랑해 주었다는 사실, 내가 사랑받을 수 있었다는 사실에서 위안을 느낀다.

쇼윈도 앞을 지날 때면 내 모습을 비춰 보는 버릇이 생겼다.

*

우루쿤. 언제였던가. 내가 물은 적 있다.
"아저씨, 우루쿤이 무슨 뜻이에요?"
"우루쿤은 천둥소리다. 나는 빛과 소리로 이동한다."

흰 구름 다섯 조각이 사라진다.
부슬비가 내린다.
로라의 집 현관문이 열렸다가 닫힌다.

부겐빌레아 꽃 여덟 송이가 떨어졌다.

*

같은 길로 다니다 보면 만난 사람을 또 만나게 된다. 기분 좋은 일이 못
된다. 알은체하기도 멋쩍고 못 본 척하기도 열없다. 두어 번만 마주쳐도
굉장히 오래 사귄 느낌을 주는 사람들. 그런 사람의 시선은 보기 전에 느
껴진다. 저 거리 모퉁이에, 외진 공터에 그 공간의 주소처럼 존재하는 사
람들. 그들은 늘 혼자다. 말도 없고 움직임도 없다. 젖은 불같은 눈에선 아
무런 생각도 읽을 수 없다. 그런데도 그 눈들은 이글거리는 것 같고, 먼 곳
에서도 빛을 발하는 것 같다. 이것만은 분명하다. 그들이 몹시 굶주렸다
는 것. 지쳐 있다는 것. 마지막까지 버티고 있다는 것. 그런데 마지막은 늘
어제였다는 것.

어느 날 나는 사람들을 위해 할 수 있는 일이 있다는 사실을 깨닫는다.
쉽진 않겠지만 행동에 옮기기로 한다. 거리의 한 노인에게 다가가 말한
다.

"이걸…… 드려도 될까요?"

내 손엔 지폐 한 장이 들려 있다. 조지와 함께 지낼 때 제법 큰돈이라는
것을 보아서 알고 있다.

"받아 주시겠어요…… 할아버지?"

노인은 내 손을 보고, 내 눈을 본다. 동작이 너무 느려 시간이 멈춘 것 같

다. 내 행동이 무례한 것일까? 나는 긴장한다. 그토록 평안하던 노인의 얼굴이 불편해진다. 화가 난 것 같다. 딱딱하고 어두운 살갗 아래서 벼룩 같은 것이 톡톡 뛴다. 마침내 노인의 얼굴이 펴지지만, 평화가 갈등으로 바뀐 느낌. 그 긴 노력이 안쓰럽다.

노인이 손을 내밀고 돈을 받는다.

"고맙습니다, 할아버지!"

내가 말한다. 노인이 소리 없이 웃으며 고개를 끄떡인다. 나는 얼굴을 붉히며 달아나듯이 떠난다.

기쁘다. 우루쿤이 준 돈을 처음 쓴 것이다.

불

되풀이되는 꿈.

누가 계단을 뛰어 올라온다. 쿵쾅거리며. 갑자기 계단이 길어진다. 발소리는 길어지는 계단을 따라 멀어진다. 심연으로 가라앉듯이. 나는 문을 열고 소리친다. 나 여기 있어요. 그러나 듣는 사람이 없다. 발소리는 동굴 속 메아리처럼 울린다. 거의 들리지 않을 지경이 된다. 바로 그 순간, 등 뒤에서 벌컥 문이 열린다. 우루쿤이 그곳에 서 있다.

*

밤이면 오두막 옆에 불을 피운다. 가끔 나그네새들이 날카로운 소리를 던지며 지나갈 뿐, 해변은 고요하다. 아침에 주워 놓은 불가사리나 해파리는 낮 동안 바싹 말라 있어 땔감으로 쓰기에 좋다. 널빤지나 나무토막도 있다. 이것저것 손에 잡히는 대로 던져 넣다 보면 불이 커진다. 밤이 깊어간다.

어느 날 불 너머에 누가 앉아 있는 것이 보인다. 아주 잠깐 눈이 마주쳤다고 생각되지만, 너울거리는 불의 갈기와 연기 속으로 금세 사라지고 만다. 그 순간 이상한 일이 일어난다. 지금 보고 있는 것인 양 과거의 한 장면이 선명하게 펼쳐지는 것이다.

아침이다. 날이 훤히 밝았다. 나는 할아버지에게로 간다. 오두막 한가운데서 화로가 희미하게 불꽃을 피워 올리고 있다. 내가 묻는다. 할아버지, 이렇게 환한데 불을 왜 피우세요? 보기 위해서지. 뭘요? 불은 우리 곁에 없는 것들을 비춰 준단다. 우리 곁에 없는 것들이라뇨? 보이지 않는 것들이지. 꿈. 미래. 태양이 사라지는 곳. 한낮의 별들. 보고 싶지만 볼 수 없는 사람들…….

*

이튿날 날이 밝자 나는 해변의 동쪽 끝으로 간다. 모래톱이 끝나고 자갈밭이 이어지더니 바위들이 나온다. 해가 떠오른다. 나는 바위들 사이 우묵한 곳에 자리 잡고 불을 피운다. 바닷가 언덕엔 앉은뱅이 나무들이 많다. 나는 삭정이들을 한 아름 모아 놓는다.

태양의 열기가 점점 강해진다. 불은 점점 더 형체가 없어진다. 나중엔 물방울처럼 투명해진다. 한낮이 되자 모닥불의 안이 깊어진다. 넓어진다. 잉걸불이 몸을 틀자 불씨들이 잠투정을 한다.

*

바다. 배 한 척이 떠 있다. 종이배다. 바다는 괄하게 타는 불의 청색. 가장자리가 한없이 퍼지면서 새벽하늘 빛이 된다.

종이배에 달린 돛대 위. 새 한 마리가 앉아 있다. 새가 말한다. 방주에 온 걸 환영해. 얘개, 이게 방주라고? 올라와. 나는 방주에 연결된 사다리에 발을 올려놓는다. 사다리도 종이로 되었다.

불의 바다에 배 한 척이 정박해 있다. 닻을 올리고 출항을 준비 중이다. 선실 안엔 내가 아는 많은 동물들이 있다. 사람들도 있다. 반가운 얼굴들. 엄마와 아빠, 젖먹이 내 동생. 아그네스 수녀와 신부. 추적자. 우루쿤과 툴리도 있다. 안녕, 툴리! (그러나 브롤가는 보이지 않는다.) 나는 갑판으로 간다. 노아 할아버지가 보고 싶다. 돛이 활짝 펼쳐진 갑판. 뱃머리에 머리 흰 선장이 우뚝 서 있다. 선장님, 이 배는 어디로 가나요? 축복받은 땅, 행복의 섬으로 간다. 그런 곳이 있나요? 저길 보아라. 선장이 손으로 가리킨 곳에 무지개가 떠 있다.

목소리가 울린다.
무지개는 하늘과 땅에 걸쳐져 있지만, 그건 반쪽에 지나지 않아. 나머지 반은 무지개 뱀이 되어 지상을 떠돌고 있지. 무지개의 궁륭이 완전한 동그라미가 되는 그날을 위해.
나는 소리친다. 할아버지! 할아버지!
꿈이다.
불이 꺼져 있다.

*

며칠이 지났다.

낮에 모닥불을 피우고 불을 응시하는 일은 힘들다. 지치기도 하고, 몹쓸 환각에 시달리기도 한다. 그런 날이면 몸이 불덩어리가 된다. 밤새 잠을 이루지 못한다.

외출은 밤에 한다. 어두워지길 기다려 시내로 간다. 백인들이 집이나 술집으로 들어가고 난 거리엔 원주민들만 떠돌아다닌다. 돈을 건넬 때 나는 다른 방법을 쓴다. 우리 부족의 언어로 말을 건네는 것이다. 누군가 한 명이라도 말이 통하는 사람이 있지 않을까. 여러 차례 시도해 보지만 결국 헛일이라는 것을 깨닫는다. 내가 건네는 말을 알아듣는 사람은 아무도 없다.

난감한 일이다. 이 도시에 나와 같은 언어를 쓰는 사람이 단 한 사람도 없는 것일까? 한편으론 이상하다는 생각이 든다. 자기 고장에선 당당하게 자기 부족의 언어로 말하던 사람들이 이곳에선 백인의 언어를 써야 한다니. 몇 단어라도 영어를 쓰지 않으면 벙어리에다 귀머거리 꼴이 되고 만다니.

선교원에서 들은 바벨탑 이야기가 생각난다. 인간의 교만을 다스리기 위해 하나님이 내린 벌은 사람들의 언어를 제각각 다른 것으로 만든 것이다. 그런데 지금은 뭔가 거꾸로 되어 가는 것 같다. 기독교인이라는 백인들에 의해 그 많던 언어들이 사라지고 오직 한 언어만 통용되고 있으니.

이러다가 또 다른 바벨탑이 세워지는 것은 아닐까.

알 수 없는 일이다.

*

할아버지가 말했다. 나는 노래를 통해 길을 배웠고 길을 통해 노래를 배웠단다.

다가오는 풍경, 스쳐가는 사물들, 바람과, 바람이 실어오는 꽃가루와 벌레들. 이 모든 것을 하나하나 눈여겨보고, 귀담아듣고, 마음으로 품고, 노래로 어루만졌던 할아버지.

욜룽우의 연못…… 꿈꾸는 암컷 딩고의 젖꼭지…… 라카라―라카라…… 융단무늬왕뱀의 아침…….

지금도 그러하리라.

할아버지와 내가 함께 걸었던 노래의 길에는 그들이, 그것들이 여전히 살아 숨 쉬고 있으리라.

앵무새가 찾은 샘…… 발 없는 도마뱀의 발자국…… 신기루의 호수…… 워라무룽운지의 코딱지…….

이제, 그런데 누가 노래를 불러 줄 수 있을까? 침묵과 고독으로 황폐해져 가는 땅에서 누가 노래로써 길을 열 수 있을까?

*

나는 안다. 내가 벙어리가 되어 가고 있다는 것을. 이젠 외출도 하지 않는다. 해안선 끝에 움츠린 채 하루를 보낸다. 로라가 보고 싶다. 툴리가 보고 싶다. 엄마가 보고 싶고, 아빠가 보고 싶다. 할아버지가 보고 싶다. 우루쿤이 보고 싶다. 나는 불을 피운다. 점점 더 크게 피운다. 불꽃 속엔 아무도 없다. 종이 방주도 나타나지 않는다. 모든 것이 사라져 버렸다.

길

"모든 것이 사라져 버렸다고?"

깜깜한 어둠 속. 소리가 들린다.

"넌 그 멍청한 도마뱀꼬리를 아직 잘라 버리지 못했구나."

"누구야?"

"누구긴. 쿵쿵. 널 무지개 뱀에게로 인도한 왈라비님이시지."

그렇다. 낯익은 목소리. 너무 반가워 소리가 들리는 쪽으로 가려 하나 앞을 분간할 수 없다

"너를 다시 모래 구덩이 속에 파묻어야 할 것 같군. 쿵쿵. 머리통만 내놓고."

아, 차라리 그래 주었으면.

"도와 줘. 난 길을 잃었어."

"길을 잃었다고? 쿵쿵. 사람들은 다들 그렇게 말하지. 난 길을 잃었다고."

"그게 사실인 걸 어떡해?"

"그게 사실이 아닌 걸 어떡해? 쿵쿵. 넌 내 말을 듣지 않았어. 넌 내 말을 듣지 않고, 쿵쿵, 무지개 뱀에 손을 대었어. 무지개 뱀은 길을 떠나고 만

거야. 쿵쿵. 내가 했던 말 기억해? 넌 반드시 벌을 받게 될 거라고 했지. 쿵쿵. 그러니 더 이상 나한테 사정하지 마. 쿵쿵. 길에게 이야기해. 길에게 말하라고."

목소리가 멀어진다. 기어이 사라지고 만다.

*

이 고장은 비가 잦다. 구름들은 갈 길을 서둘며 무거운 몸을 바닷가 언덕에 비빈다. 그러면 곧 비가 내린다. 그러다가 금세 그친다. 햇살이 비친다. 수평선 위로 기운 태양은 언덕들 위에 토막 무지개를 뿌려 놓는다. 오늘은 무지개가 내가 늘 다니는 언덕에 걸렸다.

은빛 왈라비의 말을 떠올린다.

왈라비가 말했다. 길에게 말하라고.

(참 황당하기도 하지……. 나는 어디선가 왈라비가 내 생각을 읽고 있을 것 같아 머리를 땅에 처박듯이 하고서 생각한다. 나는 길을 잃었는데. 무지개 뱀이 길을 떠난 건 내 잘못인데. 그런데 나더러 길에게 말을 하라니. 알다가도 모를 충고로군.)

나는 모래톱을 따라 바닷가 암석지대를 떠난다. 물마루가 높다. 수평선 위에 뜬 배가 바다 속으로 가라앉는다. 해변엔 갖은 해조류들이 밀려 와 있다. 내 발바닥은 그것들의 미끌미끌한 감촉에 자지러진다. 불가사리들도 많다. 어떤 것은 별 모양이고, 어떤 것은 불꽃 모양이다. 호밀 빵만 한 게 등껍데기도 있고, 오징어 뼈도 있다. 얼마나 물을 많이 마셨는지 배가 터질 듯이 땡땡해진 물고기도 있다. 조가비들도 많다. 바닷가에 장이라도 선 기분이다. 죽은 새도 있다. 거무칙칙한 깃털이 마구 헝클어지고, 물에 퉁퉁 불어 오른 살이 허옇게 드러나 있다.

　나는 걸으면서 그들의 이름을 부른다. 내가 아는 이름들을. 모르는 것은 '으음'하고 지나친다. 아는 것보다 모르는 것이 많다. 그러다 보니 '으음' 하는 소리가 추임새가 된다. 그렇게 바닷가를 걸어 개울들이 바다로 흘러 드는 곳에 다다른다. 이젠 이름을 부르는 것만으론 부족하다. 지느러미라 든지 꼬리나 날개 같은 것을 달아 줘야 할 것 같다. 이를테면, 흰 돛단배가 쉬는 곳. 그물을 말리는 방파제 등등.

　실개울을 따라 하천에 이르면 포구가 있다. 그곳엔 맥주를 파는 가게와 낚시 도구를 파는 가게, 배를 수리하는 작은 공장이 있다. 방파제엔 녹슨 삭구들이 널려 있다. 나는 그것들의 이름도 불러 준다.

　세 남자가 맥주를 마시는 빨간 파라솔…… 용접기의 파란 불꽃이 성 난 뱀처럼 쌕쌕거리는 앞마당…… 스미스 씨가 각종 낚싯대를 대여 또는 판매하는 인기척 없는 상점…… 닻줄들이 개들처럼 어슬렁거리는 방파 제…….

　어느새 하천이다.

　여울에 실려 오는 꽃들…… 짠물과 민물이 만나 부글부글 거품을 일으키는 하수구…… 게와 갯강구들의 숨바꼭질…….

그렇게 하천을 거슬러 언덕을 오르면, 어느덧 로라의 집 앞.

부겐빌레아의 고요한 나팔소리…… 젖은 축대에 돋은 고사리 순들…… 달팽이들의 은빛 길과 암갈색 더듬이에 맺힌 물방울들…… 담장 너머에서 들리는 혼혈 하녀들의 비질 소리(한때 '벌레'라고 불리었던 여자가 있었지)…….

시장에 이르면 조금 복잡해진다. 나는 또다시 '으음, 으음'을 되풀이하며, 사람들의 통행에 방해되지 않는 속도로 천천히 걷는다. 물고기의 이름을 부르는 일은 여간 어렵지 않다. 특징적인 점 한두 개를 그에 걸맞은 단어로 옮겨 본다. 그것만으로도 진땀이 날 정도다. 그때다. 뭔가 드세게 어깨에 부딪는 통에 나는 돛새치의 날카롭게 튀어나온 주둥이에 코를 짓쩔을 뻔한다. 나보다 머리 하나쯤 큰 십대 건달 두 놈이 키득거리며 나를 향해 혀를 빼문다. 어디서 봤더라? 어찌되었든 녀석들도 노래 속에 끼워 주기로 한다.

어물전의 보스 쥐처럼 거들먹거리는, 쥐뿔도 모르는 건달 소년들…… 배가 불룩한 칼을 들고 호통을 치는, 배가 불룩한 생선장수 아저씨…… 호밀 빵을 파는 거미 할머니의 묵주(애야, 오늘 구운 빵이다)…….

노래의 길은 빨간 우체통 앞에서 끝난다.

허공의 건반을 두드리는 조지의 다섯 손가락…… 빅토리아 여인숙의 나무계단…… 한밤중의 발소리…….

돌아가는 길엔 순서가 바뀐다. 올 때와 마찬가지로, 나는 내가 스쳐가는 것들, 내 곁을 스쳐 지나가는 것들의 이름을 부른다.

길지 않은 시간이지만 내가 머물렀던 곳. 어렴풋이나마 내가 처음으로 애정을 느낀 도시의 한 구역. 언제가 될지 모르지만 언젠가는 떠나야 할 길의 이름들.

무지개

그렇게 며칠이 지난다.

그렇게 며칠이 지나자 길의 이름이 풍성해진다. 길의 노래도 풍성해진다. 마침내 나는 온종일 쉬지 않고 노래를 부를 수 있기에 이른다. 바다엔 길이 없지만, 만약 내가 배를 타고 항해를 하거나 헤엄을 쳐서 바다를 건널 수 있다면, 어쩌면 바다의 노래를 부를 수도 있으리라. 바다의 길을 만들 수도 있으리라.

이제는 알겠다. 길이 노래가 될 수 있다면 노래 또한 길이 될 수 있다는 것을.

*

떠날 준비를 한다.

멜버른에서 고아원으로, 고아원에서 선교원으로 가는 길을 떠올려 본다. 도무지 머릿속에 그려지지 않는 길들. 그렇지만 두렵지 않다. 브롤가가 있는 곳이면 어디든 가리라. 나를 향해 다가오는 사물들과 사람들을 따라. 노래의 길을 따라. 그리고 브롤가와 함께 돌아가리라. 사막 한가운데에 있는 달의 궁전으로. 사막의 순례자 쥐캥거루가 있는 곳으로.

귓전엔 어느새 브롤가의 힘찬 노랫소리가 들린다.

쿠르루우르우르—

쿠르루우르우르—

*

오두막을 어찌할까 생각다가 태워 버리기로 한다. 나는 막대기며 헌옷 가지, 종이봉지 따위를 담요에 둘둘 말아 들고 해변의 동쪽 끝 암석지대로 간다. 로라의 가방 속엔 소라고둥과 조가비, 새알 모양의 알록달록한 조약돌 몇 개를 챙긴다.

새벽이다. 떫은 과즙 같은 바다안개가 차다.

불을 지핀다. 크게. 지금껏 그래 본 적 없을 정도로 크게. 둥글고 두꺼운 잎을 가진 나뭇가지들을 집어넣자 가지에서 기름이 배어나오며 탁탁 튀는 불의 소리가 낭랑해진다.

해가 떠오른다. 첫 빛살이 눈 속을 파고든다. 불과 해가 겹쳐진다. 나는 지그시 눈을 감는다. 지그시 눈을 감고서, 내가 피운 불과 우주의 불덩어리를 본다.

구름 한 조각이 떠 있다. 태양보다 조금 높은 곳에. 해진 천처럼 너덜너덜한 열구름. 햇살이 비치자 구름이 도르르 몸을 만다. 애벌레처럼. 갓 떠오른 태양에 발그스름하게 물든 구름은 처음엔 오렌지 빛. 점점 붉게 변한다. 태양이 좀 더 높게 떠오르자 구름은 태양과 꼭 맞는 크기로 겹쳐진다. 순간 구름은 숯덩이처럼 검붉은 빛이 된다. 태양을 빨아들여 이글거리는 외짝 눈.

돌연 구름이 터진다. 갈가리 찢기는 구름. 날개 달린 뱀들 같다. 태양을 등에 업은 수십 마리의 뱀들은 수평선에서 엄청나게 빠른 속도로 해변을 향해 날아온다. 돌풍이 분다. 불이 날린다. 구름의 빨판이 내 머리를 움켜잡는다. 나는 비틀거린다. 쓰러지지 않으려 안간힘을 쓴다. 주위가 캄캄해진다.

사방이 벽이다. 세워지면서 무너지고 무너지면서 세워지는 무수한 벽들. 우르릉거리는 소리. 쫘르릉거리는 소리. 땅이 꺼져 버릴 것 같다. 바람이 내 입을 틀어막는다. 내 귀를 틀어막는다. 숨쉬기가 어렵다.

빗방울이 떨어진다. 아니다. 얼음 알갱이다. 우박은 바위 위에서 유리알처럼 깨진다. 날카로운 파편들. 나는 손바닥으로 얼굴을 가린다. 어깻죽지가 후끈거린다.

우박은 이내 비로 바뀐다. 장대비가 쏟아진다. 그러자 돌풍이 주춤거린다. 빗줄기가 성글어진다. 얇어진 구름 사이로 다문다문 비치는 햇살. 태양은 어느새 높직이 떠올라 있다. 구름이 흩어진다. 구름은 서쪽 하늘을 향해 넓게 퍼지면서 긴 꼬리의 끝을 감는다. 태양이 구름을 응시한다. 나 또한 몸을 돌려 태양이 응시하는 곳을 본다.

그곳,

바로 그곳에 무지개가 있다.

*

젖은 땅에서 수증기와 함께 우꾼우꾼 솟아오르는 열기. 불을 피웠던 자리를 뒤지자 연기가 피어오른다. 불씨가 살아 있다. 나는 바지주머니에서 종이쪼가리들을 꺼낸다. 개중에는 로라의 주소가 적힌 종이가 있다. 조지가 준 명함도 있다. 나는 그것들을 올려놓고 입김을 분다. 불을 살린다. 사그라졌던 파도소리가 서서히 살아난다. 불이 살아난다.

그러나 무지개는 흔적도 없이 사라졌다.

이제, 무지개는 완전히 사라지고 없다.

사라진 것은, 그러나 하늘과 땅에 걸쳐진 반쪽 무지개에 지나지 않는다.

나는 안다. 또 다른 반쪽은 이 땅 어딘가에 감춰져 있다는 것을. 이 땅 어느 곳에선가 나를 기다리고 있다는 것을.

나는 일어나 불을 등지고 선다. 두 손을 모으고 경배를 올린다.

동쪽. 서쪽. 남쪽. 북쪽.

나의 위. 나의 아래.

끝으로, 나의 안쪽을 향하여.

할아버지가 웃고 있다. 세계의 일곱 방향에서.

엄마와 아빠가 웃고 있다.

나는 가방을 어깨에 멘다. 태양을 본다. 구름과 함께 무지개가 사라진 곳을 본다. 길이 열려 있다. 길들이 열려 있다. 나는 생각한다. 내 여행의 첫 노래는 무엇일까? <끝>

작가의 말

우정의 끈을 튼튼하게 이어주는 일이 생겼을 때, 침시언 인디언(캐나다의 브리티시컬럼비아에 거주했던 부족)은 말한다.

'우정을 맺은 이들이 무지개 그림자 속을 함께 걸었다'고.

*

1770년 오스트레일리아 대륙에 도착한 쿡 선장은 그곳을 테라 눌리우스Terra Nullius, 즉 '누구에게도 속하지 않는 땅'이라고 이름 붙였다. 주인 없는 땅이라는 것이다.

하지만 이미 그곳엔 최소한 5백 개 부족에 120만 명에 달하는 원주민이 흩어져 살고 있었다.

비극은 그 주인 없는 대륙에 열한 척의 배가 도착하면서 시작된다. 1788년 골칫덩어리 죄수들을 실은 영국의 배들이 시드니 항에 입항한 것이다.

1901년 호주 대륙에 국가를 세운 백인 정부가 처음으로 원주민 인구조사를 한 것은 1911년의 일이다. 잔류 인구는 3만여 명에 불과했다. 질병, 학살, 굶주림 등으로 98퍼센트에 달하는 에보리진이 사라지고 말았다.

백인 정부는 1967년까지도 원주민에게 시민권을 주지 않았다. 원주민의 숫자는 가축 통계에 포함시켰다.

문자 없이 춤과 그림으로 부족의 전통을 이어온 원주민을 국가 정책에 의해 멸족시킨 역사는 현재 남아 있는 기록이 전무하다. 참상을 전하는 제대로 된 사진 한 장 없다. 죽어간 것이 아니라 사라져버렸다고 표현할 수밖에 없을 지경이다.

태초에 인간이 살아갈 터전을 창조한 영혼들이 지금도 대지 곳곳에 존재한다고 믿었던 사람들. '꿈의 시간(알트제링가altjeringa)'이라고 불리는 신화의 시간을 살다가 백인의 침입과 동시에 나락에 떨어지고 만 사람들의 이야기를 담은 이 작품의 많은 부분이 구전과 몇몇 희박한 자료들에 의존할 수밖에 없었던 것은 이 때문이다.

그것은 한 톨 한 톨 불씨를 살려내야 하는 일이었고, 생각으로 만들어낸 세계를 몸으로 느끼며 살아야 하는 시간이었다.

*

그 세계를 구축하는 데 도움을 준 이정표들이 있다.

무엇보다, 말로 모건의 『무탄트 메시지』와 호주 원주민 반조 클라크가 구전으로 전해준 『대지를 지키는 사람들』에 감사를 전한다. 이 두 권의 책은 이야기의 얼개를 만드는 데 더없이 중요한 자료가 되었다. 많은 일화들이 이 책들로부터 비롯되었다.

지오그래픽의 『시간이 멈춘 대륙, 오스트레일리아』와 타임라이프북

스의『오스트레일리아』는 역사와 생태에 관한 귀중한 정보를 제공해 주었다.

원주민의 정신을 짚어보는 데엔 제이 그리피스의『땅, 물, 불, 바람과 얼음의 여행자』중 호주에 관한 부분을 참조했다.

또한 니컬러스 에번스의『아무도 모르는 사이에 죽다』는 사라져가는 언어와 소수부족에 관한 성찰을 가능하게 했다.

팀 플래너리의『자연의 빈자리』는 이번에도 내 상상력의 견고한 반석이 되었다. 1935년 이후로 목격된 바 없는 사막쥐캥거루(울라쿤타)에 관한 정보는 이 책이 내게 준 선물이었다.

영화「토끼 울타리」가 없었다면, 원주민과 혼혈아 정책이 어떻게 실시되었는지 가늠하기 어려웠을 것이다.

*

잉카의 신 비라코차Viracocha를 생각한다.

태양 왕관을 쓰고 양손에 번개를 든, 태양과 폭풍의 신. 그런데 그의 눈에서는 끊임없이 눈물이 흘러내리고 있었다.

그렇게 그는 자신의 눈물로 생명의 호수를 창조하며 온 세상을 거지 행색으로 떠돌았다고 한다.

우리는 잘 인식하지 못하지만, 슬픔은 우리를 생육하게 하고, 썩게 하고, 썩어 거름이 되게 하고, 기꺼이 우리 자신을 바쳐 온갖 생명들을 거듭나게 하는 우리 안의 큰 힘이 아닐까.

슬픔 속에 움트는 희망의 싹.

나는 생각한다. 자신이 창조한 세계를 등지고 눈물을 흘리면서 바다 저편으로 걸어서 사라져간 슬픔의 신을.

나는 꿈꾼다. 그의 도래를.

태양의 왕관을 쓰고 번개와 천둥을 양손에 움켜쥐고서, 기쁨으로 창조한 세계를 슬픔으로 완성하게 될 그 '꿈의 시간'을.

—2020년 늦은 가을, 김영래

무지개 그림자 속을 걷다

ⓒ2020 김영래

초판인쇄 _ 2020년 11월 11일

초판발행 _ 2020년 11월 17일

지은이 _ 김영래

발행인 _ 홍순창

발행처 _ 토담미디어

서울 종로구 돈화문로 94(와룡동) 동원빌딩 302호

전화 02—2271—3335

팩스 0505—365—7845

출판등록 제2-3835호(2003년 8월 23일)

홈페이지 www.todammedia.com

ISBN 979—11—6249—094—5

이 도서는 2020년도 아르코문학창작기금 지원사업에 선정되어 발간된 작품입니다.